U0567210

中国诗歌语言研究

（含《唐诗选》）

〔法〕程抱一　著
涂卫群　译

L'ÉCRITURE POÉTIQUE CHINOISE

suivi d'une anthologie des poèmes des Tang

François Cheng

创于1897
商務印書館
The Commercial Press

François Cheng

L'ÉCRITURE POÉTIQUE CHINOISE

suivi d'une anthologie des poèmes des Tang

Copyright © Éditions du Seuil, 1977 et 1996

本书根据法国色伊出版社 1996 年版译出

中文版序[①]

在人文科学领域，法国20世纪60—70年代是个蓬勃激奋的时期。相继掀起的主要潮流是结构主义（structuralisme）和符号分析学（sémiologie）。二者承接而又互补，一经出世就起伏汹涌而达不可阻挡之势，直到尽情发挥之后才渐渐冷静下来。今日回首也许会觉得这些运动均已“过时”，殊不知在人类历史进程中，很多在某时兴起的新“意念”，总会让后来人觉得被超越了。其实，真正有价值的意念由于已逐步化入人类的精神形成而不再分明可见。结构主义和符号分析学亦不例外。它们作为方法论成为人文科学研究的有机成分，只是受惠者不再“饮水思源”而已。更值得一提的是，这些在法国一度“甚嚣尘上”的运动虽在80年代后渐趋冷寂，然而在他处，特别是在美国，又掀起了新潮。这一现象也很可能或已经在中国形成气氛。

关于结构主义，如果溯源而上，其创始者是两位重要学者：语言学家雅可布森（Roman Jakobson）和人类学家列维-斯特劳斯（Claude

① 此序原为中译本初版《中国诗画语言研究》（江苏人民出版社，2006年）所作，遵作者意见保留。——出版者

Lévi-Strauss)。20世纪40年代二人在纽约的相遇是当时人文科学发展中的重要事件。作为捷克布拉格语言学社的成员，雅可布森在第二次世界大战之前就已成名，且早在战前即赴美国授课。列维-斯特劳斯为了逃避纳粹迫害，也于大战爆发后去美。他早期作为民俗学家曾在南美洲印第安人部落中做过田野调查，后来搜集了大量美洲印第安人的神话、传说，却一度苦于不知如何下手进行确切而具有意义的分析。这些神话、传说除了人物之外，当然也借用了大自然的众多因素：日月星辰、风雨雷电、木石水火、植物动物。所述情节之中穿插着得失交替的种种考验、死生交错的种种象征。放在一起，很多神话似乎相近，却又因部落之分散而存在差异；另一些表面上各述他事，却又似乎具有相同的寓意。列维-斯特劳斯深知这些神话、传说并非妄想、臆造，而是表达了原始种族的宇宙观、人神观。如果只把它们当作普通的文学作品，就是说，只求讲解那些细节丰富的故事的表层“内容”“情节”，固然会有所得，但终不免于粗浅，甚至混淆。他预感到，在那些叙述背后该有深层组织负载着深层的逻辑与观念。

在语言学方面有过创造性开拓的雅可布森告诉了列维-斯特劳斯一些音韵学的基本道理。他的解说大致是这样的，当你听到异国人在你周遭叽叽喳喳说着完全陌生的语言时，你心中会产生两种不同甚至相反的惊异。首先的惊异是：听起来那样混杂纷纭、天花乱坠的音，怎能拼凑成体系从而表达意义。其次的惊异是：说话者并不需要过于劳累口腔，只是略略蠕动唇舌就得以吐出繁复无尽的话语。

其实，任何语言都并不设法以万千种不同的音去述说万千种不同的事。语言是以经济、精简为本的制度。那经济之获得，来自语言所用的音与音之间构成内部的对比区分。更具体地说，所谓经济，是每种语言将一定数量的音节——或多或少，因语言而异——依照音节的不同性质归入不多数量的系列（paradigme），系列与系列之间相互对比而产生区别，通过区别各系列的音节获得独特性，进而产生表达意义之作用。是的，任何音或音节单独存在时并无意义，它总是在属于制度之后，在制度内与他音对比而获得表意价值。不用说，在音韵层次之上，尚有语法层次和语意层次，此二者更为语言增添了表意功能。

雅可布森对音韵学的解释，中国音韵学家都是知道的。汉语词汇最早是建筑在单音节上，后来发展出双音节、三音节等。如果只观察现代普通话的单音节，一个汉语使用者即使对音韵学一无所知，也会本能地感到音节与音节之间存在不同与对比，并因这不同与对比而具表意可能。比如，把汉语的四百多个不同音节放在一起，说话者本能地知道，在音节起音（initiale）上有元音与辅音之对比、送气与不送气之对比、鼻音与非鼻音之对比、唇舌音位与颚喉音位之对比等；在音节尾音（finale）上，有声调与声调之对比、鼻音与非鼻音之对比等。这就是语言的奇迹。从一定数量的原音出发，经由少数的音韵以及语法规则的对比，就能说出繁复无尽的话语。为了证实这一惊人的经济性，我们可举《中国诗歌语言研究》中详细分析过的李白的《玉阶怨》：

玉阶生白露
夜久侵罗袜
却下水晶帘
玲珑望秋月

这首绝句的二十音节念起来不超过一分钟，却道尽了人间的怨愁与向望。

雅可布森给他朋友的“启示”虽然只是语言学家的基础知识，但足以供应后者一把钥匙。列维-斯特劳斯领会到：人类精神活动创造出语言及其他表意制度，当然是为了表达“意义”，表达“内容”，可是那“意义”、那“内容”并非悬空的先验，它们的最初滋生以及逐渐复杂化均与表意制度的内部结构息息相关。扩大一点说，他和雅可布森都认识到：按照一般的理解，人先有思想，再用语言去表达。其实，有组织的思想——而非本能的反应与念头——之节节环扣、层层繁复，是与语言的构成密不可分的。这一“启示”，他很快应用到神话、传说的范畴当中。他知道必须学会透过表层情节托出神话的深层结构，后者显示了这些原始种族的精神建构与意识形态，也显示了他们的思维方式。尽管神话采用了某种意象，比如“月亮”或“老鹰”，但这些意象单独存在时并无特殊意义，并不特殊表明什么，只有当它们与神话中的其他成分发生关系时才能产生意义。这是符合音韵学原则的。所以得在深层结构中找出内部关系，特别是对比性（opposition）及牵连性（corrélation）的关系。此外，人称角度、先后进度均极为重要。这是神话分析的第一步。神话之外，不管是家庭组织、社会组织、宗教组织，人类学家均应通过名称与名称的微妙关系，找出权力、禁忌的诸项规则与真旨。

后来，列维-斯特劳斯在解释结构主义的基本精神时，也喜欢照雅可布森的榜样举浅易的例子。例如，当你随口说："这朵小花很红！"你并不会觉得背后有什么哲学性的思考。然而你能说出这句话，表示你下意识地体会到宇宙乃是个大结构。这结构中所有成分都在互相构成的关系中获得存在与意义。你说"小花"，表示知道有较大的花。你说"很红"，表示知道有别的花或不太红，或具他种色泽。更进一步，你说"这朵花"，表示知道植物界中除了花外尚有他种植物，也表示知道尚有与植物不属同类的矿物和动物，甚至表示你谙晓在这些分类之外尚有更为原本的成分。这例子只是一个起点，在后来陆续发表的几部名著，如《野性思想》《结构人类学》《生与熟》《灰与蜜》中，列维-斯特劳斯做了既具体又抽象的精妙发挥。

他在人类学研究中引入的新态度、新方法，逐渐波及人文科学其他领域，包括文学批评、艺术批评、精神分析学、社会学、历史学等。60—70年代的法国，新人、新书大量涌现，竞相争妍，一时形成轰轰烈烈的炽热气氛。随着结构主义应运而起的是符号分析学；因为列维-斯特劳斯研究神话时所做的正是符号分析。符号分析学是对符号本身的观察和探究。符号是人类精神活动不可或缺的；所有的表意制度均由符号组成。通常认为，符号的作用是表意，意思一旦表达了，符号即可扔去，所谓"得鱼忘筌"是也。因而传统的文学批评多以内容为主，把内容说明了，再加上几句有关文笔的形容褒贬之词，就完成任务了。再举电影为例，某人看了某影片后对你讲述时，往往并且只能停留在情节上。事实上，情节几句话就可讲完。然而作为作品的影片完全建筑在它的叙述语言上。那些符号（或意象）本身，那些符号与符号之间所兴起的寓意、所构成的风格，乃至符号无法直接道出然而巧妙启示了的，不用说，均属于作品的“内容”，均值得作为分析对象，不然影片的意义将失去大半，甚或可以说失去全部。符号一词，在法文里是 signe，这一词之所包含，在 20 世纪初已由语言学家索绪尔（Ferdinand de Saussure）剖为表里二面，即能指（signifiant）和所指（signifié）。索绪尔在那时已经指出，传统的语言学只注重所指而忽略了能指。新的语言学应当开始研究能指之间的组合方式、寓意方式以及组合可能、寓意可能等。这是符号分析学向语言学借鉴的。如果要概括一句，可以说，符号分析学面对一切表意制度、一切文本时，它不止于所指，而是把重心放在能指上。

我们已经了解，作为结构主义和符号分析学中心的是广义的语言。语言的重要性前已提到，在此再补说一下。人之成为思想动物，首先是因为他成为语言动物。语言不只是工具，它是人之所以成为人的基本要素，它是存在方式、建造方式、求索方式。通常认为人先有思想，再用语言去说，其实有组织的思想是从有组织的语言逐渐获得的。语言的可能固然是赋予所有的人，它甚至是人与一般动物相异的标示。可是一个直到七岁左右从未接触过语言的野孩子，过了年龄就无法再学语言，他会停留在极幼稚的阶段，具有动物式的反应与念头，却不会进行系统性的思考。语言和思维活动之间的密切关系，过去并非未曾被注意到。然而直到20世纪，人文科学才一步一步把它推到首位。于是出现了饶有意味的现象：过去，人以语言解说宇宙及生命之奥秘，现在，人从自己创造的语言中探测自身的奥秘。精神分析学创始人弗洛伊德（Sigmund Freud）已经指出语言的关键，他的后继者拉康（Jacques Lacan）更把它作为主旨。拉康认为潜意识的组成已是一种语言，后来他把人和内心以及外界所产生的关系定为缺一不可的三大项：实存（réel）、想象（imaginaire）、象征（symbolique）。象征即指广义的语言。每个人最早学语言的时期就在与父名、母体、自我想象的诸种关系中形成了自身的潜意识，后来与社会交往时变得更复杂化。这一切决定了每个人的精神形态。

基本上，结构主义和符号分析学只是一种态度，一种眼光，一种方式。至少，我个人如此看待。它们不是哲学，却又与哲学有关。当代两位哲学家福柯（Michel Foucault）和德里达（Jacques Derrida）就是在那个时代、那个环境中崛起的。两位都不否认所受影响，可是为了扮演独树一帜的角色，又都设法保持一定距离。而福柯之所以想对过去曾经统治的思想制度与社会制度做“考古式的分析”，是因为他意识到这些制度均是在某时某代构成的特殊语言。至于德里达对语言问题的敏感以及思考，与当时的争鸣有不可分之缘。这里顺便指出，他后来阐发的解构论并不是解结构主义之构。结构主义，法文是structuralisme；解构，法文则是déconstruction，二者在字面上无关联。相反，是结构主义使他理解到所有思想方式均为一种构成，他要解的乃是建立在形而上学前提之上的传统哲学思想。他设法与结构主义保持距离，是因为他认为语言的重要成分是书写语言。书写语言不只是口说语言的服务者，它具有离异特色，这一点对有着文言传统的中国人来说并不陌生。他把法文发音相同的两个词 différence（差异）和 différance（延迟）拼在一起，得出文本的意义永远推远而不会有定论的看法。不应忘记的是，把重心放在书写语言上是巴尔特（Roland Barthes）和克里斯蒂娃（Julia Kristeva）都一度做过的。德里达的特征则是他执着的一贯。他与伽达默尔（Hans-Georg Gadamer）论战时一再强调的总是这一点。意义之无尽"延异"的确是具有开放作用的观念。但是有一点值得戒备：如果不慎重使用这一观念，会陷入相对主义的玩弄与诡辩。

20 世纪 60 年代是我在思想上日趋成熟的时期。当时既然躬逢其盛，便不可避免地卷入了主要潮流。我开始撰写一篇小型论文时，乃择定了张若虚的《春江花月夜》作为分析对象，尽力采用了一些结构分析的规则。这些规则大致是：面对分析对象时，分清层次，明确视角。在每一层次，辨认出具有表意价值的构成单位，寻觅出它们之间的对比牵连，以及对比兼牵连的种种关系，然后通过这些关系承托出表面意义背后的引申寓意（connotation）。引申寓意的最高层次乃是象征。上述规则在分析诗时达到最高度应用。因为在诗中，所有属于形式的成分——这里所指的形式是广义的，超过普通理解的"诗式"——都具有特殊含义，都构成"内容"的有机部分。

我的这篇小型论文引起了巴尔特和克里斯蒂娃的兴趣。不久，拉康亦邀我与他对话，延持数年之久。其间，色伊出版社约我撰写中国诗歌语言研究的专著。该书于 1977 年出版，除了上面所提三位外，雅可布森和列维-斯特劳斯亦对本书给予赞辞。两年后，我又出版了《虚与实——中国绘画语言研究》。这两部著作一版再版，迄今未曾中断。今日终于译成中文呈现在中国读者眼前，我心情之感动、感激自可想象。更有令我触动者：我撰写此序言，久久谈及开创人列维-斯特劳斯。这位当年不易亲近的大师，我现在竟有幸每周四与他并坐。他是法兰西学院（Académie française）院士。该学院是法国最高荣誉机构，由四十名院士组成，院士入院后被称为“不朽者”。院士各有固定座位，每周四聚会一次，讨论诸事，并审阅作为法语应用标准的大字典。我于 2002 年被选入学院后，座位正好与列维-斯特劳斯之座为邻。他今年 97 岁高龄了，除非病痛或他事，尽可能不缺席。我的选举举行那天，他略有不适，却特来投票。我想主要原因是：法兰西学院院士均是当代著名作家兼及少数科学家和宗教人士，可是真正与他同道做那样专门性研究的学者并不多（专门学者均属于法兰西学院下属的各学院）。我是其中罕有的直接承受过他影响的一个。每周四相聚时，在典雅和谐的会堂里，我们都聚精会神地参加日程，这并不妨碍我们之间或低声交谈、会心微笑。

80 年代以后，除了把中国重要画论译成法文，把中国画家以大型画册的形式介绍给西方以外，我开始进入个人创作，无暇再顾及研究性的工作。未曾间断的则是对中国思想及中国美学的思考。将来时间许可时，我也许会把中国美学和西方美学做较为系统的比较。2004年初，承南京大学钱林森教授前来访问，邀我谈话。他所提问题中有一个是：“你当初以研究中国诗歌语言与绘画语言起始，均涉及中国美学，将近三十年了。能否说说今天对中国美学的看法以及自己的审美观念？”我当时做了简短的回答。现录于下，亦暂时作为本篇序文的结尾吧。

这是一个难以捉摸的大问题，要回答它，我不能不先绕个圈子，鸟瞰一下中国思想和西方思想这两个大传统。在我们今天谈话的范围里，我只能使用最简化的方式，这样做其实是非常不妥当的。过于简化就会歪曲思想。让我尝试说说吧。

正如数年前与陈丰女士谈话时已经解释过的，中西思想的思维定式、文化范式不同，虽然最终说来，二者在至高层次有共通之处。西方除了在宗教领域发扬了“三”的观念，基本上的定式或范式是二元性的。从亚里士多德起始，后来不管是笛卡尔、休谟、康德乃至黑格尔，均遵循了这条路线。现代思潮，特别是自后期现象学哲学以来，在某种程度上打破了此模型。从亚里士多德起始，西方所做的是将主体与客体分开。肯定主体、发挥主体意识，俾以分析客体、征服客体。长期地显现主体不只导致了科学思想，也加强了以法律保障主体的要求。其良好的后果是：设法在人类社会中建造自由、民主的体制。我说“设法”，因为这体制之完善尚有待不断的追求。提到“不断的追求”，我又联想到柏拉图以及后来基督教对人性本身的看法：人既然是精神动物，人性便不能纳入既定的框子；它需要被超越，它尚是大可能。而那大可能只有放在神性的背景中，以神性为至高准则，才能获得最大程度的形成与发挥。不然，人性所包含的凶残是不会自消的。

中国思想几乎从一开始就避免对立与冲突，很快就走向“执中”理想，走向三元式的交互沟通。这在《易经》《尚书》中已发萌。到了道家，《道德经》里引申出的“道”的运行方式则是：一为元气，二为阴阳，三为阴阳参以冲气，无可否认是三元的。至于儒家思想所达到的天、地、人的三才论，以及结晶于“中庸”的推理亦是三元的。“中庸”在天道与地道之间择其人道，并在人际关系里，主张“执其两端”而择其中。这样的基本态度在理想情况下该是高超的了。但在真实社会里，面对实际问题时，特别是在中国固有的封建型社会里，却具有极大缺陷。别忘记，真“三”乃滋生于真“二”。因为真“三”是将真“二”之优良成分吸取、提升而登临有利之变化。无真“二”即无真“三”。所谓真“二”固是主体与客体之明确区分，亦是主体与主体之间之绝对尊重，那才能达到充分对话之境地。尊重并保障主体这不可缺的一环，中国思想真正面对了么？预先把人性规范在一些既定的人伦关系中，没有对“恶”的问题做根本性的质问和思考，中国思想真正尝试过建造真“二”的条件以加强主体的独立性么？中国人在旧社会里所期望的不总是

“明君赐恩”或“上方宽容”么？他们往往忘了：人性不做超越性的自省自拔时，很快就流入无尽的腐化、残害。这事实在人间任何角落都可应验。人的意识只有在真“二”环境里才能得以伸展、提升。儒家有几位大师，例如朱熹和冯友兰，他们申明过：“中”不应是“折中”。“折中”只是“次二”，绝非真“二”，不可能导致真“三”。真“三”确是人类社会的好理想，这是中国思想所应力求保存的。可是一个不以真“二”为基的社会所能唱出的主调总不过是妥协。

绕了这个圈子，我回到你关于我审美观念的问题。不用说，我沉浸在西方艺术天地里，受了西方美学的重要影响。中国诗画传统给我的熏陶亦是不可磨灭的原生土壤。西方那种观察、分析、刻画以及追求崇高、升华、超越的特有精神，彻底地表现在艺术创造中，包括音乐、绘画、雕刻、舞蹈、建筑。艺术家们所给予的，与中国艺术有异，却为人类精神探险开拓了令人惊叹的境界。罗列在绘画天地里的，是事物在光影之间所透露的存在奥义，是人体及面容在春秋迭换中所显示的无限神秘，是人间悲剧穿过凝聚表现所带来的深湛启示……

中国的美学思想倒呈早熟现象。在艺术领域里，中国很早就实现了真“二”乃至真“三”。因为隐遁山林之间，任何封建势力、任何统治者，都无法前来压制隐者与大自然之间所发生的亲密关系和创造行为。这也是为什么中国历史上的动乱时期反而是诗画以及思考兴盛的时期。中国人当然知道大自然是蕴藏“美”的宝库。但是他们没有将“美”推向柏拉图式的客观模式和抽象理念。他们很快就把大自然的美质和人的精神领会结合起来。其中主因是中国思想以气论为根基，而气论是把人的存在和宇宙的存在做有机的结合的。刚才提到道家的三才阴、阳、冲气以及儒家的三才天、地、人，均是符合这动向的。所以按照他们的眼光，作为艺术创造根源之美，从原初起就已是交往，是衍变，是化育。而自那美而滋生的产品无可置疑的是真“三”了。那是人与山同在时所达到的“此中有真意，欲辨已忘言”。然而不得不承认的是：仅将大自然作为对象尚为一种局限。大自然的反照足以包容人的存在之全面么？人的特有命运、特有经历、特有意识、特有精神的完成，不也需要另一种探测与表现么？尽管如此，倘若只从审美的观点来说，我基本上是同意中国美学托出的许多见解的。关于中国美学，近年来专著极多，这是大好现象。其中不少未能免于繁复，给人纷纭堆砌、不得要领的感觉。我想值得做的该是从锦绣万千中抽出几条金线来。我个人所能看出的金线是由最早的“比兴”观念和后起的“情景”观念织成的。这两种论诗、解诗的方式先后相承，它们都建立了前面已说到的物我交往关系。“比”是诗人内心生情，采用外界事物作为比拟；“兴”是诗人偶睹外界事物而触景生情。后来“比兴”演化为“情景”，形成了更深入、更细密的理解与分析。在这两个主要观念形成之间的漫长时期中，中国美学接受了佛教思想的影响。佛教思想除了带来一些新概念、新意象之外，更教会中国思想家在推理时引入“步骤”“层次”“等级”这些构成因素。于是在文学领域里，继《文赋》《文心雕龙》《诗品序》之后，有了唐代的皎然、司空图等，宋代的严羽、罗大经等。到了明清时代，种种发挥应运而生。我愿特别提出的却是唐代王昌龄的三境论，即物境、情境、意境是也。王昌龄早于司空图一个世纪，解释三境时短短数行，然而精辟明晰，实为难得的重要一环。王昌龄所涉及的是诗以及画所表达的诸境界。之后司空图虽做了更细致的分类，并发扬了“象外之象”的观念，但并未削减王昌龄将诸境界纳入等级的功劳。至于如何建立审美标准以评赏艺术真品，我们可以把眼光转向画论。自顾恺之、宗炳、谢赫、张彦远、郭熙、韩拙等大力开拓，逐步深入，到了晚明以及清代，董其昌、李日华、石涛、汤贻汾、唐岱、沈宗骞、布颜图等均做了集大成的反省。如果要我列举一下中国美学认为艺术真品所必具的基本要素，我会不迟疑地提出氤氲、气韵、神韵这三个自下向上的有机层次。在我们今天谈话的范围里，我不可能对它们做深度的诠释，简略数句如下。

“氤氲”是画艺中的固有概念，由石涛在其《画语录》中推陈而出新。它指明，任何作品首先必须内含阴阳交错之饱和或张力。这饱和，这张力，是通过笔墨的铺陈组合与布局的开合起伏获得的。“气韵”则来自谢赫所定六法之一的“气韵生动”。它指明任何作品，不管是动性的或静性的，不管是在局部构形上或全面气势上，均应体现另一内含要素，即“生生不息”性的韵律与节奏。至于“神韵”，则实在是得以领会而难以言诠的概念。“神”这一单字在普通用语中意义多样，在绘画传统中更有“形神”之争。可是在“神韵”中它的意义基本上是形而上的。为了暂作澄清，我们还是引用最早在《易传》中出现的定义：“阴阳不测之谓神。”此定义是将神作为元气之最幽深、最高超的存在，“神”和“韵”结合而组成“神韵”，固然是指元气本身在运行时所托出的韵律，更意味着在创造过程中，艺术家心灵与宇宙心灵达到升华的共鸣、感应。既是感应，乃不是一种统一型的固定，而是一种持续的回环。在此，“神韵”是与“意境”相通的，因为它也意味着人意和天意在超越层次里达到会心默契。“神韵”也好，“意境”也好，有一点值得再三说明：在那最高层次里，“唯有敬亭山”并不消除“相看两不厌”，它们相辅相成，永无止境，而非有些美学家笼统概括为的“物我相忘”，因为“物我相忘”其实是近于幻灭的境界。作为大地上的精神见证者，我们的探求最终所化入的乃是“拈花一笑”，这才是至真的美妙。

以上所说虽涉及根本，尚有待我们对美这个大神秘做更彻底的思考。不是么？我们了解真的必要，没有真，生命世界不会存在。我们也了解善的必要，没有善，生命世界不得继续。美呢？初看似乎并不必要。然而令我们震惊的是，“天地间有大美”，这是庄子的话。宇宙不必非美不可，然而它美。大至浩瀚星辰，中至壮丽山川，小至一树一花，均不止于真，均尽情趋向最饱满的美。面对这现象，我们难道不应像牛顿面对苹果落地时一样做同等的追问？我们也许最终无法谙晓美自何而来。我们至少可以揣摩到美得以产生的起码条件，以及因美而滋生的一些结果。譬如说，我们看到生命并非千篇一律；每个生命，哪怕是一只虫、一片叶，均为独一无二的存在。是这独一无二性使那存在超出无名，成为得以负载美、向望美的“此在具象”（présence）。再譬如说，我们对宇宙创造的神圣感不只来自其真，还来自它所不断显示的高超之美（transcendance）。我们对生命的意义感也来自万物因不可制止地开向美而显示的一种内发的意图（intentionalité），中国诗作中所谓“有意”也。你一定了解，我这里所说的是真美，是与原生俱在的内含要素，而不止于外形的，往往沦为引诱工具的“美饰”“好看”。它是中文所指的“佳”，因而也牵涉道德层面。事实上，真美与真善是结合的。请想想，没有善行会是不美的，中文不是称之为“美德”么？而美的最高境界既然是宽宏的和谐与契合，它就必然是包容善的。那么，美为善增添了什么？粗浅一点也许可以说：美赋予善以光辉，使善成为欲求倾爱的对象。在至真的王国里，美毕竟是值得人寤寐以求的至高存在。也许有人会问，这样把美放在首位，在人类思想史上可曾有过类似倾向？我们的回答是：很多时期都曾有过的。古希腊的柏拉图、亚里士多德将理性推上首位，后来意大利的文艺复兴时期，法国的古典主义时期，德国、英国的浪漫主义时期，以至近代的象征主义时期，均是如此。特别值得一提的是，19世纪初德国的谢林和19世纪末俄国的陀思妥耶夫斯基均对真美拯救人类这一主题做过高度理论性的思考。回顾中国，那位颂扬“大鹏神游”“化腐朽为神奇”的庄子应该不会反对以美为生命至高境界。推崇伦理的孔子呢？我们没有忘记他理想的方式是礼乐。他屡引诗句，闻韶乐而三月不知肉味；他更寓仁智于山水。在后来的艺术传统中，自文人画兴起于宋初，诗与画竟逐渐被认为是人类完成的终极形式。这一点甚至成为中国文化的特征之一。

说到此该适可而止了，我却不得不再加上最后一小段。我们的目的既是探求生命真谛，说到美，就不能不观其相反：恶；不然，我们的探求不会全然有效的。天地间固然有大美，人间却漫生了大恶。恶，不用说，包括天灾，而人祸的深渊更不见其底。人作为自由的有智动物，在行大恶时所能达到的专横、残忍，是任何动物都做不到的。我们审视生命现象时不可不掌握美、恶这两个极端。更何况，有一种美质是从伤痛净化、苦难超升之中流露的。各国的文学（包括中国文学）都表现了情人们在极度考验中所达到的忠贞之美。西方艺术也表现了妇女们抚恤基督受难体时所显示的圣洁之美。中国在纯思想方面有欠对大恶做绝对性的面对，在画与诗中则有相对的表现。画主要是在佛教艺术那边，诗则由杜甫、白居易、陆游、文天祥以及所有写实派诗人发出了些强音。也许这最终将成为哲学家与小说家的任务。

引了这么一大段来结束这篇长序，是因为如前所说，《中国诗歌语言研究》与《虚与实——中国绘画语言研究》出版迄今已二十五年了。其间时代变迁，我个人也做过其他思考，乃不可抑止地将它们录呈于上。尤其是，六年前（1998年）我曾返国在北京大学讲学。大课堂里交流切磋的热烈气氛至今难忘。本来应允将所讲重新整理书写出来，可是，未曾预料的事件把我的生活转向其他方向，学术性写作终于搁置下来。为了补此遗憾，我愿把这篇序文献给当时在场的众多师友和学生们。一一提名是不可能了，容我列举下列诸位教授，请他们接受作为代表：王东亮先生、王文融女士、丛莉女士、刘自强女士、桂裕芳女士、杜小真女士、张祥龙先生、孟华女士、许渊冲先生。通过他们，我向罗大冈先生和齐香女士致敬，也向未来的中国读者致敬，同时，我要感谢涂卫群女士的精心翻译。这两部原本是移植性的著作，现在终于具有归根性了。而真正的归根不也意味着新春来临时会有不可思议的抽枝发条么？

抱一

2004冬于巴黎

目　录

致　谢

本书是一场漫长的探险。从第一版成文到列入袖珍丛书，将近二十年的时光悄然逝去。在此期间，每一次重印和每一版外文译本面世之际，我都努力完善文本，在其中纳入我在教学或者与同仁的交流中产生的新思考。也就是说，作品最终有了一种近乎“集体性”的特点。因此，在此我感谢所有人，我的老师们，我的朋友们和学生们，还有将这本书制作成型的人们。

在我的老师们中，我愿意特别指出，在汉学方面，戴密微和阿莱克西·里伽洛夫；在我的符号分析学研究方面，罗兰·巴尔特、罗曼·雅可布森和朱丽娅·克里斯蒂娃。但又怎能不提及其他汉学家，他们的建议对我大有裨益：皮埃尔·里克曼斯、维维亚娜·阿勒东、汉斯·弗兰科尔、刘若愚、斯蒂芬·欧文、高友工、林顺夫和孙康宜。

我感谢弗朗索瓦·瓦尔，这本书在他主持下诞生；感谢让-皮·拉皮埃尔，在袖珍版的整个修订过程中，他的热切关怀一直陪伴着我；感谢欧仁·西米翁，他积极参与了诗作初稿的翻译。

感谢尼科尔·勒菲弗、雅尼娜·雷加尔蒙蒂耶、达尼埃尔·格罗莱尔、海伦·博盖、安妮·阿莫尼克、贝内迪克特·罗斯科、布里吉特·吕斯尼和很多其他人，他们以各自的方式，确保了这本书的完成——它被构思为真正的有机体，我钦佩他们的工艺和艺术。

要是没有我妻子梅林和女儿艾蓝始终如一的在场和帮助，这部著作是不可能问世的。她们既分享了劳作的艰辛，也分享了共同完成的欢乐。

第一部分

导 论

这是一些契刻在龟甲和牛骨，以及铸刻在青铜礼器和器皿腹壁上的符号。[①]这些用于占卜或实用的符号，首先显示为轮廓、标志、凝结的姿态、视觉化的韵律节奏。每个符号，因独立于语音且无形态变化，个个自成一体，从而保全始终独立自主的机运，并由此保全延续的机运。因此，自起源以来，这种文字便拒绝充当口语的单纯支柱：它的发展，是为确保自主性以及组合自由而进行的一场漫长的斗争。自起源以来，它便在所表示的语音与趋于形体运动的生动形象之间，在线性要求与向空间逃逸的欲望之间，呈现出矛盾与辩证的关系。是否有理由谈论中国人为维系这一“矛盾”所面临的“无理挑战”——而这竟然延续了将近四千年？无论如何，这涉及一场最为惊心动魄的历险；可以说，通过文字，中国人接受打赌，奇特的一赌，诗人是其重要受益者。

实际上，幸亏有了这种文字，一支来自三千多年前的绵延不绝

---

① 汉字已知的最早样本是契刻在兽骨和龟甲上、用于占卜记事的文字。除此之外还有青铜礼器上的铭文。这两种文字形式通行于商代（公元前 18 世纪—前 11 世纪）。

的歌，留传给了我们。① 这支歌最初曾与降神的舞蹈和依循四时安排的田间劳作密切相连，随后则经历了诸多演变。存在于这些演变源头的一个决定性因素，恰恰是这种文字本身，它孕育出这一具有深
12 刻的独创性的诗歌语言。整个唐诗是一支书写的歌，同样也是一种用于吟咏的文字。经由符号，顺应着初始的韵律节奏，一种话语迸发而出，并从四面八方溢出其表意行为。首先，让我们来勾勒这些符号的真实面目，也即中国表意文字的所以然，它们的特性，它们与其他表意实践的关系（此即这篇“导论”的意图所在），而这已是在突显中国诗歌的某些本质特征了。

在谈到中国文字时，人们习惯于提到它的形象化特征。不了解这种文字的人容易把它想成是一些杂陈的“小型图画”。的确，在我们所知道的这种文字的最古老的形态中，可以找出为数不少的图画文字（pictogramme），比如⊙（后来定型为日），☽（定型为月），𠆢（定型为人）；但除了这些图画文字之外，还有一些更为抽象的文字，它们已经可以被称作表意文字（idéogramme），例如王（连接天地人者），中（被一道线从中间贯穿的空间），以及𠬝（定型为“反”：画出返回自身的动作的手）。从数目有限的独体字出发，人们后来造出了合体字：这些合体字构成了现今使用的中国表意文字的主体。人们通

① 开创了中国文学的第一部诗歌总集《诗经》，其中包含了一些写于公元前一千年的诗作。

过合并两个独体字而获得一个合体字；于是，“明”字由“日”“月”两字构成。但合体字的最为普遍的情形是“形旁+声旁”（形声字）的结构，也即由一个独体字生成的形旁（亦称部首，因为形旁也用来指示一个字所归属的门类；所有汉字被分为214门类，也即分属214部：水部、木部、人部，等等）加上另一部分构成——它也由一个独体字生成——以充当声符；它通过自身的读音提供全字的读音（换言之，作为声符的独体字，与它参与构成的合体字拥有同样的读音）。以“伴”字为例，它是一个合体字：它由一个形旁，人字旁“亻”，和另一个独体字“半”字构成，“半”字的读音是ban，它表明合体字“伴”字的读音也是ban。（当然，这造成了许多同音字，
我们将在后面阐明其意蕴。）需要指出的是，对这个只起声符作用 13
的独体字的选择，并非总是毫无缘由的。在我们刚刚举过的例子中，独体字“半”的意思是“一半”，与人字旁“亻”结合在一起，它唤起“另一半”或“分享的人”的意念，并协助强调合体字“伴”的确切含义：伴侣。这个例子使我们观察到一个重要现象：那些“含义自明”的独体字已经具有鲜明的动作性和标志性特征，不过在涉及纯粹的语音因素时，人们仍然巧妙地设法使之与一种含义发生联系。在一种符号系统——这种符号系统建立在与真实世界的密切关系的基础上——的所有层次上取消无缘由的做法和任意性，从而使符号与世界，并由此使人与宇宙之间没有中断，这似乎是中国人自始至终努力趋向的目标。这一观察结果，使我们得以更加深入地展开对表意文字之特性的思考。

表意文字由笔画构成。这些笔画的数目虽然非常有限，却提供了极为多样化的组合；全部表意文字呈现为由一些非常简单的，但本身已有含义的笔画构成的组合（或转化）。在下列六个表意文字中（除了最后一个，都是独体字），第一个由一画、最后一个由七画构成[①]：

一　人　大　天　夫　芙

第一个表意文字由一道横线构成。这道横线无疑是最重要的基础笔画，可以看成中国文字的“起首笔画”。按照传统的解释，画下这样一道线，是造分（同时也是联结）天地的动作。因此，“一”字的含义同时是“一”和“原初的统一”。通过组合基础笔画，以及在很多情况下，依据支撑这些笔画的“意念”，人们便得到了其他表意
14 文字。正是像这样，组合“一”和“人”，便得到“大”，同样，在“大”上加上一横，便得到“天”。“天”字“出头”产生了“夫”；这最后一个字“芙”，是一个合体字，由“夫”（作为声符）和草字头“艹”组合而成。笔画互相交错，字义互相隐含。在每一个符号下，规约的含义从来不会完全抑制其他更深层的含义，这些深层含义随时准备喷涌而出；而根据平衡和节奏的要求形成的符号之整体，显

① 在此我们并不仅仅以词源学为基础再现这些文字。我们的观点是符号分析学的：我们首先要呈现的，是存在于符号之间的表意书写联系。

示为一堆意味深长的“笔画”（特征）：姿态、运动、有意而为的矛盾、相异者的和谐，最后还有生存方式。

值得提醒的是，传统在这种文字和被称为“八卦”的占卜体系之间建立了联系。这个占卜体系在中国文明史的整个进程中始终扮演了重要角色，不论是在哲学方面（变易的思想），还是在日常生活中（占星、堪舆和其他占卜活动）。相传它最初是由传说中的帝王伏羲创制的，由周文王加以完善（约公元前一千年）。一整套卦象之间的内在关系，依循阴阳交替的原则，由转化的规律支配。三道由下而上顺序排列的横线（爻）构成基本的卦象；连续的横线代表阳，断开的横线则代表阴。因此天的意念由三道连续的线代表☰，地的意念则由三道断开的线代表☷，☵象征水，☲象征火，等等。表意文字也是由笔画构成，它的前三个数字均由相对应的笔画数目代表（一、二、三），还比如，“水”字在古代写成𣱱，因此，某些观点认为可以窥见两个系统之间存在着亲缘关系。总而言之，强调这一关系，表明这些表意符号的目标与其说在于复制事物的外部特征，不如说在于通过基本笔画形象地再现事物——这些基本笔画的结合揭示了事物的本质，以及事物之间的隐秘联系。这些表意文字，由于每个字都表现出仿佛具有必然性的平衡结构（它们大小一致，拥有属于自己的间架结构，和谐而经久不变），似乎并不是任意强制规定
的记号，而个个都像是拥有意志和内在统一性的生灵。在中国，这 15
种把符号视为活的统一体的看法，因每个表意文字都是单音节且没有形态变化这一现象而进一步强化；这种现象赋予每个字以自主

性，以及在与其他表意文字结合时的极大的灵活性。在中国的诗歌传统中，人们很自然地把构成五言绝句的二十个字比喻为二十“贤”（sages）。它们各自的个性以及彼此之间的关系，将诗作转化为一场礼仪活动（或一幕戏剧），在这当中，动作和象征符号激发出可以不断更新的“含义”。

*

* *

在中国，这样一个文字系统（以及支撑它的符号观念）决定了一整套的表意实践，除了诗歌之外，还有诸如书法、绘画、神话，以及在某种程度上，音乐。在此，语言不再被设想为“描述”世界的指称系统，而是组织联系并激发表意行为的再现活动；这种语言观的影响具有决定性的意义。这不仅是因为文字被用作所有这些实践的工具，更因为它是这些实践形成体系过程中活跃的典范。种种实践形成了既错综复杂又浑然一体的符号网络，它们服从于同一个象征化过程以及某些根本性的对比规则。人们无法试图理清其中某一项实践的语言，而不参照那些将它与其他实践结合起来的联系，以及一种普遍的美学思想。在中国，各门艺术并未被隔离开来；一位艺术家专心从事诗歌—书法—绘画三重实践，仿佛它们是一门完整的艺术，在这一活动中，他的生存的所有精神维度都得到了开发：线性的歌吟和空间的塑造，咒语般的动作和视觉化的言语。因此，在下文当中，我们将阐明文字与书法、绘画、神话以及音乐所保持的关系，与此同时，凡有必要，我们将阐明诗人在锤炼适合于自己的语言时，从这种关系中获得的裨益。[1]

书 法 16

在中国，弘扬表意文字的视觉之美的书法成为一门重要艺术，这并非偶然。通过从事这门艺术，中国人找到了自身深层生存的韵律节奏，并与原初世界融为一体。通过这些有意味的笔画，他寄托自己的一切。笔画的连断疏密，笔画之间或对比或平衡的关系，使他得以表达多方面的情性：刚与柔、激越与宁静、紧张与和谐。书法家通过实现每个字的统一，以及字与字之间的平衡，在表达事物的同时，达到自身的统一。来自远古的不断重操的动作，其节拍宛若剑舞[2]，随着笔画的起落得以在转瞬间实现；腾飞、交错、翱翔或沉降的笔画，它们逐渐获得含义，并在词语规约的含义之外增添其

---

① 从现在起我们就要指出，在中国，除了评论和注释的悠久传统，稍晚的时候还确立了另一个同样丰富和连续的传统：修辞学和文体学。一系列著作和文章提供了关于符号之本性与力量的思考，以及关于各种比喻修辞（它们的结合孕育出新的含义）的思考，等等。每当这些文本对我们的考察和分析具有引导作用时，我们都会加以参照，尤其是在第三章，我们将触及诗歌语言的最高层次——象征层次。

② 关于这个话题，值得一提的是唐代大书法家张旭，他就是在观看公孙大娘表演剑舞时获得了关于书法艺术的关键启示。

他含义。实际上，谈到书法，便有必要谈论含义，因为它那富有动感和节奏感的本性，并未令我们忘记书法是根据符号创作的。在书写过程中，文本的含义始终未曾从书法家的脑际消失。因此，对文本的选择既非毫无缘由，亦非无足轻重。

书法家所偏爱的，无疑是诗体文本（诗句、诗作、韵文）。书法家书写一首诗时，并不仅限于从事一种简单的抄写行为。在进行书法时，他复苏了符号的整个形体运动及其激发想象的全部力量。他以这种方式深入每个符号的深层现实，与诗作特有的抑扬顿挫的节拍相契合，并最终再造诗作。另外一类同样具有符咒特性的文本也
17 吸引着书法家：经文。经由那些经文，书法艺术恢复了符号原初的神奇和神圣的功用。道士在其书法的品质中观照他们所画下的符箓的灵验程度，正是书法的品质确保与超凡世界的良好沟通。佛教徒则相信，抄写经文能够获得功德，抄写时书法越好，功德越大。

对于这些画下的符号的神圣功能，诗人不可能无动于衷。书法家在他充满活力的行为中，感到自己将符号与原初世界相联系，并引发了或和谐或相悖的力量之运动，与此相同，诗人在组合符号时相信自己刺探到了宇宙中神灵的秘密，正如杜甫诗中所言：

诗成泣鬼神！

这一信念令构成一首诗的每个符号获得了（我们已说过）异乎寻常

的影响力和崇高地位。同样，这一信念也使诗人在创作一首诗时，近乎神秘主义地寻找被称为“字眼”[①]的关键字——它豁然照亮了整首诗，从而泄露了隐蔽世界的奥秘。有无数逸事讲述一位诗人如何尊崇另一位诗人，称赞他为“一字师”，因为后者向他“点明”了那个必不可少又绝对恰当的字，这个字使他得以完成一首诗，并由此而“巧夺天工”。[②]

至于由书法不断彰显的文字之形象化特征，诗人也不曾放弃发掘其唤起联想的力量。参禅悟道的王维在一首五言绝句[③]中描写了一株正在开放的楠木花。诗人试图暗示，通过努力静观那棵树，他最
终与树合二为一，从树的“内部”体验了开花的过程。他没有运用 18
指称语言解释这一体验，只是在绝句的第一行诗中排列了五个字：

木末芙蓉[④]花

即便是一位不懂汉语的读者，也能觉察到这些字的视觉特征，它们

① “眼睛”的意象在中国的艺术观中十分重要。比如在绘画方面，有一则关于一位画龙不点睛的画家的逸事。他回答那位询问个中缘由的人说：“我一旦加上眼睛，龙就会飞走！”

② 关于这一点，我们可以举李贺的一句诗为例：笔补造化天无功。

③ 《辛夷坞》，见第二部分，第135页。（本书参见页码均为页边码，即原书页码。——编者）

④ 此句指楠木花，因看似荷花，诗人乃以芙蓉喻之。

的接续与诗句的含义相吻合。实际上，按照顺序读这几个字，人们会产生一种目睹一棵树开花过程的印象。第一个字：一棵光秃秃的树；第二个字：枝头长出一些东西；第三个字：出现了一个花蕾，“艹”是用来表示草或者叶（葉）的部首；第四个字：花蕾绽放开来；第五个字：一朵盛开的花。但是通过这些表意文字，在所展现的（视觉特征）和所表明的（通常含义）内容背后，一位懂汉语的读者不会不觉察到一个巧妙地隐藏着的意念，也即从精神上进入树中并参与了树的演化的人的意念。实际上，第三个字“芙”包含着“夫”（男子）的成分，“夫”则包含着“人”的成分（因而，前两个字所呈现的树，由此开始寄居了人的身影）。第四个字“蓉”包含着“容”的成分（花蕾绽放为面容），“容”字则包含着“口”的成分（口会说话）。最后，第五个字包含着“化”（转化）的成分（人正在参与宇宙大化）。诗人通过非常简练的手法，并未借助外在评论，便在我们眼前复活了一场神秘的体验，展现了它所经历的各个阶段。

在前面这个例子中，我们看到从简到繁的开花过程如何通过字形展现出来。下面的例子可以说体现的是一个相反的过程，一个逐
19 步净化的过程。这句诗取自刘长卿的一首五言律诗[①]，它的主题是诗人去看望一位隐士。诗人沿着小径，穿越山间的风景，终于看见隐士的宅院，院门掩映在一丛葳蕤的芳草中。他走近隐居所，感到自己被隐士朴实无华的情操所感染。那安详地关闭着的门，如同这一

① 《寻南溪常道士》，见第二部分，第 232 页。

情操的忠实写照。下面是这首诗的第四句：

芳草闭闲门

在读这句诗时，如果仅仅把注意力集中在其字形特征上，我们会发现，字与字的接续实际上暗示了我们所谈到的净化过程。前两个字“芳草”都含有草字头“艹”。偏旁的重复充分表现了外部自然茂盛的景象。接下去的三个字“闭闲门”都含有“门”字偏旁。排列起来，它们形象地展现出随着诗人逐渐走近隐居所，他的视观越来越明净，越来越朴实无华；最后一个表意文字，裸露的门的意象，恰恰是隐士纯净的心灵的意象。整句诗表面看来是描写性的，但在深层的意义上，难道它不意味着为了达到真正的智慧，首先要摆脱来自外部世界的所有诱惑吗？

第三个例子表明，诗人杜甫在他的两句诗中运用了道士在描画神奇的符箓时所珍视的一种手法：这一手法在于罗列一些具有相同形旁的字（有时是臆造的），仿佛是为了积聚由这个形旁所暗示的那种能量。在此不无反讽，因为诗句描写的是在一个骄阳似火的天气，对下雨的焦灼的期盼，但最终期盼落空（神奇的符箓未起作用）。诗人用了一系列含有“雨”字头的字：雷霆、霹雳、雲（云）。然后，他让“雨”字本身最后出现，而它已包含在所有其他允诺它的字中。枉然的允诺。因为这个字刚一出现，“無”（无）字便紧随其后，结束了诗句。可是，这最后一个字以火字为形旁：“灬”。因此，落空的

20 雨很快就被灼热的空气吸收了。这两句诗是这样的：

雷霆空霹雳，雲雨竟虚無。[1]

所有这些排列起来的字，通过逐步进展（雲的聚积、预示着雨的霹雳、被火吸收的雨）以及造成的反差，制造出强烈的视觉效果。

让我们举最后一个例子，以说明诗人如何利用字形因素。这是张若虚的一首长诗[2]的第一节，在这首诗中，诗人开门见山地引入了两个象征形象的二元主题：河流（时空，恒常性）与月亮（生命之冲动，变迁）：

春江潮水连海平，
海上明月共潮生。
滟滟随波千万里，
何处春江无月明？

诗人并没有点明诗的主题，而是将两个字系加以对比，也即以

① 《热三首》。

② 即《春江花月夜》，我们曾在论著《一位唐代作家诗歌作品的形式分析：张若虚》中对其做了分析。在另一部论著《泉与云之间：中国诗歌再造》中，我们给出了一篇新的译文。

水“氵”为偏旁的字系：江、水、海、滟、波，和含有“月”的字系：
月、明、随。在它们当中两次出现“潮”字，它属于“水”部，但也 21
含有“月”字。如果将属于河流组的字用符号 / 来表示，将属于月
亮组的字用符号 \ 来表示，将兼具两组特性的“潮”用 × 表示，它
们在四句诗中出现的次数表示如下：

\ / × /
/ \ \ ×
/ / \ /
\ / \ \

这两个形象的对比和牵连关系由图形有效地暗示出来。

绘 画

如果说书法与写诗之间的联系似乎是直接和自然的，诗与画之间的联系在一个中国人眼里也同样如此。在中国传统中，绘画被称为“无声诗”，绘画与诗属于同一范畴。不少诗人醉心于绘画，而任何一位画家都应当是诗人。最杰出的例子无疑是盛唐时期的王维。他是水墨画技法的发明者和“写意”画的先驱，同时以诗著称。他身为画家的体验极大地影响了他在诗中组织字符的方式，反过来，他的诗人眼光不失为深化了他的绘画眼光，因而宋代诗人苏东坡这

样评价他的作品：“诗中有画，画中有诗。”使诗与画联系在一起的，首先恰恰就是书法。而这三位一体关系（它形成了一门完整艺术的基础）最显著的表现，便是在一幅画的空白空间书写一首诗的传统。在阐明画上题诗的意义之前，有必要强调这一事实：书法和绘画都是笔画的艺术，这一点使二者的并存成为可能。

书法艺术，由于意在重建暗含在文字的笔画中的初始韵律节奏和富有活力的动作，从而使中国艺术家摆脱了忠实描绘物质世界外部特征的顾虑，并且很早便激发了一种“神性”的绘画。这种绘画不追求形似和估算几何比例，而是通过摹写大自然的基本线条、形
22 态和运动，以求摹仿“造化之功”。画家在完成画作的过程中，寻求着与书法家同样的至上自由，他也运用与书法家同样的一管毛笔。在一段非常漫长的时间里，他学习绘制大量形态各异的自然现象和人类世界的现象——所有这些现象都经历了一个缓慢的象征化的过程；一旦这些现象成为表意单位，它们便为画家提供了根据基本的审美规律组织它们的可能性——仿佛是为了将可见的宇宙“牢记在心”——然后画家才开始画真正意义上的作品。画作常常在没有原型的情况下完成（因为作品应是内心世界的投射），它与书法一样依韵律节奏进行，画家仿佛受到一股不可抗拒的内气的承托。这之所以可能，恰恰因为所有绘画成分都是由笔画画下的。通过笔画连绵不绝的气韵，艺术家得以追随由第一画[①]肇始的运动。真实世界在他

① “一画”的理论已包含在张彦远（约 815—875）的《历代名画记》中，后来其他画家又发展了它，尤其是石涛（约 1642—1708）的《画语录》。

笔下涌现，而“气”始终不曾中断。在中国画家眼中，笔画同时表达了事物的形态和遐想的律动；它们并非单纯的轮廓线；它们以其连断疏密，以其环绕的虚白，以其暗示的空间，暗含了体积（从未凝固）和光（始终在变化）。因而画家依靠笔画，依靠互相吸引或形成对比的笔画进行创作。这些笔画体现为预先构思和已熟练掌握的形象；画家创作作品，不是在复制或描绘世界，而是瞬间而直接地，既不添加也不修改，以道的方式，孕育真实世界的形象。

现在回到画中题诗，我们可以看出，在写与画的成分之间并没有中断，二者都由笔画构成，由同一支毛笔写就。这些题写的文字是画的内在组成部分；它们并未被看成单纯的装饰或者从画外投射的评语。参与了整体布局的一行行诗句，真正地“洞穿”空白空间，并在其中引入了我们称为时间性的新维度；因为以线性方式阅读的诗句，在空间意象之外，揭示了画家的记忆，他对捕捉一派生机勃勃的风景的过程（他连续的视观）的记忆。诗句作为富有韵律的咒
语，在时间中展开，它们对绘画之“无声诗”的称谓带来了一重否 23
定；它们使空间真正敞开，向着成为过去的却又不断更新的时间敞开。中国的画家-诗人，通过协调诗与画，成功地创造出一个完整而有机的四维宇宙。

这两门艺术的紧密结合，引出了对二者都很重要的结果。空间性与时间性的相互渗透产生了决定性的影响，一方面，它影响了诗人构思一首诗的方式（尤其通过这样一个思想：诗不仅寄寓于时间，

也寄寓于空间；不是作为抽象框架的空间，而是作为一个通灵的场所，在那里，人的符号和所指的事物在一种持续的多维游戏中互相包容。正像在一幅“散点透视”的中国画中——它并不提供一个固定的优选视点，并且不停地邀请观者深入或显或隐的处所——一首诗中的符号并不满足于充当单纯的中介；它们通过空间组织，构成了一个栩栩如生的世界，在那里居住令人愉快，人们可以周游其间，经历奇遇和发现）；另一方面，它影响了画家在一幅画中安排绘画单位的方式（对自然现象的系统性的象征化——这些现象被转化为表意单位；在对比和牵连的双轴上对这些单位加以结构化等等）。因此，这两门艺术分享同一些中国美学的基本规律，书法也属于这一美学范畴。在此，我们仅想强调两个极其重要的观念（我们将在后面谈到中国宇宙论时深入阐述）：气或者气韵的观念，以及虚实对比的观念。“气韵”这一表达式出现在大部分文学批评著作以及
24 画论中。[①] 根据传统，一件名副其实的作品（文学或艺术的）应使人重新置身宇宙生生不息的气流当中，这种气流应当回环于作品并激荡整部作品，为此人们十分重视韵律节奏，它有时充当句法。至于虚实对比，则是中国哲学的一个根本性观念。[②] 在绘画方面，具体到

① 在文学方面，我们可以举曹丕（187—226）在《典论论文》（它被视为中国最早的文学批评文章）中的断言为例：“文以气为主”。再比如刘勰（约465—522）的《文心雕龙》中的一篇题为《养气》。在绘画方面，我们仅以谢赫（约500年）提出的著名法则“气韵生动”为例。

② 尤其是道家思想，对此我们将在后面讲到中国宇宙论时进一步展开。

某一幅画，它表明了一重对比关系，不只是“有物”和“无物”之间的对比，还包括所画部分之内的对比，在那里，疏密连断的笔画交替出现。在一位中国艺术家眼里，完成一件作品，是一项精神活动；对他而言，这是一个对话的时机：主体与客体、可见世界与不可见世界之间的对话，这是内在世界的涌现，外在世界的无限延伸，而这一切受到循环转化这一生机勃勃的规律的支配。唐代诗人则将“虚实”的观念引入诗歌（见下文第一章）。它支配着诗人运用“实词”和“虚词”的方式。通过省略人称代词和虚词，以及将某些虚词重新用作实词，诗人在语言中施行内在对比，以及对符号本性的逾越。由此产生了一种纯净而自由的语言，它背离自然却又尽善尽美，诗人挥洒自如地运用它。

神话成分

在中国，神话领域非常宽泛且极为错综复杂。在此，我们只消指出可能存在于神话和诗歌之间的关系的种类。将二者联系起来的，首先仍然是文字；因此我们将从文字出发进行考察。

与在诗歌中一样，文字在神话中扮演了活跃的角色。通过字形和音韵的特性、具体而形象化的特征、非凡的结合能力，文字本身便有助于孕育意象和形象，神话借后两者丰富自身。在谈及书法时，我们已经看到，在某些宗教活动中，人们借助文字的启发，画下护身符或其他神奇的符箓，它们常常是由现有文字的字形派生而来的。

25 同样，某些神话人物的模样，比如文魁星，是由一堆压缩成人的形象的文字凝聚而成。所有这些直接或间接的运用，都显示出运用者对文字的神奇力量深信不疑。对他们来说，刻有祝圣铭文的石碑确实能够辟邪。另一方面，在一些庙宇，尤其是儒家宗祠里，圣坛上供人敬拜的对象既不是人物也不是圣像，而是一块写有一行字的匾：天　地　君　亲　师。在信奉者眼里，每个字不仅仅是生动的此在具象，并且它们的排列确确实实建立起一种亲子关系，这种关系把它们与太初的宇宙联系起来。在这个层面上，有些表意文字，作为完整的生命体，成为神话的构成因素，正如其他一些神话形象和人物。

此外，神话对文字的开发利用并不局限于字形方面。种种音韵游戏也有助于创造具有神奇力量的物品和形象。我们知道，汉字是单音节的，并且汉语的音节数目有限，因此在涉及单个字时，同音字很常见。在民间宗教中，人们经常采用的手法是，当一个指称具体事物的词与一个抽象的词发音相同时，就让这两个词相互应和。例如，鹿成为禄的象征，（蝙）蝠成为福的象征，不过是因为禄和福的发音与鹿、蝠相同。有时，人们甚至将几件物品组合在一起，以造成与现有的表达式的联系。因此在某些节日，人们把一种叫“笙”的乐器和“枣子”放在一起，以表达“早生子”的祝愿。有许多物品和动物像这样被赋予神奇的力量，从而丰富了想象世界并为民间故事提供了养分。这种建立在同音异义词的文字游戏基础上的手法（如同字谜），同样也可以用在神话人物身上。

让我们以雷神——闻太师为例。有时人们将他名字的第一个“闻”字写成同音异体的“文”。以看似任意的方式将两个同音字（闻、文）应和，信徒们为雷公增加了一个特性，他不仅是一位听者，同时也是一位画与写者：一只会听的眼睛或者一只会看的耳朵。 26

这种在宗教活动中对文字的字形和音韵资源的巧妙运用，也正是人们在诗歌中所见。诗人同样从字形或者音韵的拉近出发，探索触发神奇而有力的意象的可能性。不过神话与诗歌的关系并不局限于此。我们将看到（见本书第三章“人地天：意象”），中国诗歌以文字为榜样，走向对自然的系统性象征化，以便在隐喻-换喻的层面生成错综复杂的游戏。这种得到普及的象征化，我们同样可以在道教和民间宗教中观察到。宇宙、自然和人类世界中数目可观的现象，无不负载着象征含义；它们编织起一张广大的神话之网，使人的心灵得以无拘无束地与整个客观世界融为一体。然而，诗的象征化与神话的象征化并非两条平行的、互不相关的道路；相反，由于拥有共同的起源，它们互相支撑，互相渗透，最终互相汇合，如同一条大河的两条支流。诗歌在由集体神话借得大量象征形象的同时，也以自己历代创造的新的形象丰富着这些神话。此外，诗歌与神话利用了传统提供的同一个感应系统（数字、五行、色彩、声音等）。它们之间的关系如此密切，以至中国诗歌本身漫长的发展可以看成是一部集体神话的渐进构成。

音　乐

在中国，诗歌与音乐以一种非常持久的方式结合在一起。对此已经无需提醒，中国文学最早的两部诗歌作品《诗经》和《楚辞》都是歌集，其中一些作品是神圣的，具有礼仪特性；另一些是世俗的，产生于日常生活的情境。自汉代开始，即使在诗歌已获得自主
27 性之时，以“乐府”为名称的民歌传统也从未中断。与此同时，那些由署名诗人创作的、属于所谓“文士”诗范畴的诗作，也总是用来吟咏的。接近唐朝末年，约9世纪前后，一种新的诗歌形式——词（“曲子词”），得到迅速发展。这些词中的句子根据确定的规则而长短不一，是按照现成的曲调填写的“词句”。这种随后变得十分重要的体裁，再一次具体实现了诗歌与音乐的紧密结合。

两门艺术的密切联系必然也会影响从事创作的人们的情性。诗人走向一种关于宇宙的音乐视观，音乐家则寻求内在化诗人创造的意象。人们了解音乐在文人的理想教育中占据的位置，孔子本人也曾强调音乐的重要性。文人书房中的乐器，表明了他的精神境界。很多诗人，包括唐代的王维和温庭筠、宋代的李清照和姜夔，都是技艺精湛的音乐家。同样杰出的另一些诗人，如李白、杜甫、孟浩然、钱起、韩愈、白居易、李贺、苏东坡等，都曾经写诗颂扬某位音乐家的演奏，或者通过其诗作本身的音乐性，留存一次赏乐过程中感受到的共鸣。音乐家则素来倾向于创作以现成的诗题为标题的

音乐作品，并再造这些诗作展现的意境。

除了这种音乐与诗歌的总体关系，还有一些属于语言本身的因
素。我们知道，从音韵的角度来看，古汉语基本上是单音节的，因
为每个语词或语素的读音都由单一音节构成。从某种方式来说，这
种单音节性得到文字本身的支持。这些表意文字的字形结构大小一
致，没有形态变化，趋于由均匀的和最低限度的音韵来负载。由于
一个表意文字所具有的每个音节构成了一个活的统一体——音与意
的统一体；此外，由于汉语中有区别的音节数目非常有限（鉴于存
在大量的同音字），这一切赋予音节极为意味深长的音韵和“情感”
价值；这种价值，近似于在一件古乐器上演奏一部音乐作品时，赋
予每一个乐音的时值。在诗中，音节互相结合，形成一种简洁而紧 28
凑的节奏，这不免令人想起由数字二（阴）和数字三（阳）构成的
道的广大节律，音乐同样受其启发。仍然是关系到音乐性的主题，
不要忘记汉语是有声调的语言。由于每个音节带有不同的声调，汉
语口语非常具有歌唱性。在诗歌中，这引发了声调对位的精巧安排
（我们将在第二章中进行研究），这种精巧安排使诗非常适合于吟诵。
随后，在宋词以及元曲中，曲调对用来歌吟的诗句的调性发展皆有
固定的要求。

由此可见，诗歌是诸符号系统构成的有机整体中的一个内在部分。诗歌利用表意文字（表意文字使称为“文言”的书面语得以产生，文言与口语有很大差异），很快便孕育出一种专门语言，这种语

言成为其他语言的启迪者，同时也承受它们的影响。这种不同语言之间的相互作用，成为每种语言自我丰富的源泉。它也使得每种语言从其他语言当中获取灵感，并摆脱自身特有的束缚。让我们再来总结一下这些语言共有的特点：对自然和人类世界的现象进行系统性的象征化，将象征形象构成表意单位，按照某些根本性的规律（这些规律与线性的和不可逆的逻辑无关）结构化这些单位，孕育出一个符号世界——这个世界受到一种循环运动的支配，在这种运动中，所有的构成成分不停地互相牵连和互相延伸。

*

*　*

鉴于上面刚刚展开的内容，我们应该能够触及真正意义上的诗歌语言了。然而在我们看来，对一个根本性的现象稍加留意是必不可少的，那就是中国的宇宙论。这种宇宙论渗透了中国生活的各个领域，包括伦理、医学、太极拳、文学、艺术、戏剧等。有一点可以说是中国文化的一个特征，即宇宙观念和人事紧密糅合在一处。在诗歌语言中，这一特征以非常系统的方式表现出来。宇宙论是诗
29 歌构成为语言的根基所在。实际上，在所讨论的诗歌语言的结构的不同层面，都在运用直接参照宇宙论的概念和手法：元气、虚实、阴阳、天地人、五行，等等。当我们想到诗歌被赋予的神圣角色：揭示造化幽深的奥秘，这一点便不足为奇了。

传统宇宙论经历了漫长的发展过程，但其基本内容在起始著作《易经》中已经发端。春秋战国时代，大约在公元前6世纪到前4世纪之间，两个主要的思想流派，儒家和道家都参照《易经》发展了各自的宇宙观。此外，阴阳家，还有杂家，均以各自的方式为思想体系的形成做出了贡献；这个体系在汉代（公元前3世纪—公元3世纪）得到巩固，并最终为世人接受。随后，在两个重要时代，哲学家试图通过某些补充或调整，以重新思考这个体系：魏晋时期（3—5世纪），占主要地位的是玄学家；宋代（10—13世纪），占主导地位的是理学家（亦称道学家）。

在此，针对我们的话题，我们仅引用道家创始人老子所言。他在《道德经》第四十二章中以简短而决定性的方式表述了这一宇宙论的基本内容：

> 道生一，一生二，二生三，三生万物。万物负阴而抱阳，冲气以为和。

以非常简化的方式说，初始之道，被构想为太虚，由它生出了一，而一是元气。它孕育出二，二则体现为阴阳二气；阴阳二气通
过交互作用，支配并赋予万物生命。不过，在二和万物之间，有三 30
的位置，对于三，则存在着两种并非分歧而是互补的解释。

根据道家的观点，三代表了阴阳二气与冲虚（或冲气）的合和。

冲虚来自太虚并从太虚汲取它全部的力量，它对于阴阳对子的和谐运转必不可少；是它吸引二气并带领它们投入相互生成变化的过程；没有它，阴阳二气将会保持为静态的本体，并如同处于无定形状态。正是这种三元关系（中国思想不是二元而是三元的；在任何对子中，冲虚都构成了第三项）生成了万物并为万物做出榜样。因为存在于阴阳对子内部的冲虚同样存在于所有事物的核心；冲虚通过在万物之中注入气息与生命，而使万物与太虚保持联系，进而使它们达成转化和统一。[①] 因此，中国思想由交叉的双重运动所支配，我们可以用两个轴来表示：纵轴代表了虚实之间的往来（实来自虚，虚在实中继续起作用）；横轴则代表了在实的内部，互补的阴阳两极的相互作用，由此生成了万物，当然包括人，杰出的小宇宙。

正是人的位置显示出对数字三的第二种解释的特点。根据这另一种观点（更像是属于儒家的观念，不过道家也采用了它），从二派生的三，指的是天（阳）、地（阴）和人（人在精神上拥有天和地的德行，在心灵中拥有虚）。因而，是天地人三者的优越关系为万物做
31 出榜样。[②] 在其中，人被提升到一个特殊的尊贵地位，因为他第三

① 关于道家观点对三的解释，不同时代的注释名家，继《淮南子》之后，王充在《论衡》中，王弼在《老子道德经注》中，河上公在《道德真经注》中，宋代的司马光在《道德真经论》中，宋代的范应元在《老子道德经古本集注》中，以及清代的魏源在《老子本义》中，都遵循了同样的思路。

② “三才”的概念首先出现在《易经》的解说部分《易传》中。《中庸》和《荀子》或暗含或明确地采用了它。到了汉代，经由董仲舒、刘歆以及郑玄的发扬，这一概念得以确立。

个参与了造化之伟业。他的角色完全不是被动的。如果说天与地具有意志和驱动力，人则以他的情感和欲望，在他与另外二者以及万物的关系中，协助实现宇宙的生成变化过程，这一过程不断趋向于“神”，太虚则如同“神”的担保者或守护者。

因此，虚实、阴阳和天地人构成三个关联的和分层级的轴，围绕着它们组织起一种建立在气的观念基础上的宇宙论思想。这种思想认为，“无”是“有”的一个充满活力的维度；在生命体之间发生的一切与生命体本身同样重要；正是这种冲虚之气使两个根本性的物质存在阴和阳得以充分运转，并由此使人的精神在与地和天的三元关系中得以完成。诗歌语言探索着书写符号的秘密，不失为在不同层次，依据这三个轴进行自我构成。从而，在词汇和句法层（我们在第一章对此做了分析），进行着虚词与实词之间的微妙游戏；在格律层（我们在第二章对此做了分析），尤其是在声调对位和对仗的诗句中——它们是构成律诗形式的基本成分——阴阳辩证关系得以确立；最后，在象征层（它是第三章的研究对象），从自然中汲取的隐喻意象，通过其所暗含的含义迁移和主体与客体之间的往复运动，充分开发了人地天三元关系。在此，我们找到了又一个证据：诗歌语言，由于承担着中国思想的基础轮系，再现了典型的符号秩序。

我们以唐朝（7—9 世纪）诗歌作为研究的语料资源。唐诗以其丰富性和多样性以及对形式的探索，达至古典诗歌的巅峰。不过，唐诗是一场过程十分漫长的探险的成果。在此，让我们以十分简略的方式勾勒这场探险的大致脉络。代表初始年代的，是两部体现了

不同风格的歌集:《诗经》和《楚辞》。《诗经》诞生于周朝初期到中
32 期的一段时间内，那是公元前一千年的前半期。它由用于礼仪的乐歌和来自不同诸侯国的民歌构成，这些诸侯国主要分布在黄河流经的中国北方平原地区。这些产生于农耕社会的歌，常见主题是田间劳作、爱情的痛苦与欢乐、岁时的庆典和祭祀的礼仪，以简约、规整的节奏打动人心，诗句以四言为主。至于《楚辞》，则出现得更晚，在将近公元前 4 世纪的战国时代，它发源于中国中南部长江流域的盆地。《楚辞》在内容和形式上都与《诗经》形成对照。其中的诗句受到萨满教的影响，有着咒语般的风格，大量运用具有神奇和性爱寓意的花草植物的象征比喻，诗句长短不一：通常的情形是，两句六“音步”的诗句，中间由一个表示节拍的音节“兮”连接起来。后世的诗人们尤其是从这种诗体中吸取灵感，以表达由想象力激发的奇幻景象。

到了汉代（公元前 202—公元 220），继续《诗经》的传统不再有保障，于是大部分文士诗人醉心于创作赋（富有韵律节奏的散文），而民歌通过“乐府”（公元前 120 年前后由汉武帝设立，负责采集民歌）重新引起了重视。这些歌在抒情上更自发，在形式上更自由，它们也对诗人们产生了影响。因此，从汉代开始直至唐代，人们可以看到民间诗和文士诗并行发展，两者都以五言为主。在汉代之后的三国、晋（266—420）和南北朝（420—589）期间，民间诗歌始终繁荣，与此同时，几代诗人——最出色的有陶渊明、谢灵运、鲍照、江淹——创作出诸多具有重大价值的作品，为唐代诗歌的来临铺设

了道路。在这段漫长的时期里，新的诗歌形式，绝句、七言诗、长篇叙事诗等得到发展。

自唐朝初年，所有的诗歌体裁和形式都得到了清点和规范化；
它们将一无变化地保持下去，直至20世纪初。正是在唐诗中，人们 33
在对语言极限的探索上进行了最自觉和最成功的尝试。在三个世纪
期间，由于各种有利时机的交会，[①]很多诗人专心致志从事积极的创
作活动。编纂于18世纪清朝统治下的《全唐诗》，包含了两千多位诗
人写下的近五万首诗。[②]就我们的选本而言，我们仅选取其中的“最

① 唐诗产生的历史条件是这样的：唐朝结束了汉代之后延续了几个世纪的内部分裂与外部入侵，重建了中国的统一。由于管理得到改善，王朝政权在整个国家树立了威望。不过，一些大城市的形成、交通网络的发展和商业的突飞猛进，在某种程度上震荡了封建社会的古老结构。另外，通过科举考试选拔官员的体系引起了更大的社会流动。在文化层面，一方面，统一的重建使中国意识到了自身的同一性；另一方面，整个国家向着来自印度和中亚的外部影响充分敞开。由此开始了三大思想流派的共存：道家、儒家、佛家，它们互相渗透，丰富了中国思想。一个既关注秩序，又充溢着格外高涨的创作激情的社会由此形成。但是我们也要指出一个发生在将近唐朝中期（755—763）、搅乱了国家命运的重大事件：胡人将领安禄山发动的叛乱。这场叛乱导致了大批伤亡并引发了诸多流弊和不公正的行为，此后，王朝走向衰落。在经历了这一悲剧的诗人和继之而来的诗人们身上，信心让位于悲情愁绪；从此以后他们的注意力更多地放在社会现实和人生悲剧上。他们的写作本身也受到社会演变的影响。

② 由于这种狂热的创作，诗歌在中国被提升到至尊的地位。它成为人类活动最高超的表达形式之一。它并不仅仅作为沉醉于大自然或个人密室中的孤独的诗人所孕育的产物，除了神圣角色，它还起到一种非常社会化的作用。在所有婚礼、葬礼或者节庆场合，人们都要作诗，而且这些诗作都会以书法誊录并公开展示，以供众人观瞻。文人朋友雅集，均以每位到场者按照众人择定的韵律创作一首诗为其高潮。凿刻的座座石碑矗立在那里，以铭记重大功绩；片片丝帛陈列在那里，以记载殉难者最后的以诗言志……

佳部分”，也就是说，传统上认为最具代表性的诗作，以及显示出确定无疑的形式上的意趣的诗作。

本书意在将中国古典诗歌作为一种特定的语言加以研究，以便使读者深入欣赏这种诗歌。它分为两部分：理论部分和诗集部分。我们已明确指出，第一部分由三个章节组成，分别研究构成诗歌语言的三个层次。由于我们追求的首先是实用目的，此外考虑到中国语言本身
34 构成的障碍，我们的分析尽可能做到最低限度的“抽象”；每一步都将以具体的例子为依据。大部分例子取自第二部分，这部分的诗选按照体裁进行分类，并配有逐字对译，然后是意译。关于翻译[1]，需要明确的是，我们所提供的翻译，其目标尤其在于使人捕捉和感受诗句中某些隐秘的细腻之处。至于逐字对译——对读者来说是有用的，而对我们的分析又是必不可少的——它只能给出原诗的“漫画式的”图象；人们会由此得出一种拆散的、简练的语言的印象，而无论是诗句的节拍，还是词语的句法蕴涵，尤其是表意文字的双重（矛盾）本性和它们所包含的情感负荷，都没有真正地翻译出来。在一首诗中，表意文字由于摆脱了附属成分，而获得了一种更加强烈的

[1] 关于翻译汉语诗句的困难，让我们以埃尔维·圣-德尼侯爵的感想为例：“汉语往往是不可直译的。某些字有时表达了整整一幅画，而它只能用迂回的方式来呈现。”“某些字绝对需要用整整一个句子才能有效地译出它的含义。有必要将一句汉语诗读出来，深入体验它所蕴涵的意象或思想，努力把握其主要特征并保存其力量或色彩。当我们看见真正的美，却又无法用任何欧洲语言将其传达，此时翻译的任务是棘手的，也是令人痛苦的。”

影响力；它们之间维系的或明显或隐含的关系，引导诗的含义朝着多重方向敞开。无法翻译的，当然是文字无法转达的内容，但同样也是文字添加给语言的内容。

在肯定唐代诗人的探索价值的同时，我们并没有忽略，在此探讨的语料资源仅只代表了语言的一种状态。因此似乎出现了一个矛盾：我们试图勾勒表面看来界限分明的现实，但我们知道，这一现实是生机勃勃的实践活动的产物，它包含了所有潜在的变易或转化的萌芽。唐代诗人也以某种方式感受到了这个矛盾。我们在律诗的深层含义中看到了一个证据，律诗是中国古典诗歌中最重要的一种形式（我们将在第二章研究这种形式）。从本质来说，它关系到一种辩证思想的体系，这一体系建立在对仗的诗句和不对仗的诗句的轮
番出现或对比基础上。就对仗而言（我们同样要在第二章分析其蕴 35
涵），我们现在就可以肯定的是，对仗通过其内在的空间组织，在语言的线性进展中引入了另一种秩序：一种自足的秩序，它围绕自身旋转；在其中符号互相应答并互相印证，仿佛摆脱了外部的束缚并存在于时间之外。对仗在唐初诗歌中的规范化，除了反映一种关于生活的特殊观念，还反映诗人对符号所怀有的无限信心。他们确实相信，以符号作为媒介，他们能够按照自己的愿望再造一个世界。但是另一方面，这种抱负被这一事实所否认：在律诗中，对仗的诗句后面必须跟着不对仗的诗句。这些结束全诗的不对仗的诗句，似乎将诗重新引入时间的进程，一种敞开的时间，注定面临所有的演变。由于时

间的磨损，唐代诗人所使用的语言也将演变，[①] 正像一千年后（临近1920年时）文言的消亡及其被白话取代所显示的那样，白话将诗带入别样的历险。

但这并非中国诗歌写作的无足轻重的悖论——尽管经历了对一种符号秩序的肯定，以及对自我否定的肯定——符号，无形态变化且独立于语音变化的符号，仍保持其恒久性。幸亏有了这些符号，越过许多世纪，一部诗篇传给了我们，它无限动听而情深意长，满载着同样唤起回忆的力量，闪耀着青春的光彩。

① 继五四运动（1919年）之后，与政治变革和社会变革的历史紧密相连的文学革命，不仅质疑传统观念，同时也质疑文学表达的工具本身。

第一章　虚实：词汇与句法成分

既然我们的目标在于将中国诗歌作为一种特定的语言来理解，我们将首先考察诗歌语言与普通语言之间的关系。在这个问题上，尤为引人注目的，是存在于普通语言和唐代诗人发明的最为精美的形式之间的非常显著的偏差。不过，这种偏差并非建立在根本性的对立基础上。诗人尤其试图充分发挥这种拥有表意文字和孤立结构的语言的某些潜力。他们的任务由于文言的存在而变得容易了——文言在本质上是一种风格简明的书写语言。因此，诗歌语言正是在与口语（如我们通过民间文学所了解的）以及与文言的关系中得以定位。

在词汇和句法方面，诗人所关心的一个最重要的现象，正如我们在“导论”中指出的，在于实词（名词和两类动词：行为动词和性质动词）和虚词（全部的表示关系的“工具”词：人称代词、副词、介词、连词、表示比较的词、助词，等等）的对比。这一对比发生在两个层次。在表层，涉及巧妙地交替使用实词和虚词，以便使诗句更加生动。但诗人们很快便意识到韵律（与“气”这一哲学概念联系在一起）在诗中的重要性，它能够充当确保字与字之间的分隔与连接的角色（在普通语言中这一角色由虚词承担）。因而，在

更深的层次，诗人对虚词进行一系列的削减（尤其是人称代词、介词、表示比较的词和助词），仅只保留虚词中的某些副词和连词；而
38 这是为了在语言中引入一个深邃的维度，恰恰是真正的“虚”的维度，由冲气所驱动的虚。需要再次提醒，此处的这种“虚”，与别处一样，在中国思想中被视为一个场所——生命体或符号在其中以一种并非单义的方式互相交织，互相交往——一个杰出的意义递增的场所。

在某些情况下，诗人甚至以一个虚词代替一个实词（最经常的是动词），他们总是思忖要在实中嵌入虚，不过在此是以替换的方式。关于这一点，需要指出的是，恰恰在实词的内部存在着其他一些区别，比如死字 / 活字、静字 / 动字，它们表明了名词与动词，尤其是两类动词，即性质动词（形容词性的）和行为动词之间的差别。因此，在试图捕捉事物隐秘活动的诗人眼里，一个动词可以有三种状态：动态（当它用作行为动词）、静态（当它用作性质动词）和虚态（当它被一个虚词所代替）。①

39 因此这一章接下去的部分，将用于考察诗人从普通语言中去掉某些现有成分的手法。我们将看到，这一系列的省略并不仅仅出于文体考虑。这些省略的特殊效果，在于重建表意文字的矛盾与灵活

① 中国的前语法思想自汉代起便有所表达，但尤其从唐代开始，它在一长列词典学性质的论著中得到阐发。词语的本性问题是这些论著所关注的核心。值得一提的是，有三部重要的当代作品探讨了这些论著的历史：王立达（编译）的《汉语研究小史》（北京，商务印书馆，1963 年）、郑奠和麦梅翘的《古汉语语法学资料汇编》（转下页）

本性，从而表达人与世界的微妙的相互依存关系。在中国诗学中，这种相互依存关系通过两个字的结合来表达：情（内在）景（外在），我们将在第三章研究意象时探讨这一概念。

人称代词的省略

如果说在文言文中，没有人称代词很常见，那么需要强调的是，这一现象在诗中更为明显，而在律诗[②]中几乎是随处可见的。这种尽

（接上页）（北京，中华书局，1965 年）和王力的《汉语史稿》（北京，中华书局，1980 年新版）。在所有为这一词典学传统开辟道路的伟名中，有唐代的陆德明（《经典释文》），宋代的张炎（《词源》）和陈骙（《文则》），元代的卢以纬（《助语辞集注》），明代的张自烈（《正字通》），清代的刘淇（《助字辨略》）、王引之（《经传释词》）和马建忠（《马氏文通》）。针对我们的话题，还应举出清代袁仁林的名字，他在著作《虚字说》中对虚字进行了系统性研究。他赋予虚字可以说是一种"形而上"的地位，在"序"中，他将实词和虚词之间的辨证游戏等同于激荡宇宙的虚与实的生生不息的运动。恰恰是针对"形而上"一词，他让人注意到，这个词全部的暗示力量在于"而"字，这个位于中间的虚字。在他看来，假使用"形上"来构成这个词，那么人们始终处于物理秩序中；而多亏有了"而"这个中间成分——它在词中引入冲虚——当人们在读到这由三个字组成的词时，便应邀进行一种质的飞跃，并得以进入另一秩序。在涉及真正意义上的诗歌时，让我们仍以袁仁林的思考为例："诗限字为体，承接虚字，无处可用。然既有上下两边自然夹放，空际看去，初无字样之形影，而使人读之，自然知他有此字样。可以说出，可以不说出，此体裁之妙也。凡文之卓炼而不用虚字承接者亦然。昔程子诵诗，止加一二虚字，转换承接。而朱子解诗，亦用此法。俱是古人自放空际；后人吟咏时，点逗以明之。初非强入，此又可知虚字有安放空中，而不必实用者。"除了词典学著作，还有一些属于诗话门类的著作同样引导了我们的研究。

② 我们将在下一章分析这一诗歌形式。

量避免使用三种语法人称的意愿，体现了一种自觉的选择；它造就了这样一种语言，这种语言使人称主语（主体）与人和事物处于一种特殊的关系中。通过主体的隐没，或者更确切地说通过使其到场“不言而喻”，主体将外部现象内在化。在一些正常含有人称主语和及物动词的句子中，并且当句中的地点、时间甚或方式状语，由于限定它的标志没有出现而似乎构成了实质主语时，这种情形更为明显。

香炉最高顶，
中有高人住。
日暮下山来，
月明上山去。

对绝句的最后两句诗，读者可重建“正常的”句子：“太阳落山时，
他（隐士）走下山来；明月升起时，他重新登上山顶。”但是，人们
毫无困难地捕捉到，诗人的意图在于将隐士等同于宇宙间的现象；
40 太阳与月亮不再是单纯的“时间状语”。由此，隐士的日常散步被显
示为如同宇宙自身的运动。

空山不见人，
但闻人语响。
返景入深林，
复照青苔上。

这首五言绝句[①]是画家诗人、禅宗信奉者王维的作品。他在诗中描绘了一次山中散步，它同时也是一场心灵体验，对空以及与大自然交融的体验。前两句诗应当这样解释："在空山中，我没有遇到任何人；只听到几位散步者话语的回声。"但通过取消人称代词和地点成分，诗人从一开始便将自己与"空山"认同，它不再是个"地点状语"；同样，在第三句诗中，他就是深入林中的夕阳的光辉。从内容来看，前两句诗将诗人表现为还"不曾看见"，在他的耳畔仍然回响着路人的话语，最后两句诗则以"视观"的主题为中心：看见夕阳的光辉在青苔上映射的金灿灿的效果。"看见"在此意味着醒悟以及与事物的本质深入交融。此外，诗人还经常借助省略人称代词的手法来描写连带行为，在这种情境里，人的动作与自然的运动联系在一起。让我们再以下面的诗句[②]为例：

白云回望合，
青霭入看无。

在此，在一次孤独的散步中，诗人回首遥望移动的云朵，直到它们融合——诗人和它们一起——形成一个不可分的整体（完全融合的思想）；他朝着茂盛的大自然散发出的青青雾霭走去，随着他逐

① 见第二部分，第 136 页。（符号 / 标志停顿）
② 见第二部分，第 198 页。

41 步深入它那明朗的空间，雾霭不见了（在无中醒悟的思想）。两句诗都结束于三个连续的动词：每句诗的前两个动词以诗人为主语，最后一个动词则以大自然为主语。这样构成的诗句有力地暗示了人与宇宙的融合过程。

春眠不觉晓，
处处闻啼鸟。
夜来风雨声，
花落知多少。

这首五言绝句[1]描写了一位睡眠者在一个春天的早晨（天已破晓）醒来的感觉：读者应邀“径直步入”这位睡眠者的意识状态。（或者更确切地说，进入他半醒的状态，因为，刚刚醒来，他脑中一切还是含混不清的。）第一句诗没有将读者安排在某位睡眠者的面前，而是将他置身于其睡眠的层面，这一睡眠与春之睡眠交融在一起。接下去的三句诗“呈现”了睡眠者的三层意识：现在（鸟啼）、过去（风雨飒飒作响）、将来（对转瞬即逝的幸福的预感和到花园里观赏落英遍地的朦胧欲望）。假使一名拙劣的译者，考虑到“明晰”的要求，运用一种指称语言使之明确化，比如这样翻译：“当我在春日睡去……”，“在我周围，我听见……”，“我记起”，“于是我心想……”，那么我们看到

① 见第二部分，第 132 页。

的是一个完全醒来的作者，他已经走出了这一非常幸福的状态，正在从外部“评论”他的感觉。

至此我们举的例子都有一个特殊的主语（一个“我”或者一个“他”）。在牵涉多个人称的诗作中，由于缺少人称代词而造成的暧昧，并不总是妨碍理解，而常常是增添了微妙的色调变化。

接下去的例子向我们展现了诗人正在去看望一位隐士（一位道士）。诗[1]中暗含了一个“我”和一个“你”，而这两个代词都未出现：

一路经行处，42
莓苔见屐痕。
白云依静渚，
芳草闭闲门。
过雨看松色，
随山到水源。
溪花与禅意，
相对亦忘言。

为了前往隐士的住所（第三、四句：白云环绕的小岛，野草遮蔽的门扉），寻访者穿过一片蜿蜒曲折、无处不有隐士身影的风景。由于

① 见第二部分，第 232 页。

没有用“你”来称呼隐士，他并未作为孤立于周围环境的访问“对象”出现；同时由于诗人也没有以“我”来自称，他消融在景物中——他轮番成为青苔、白云、雨水、青松、山峦与泉源——而这一切不过是隐士内心的风景。在此，身体的历程成为心灵的历程。当他最终抵达远足的终点，在隐士缺席的情况下，面对着溪边鲜花，他实际上沉浸于隐士无所不在的心灵世界，顿时达到觉醒。代词指示词的取消，使客观的、描述性的叙述与内心叙述恰相吻合，而这内心叙述同时便是与他者不停展开的对话。正是在这吻合的核心，人达到忘言状态。

最后让我们举杜甫的一首诗[1]为例，这首诗牵涉多个人称。这是杜甫写给他的侄子吴郎的诗（《又呈吴郎》），他把自己的房产留给了他。诗人嘱咐他的侄子不要在园子的西边栽种篱笆；因为这一举动会惊动西边的女邻，一位很贫苦的妇人，她常常到那边采摘枣子充饥。诗是这样写的：

堂前扑枣任西邻，
无食无儿一妇人。
不为困穷宁有此，
只缘恐惧转须亲。
43 即防远客虽多事，

① 见第二部分，第219页。

便插疏篱却甚真。
已诉征求贫到骨，
正思戎马泪盈巾。

诗作中登场的有三位主人公：诗人（我）、侄子（你）和那位妇人（她）。“主人公”一词不确切，因为诗人通过省略人称代词，恰恰寻求创造一种“主体间的”意识，在这一意识当中，他者从来都不位于对面。从一句诗到另一句诗，诗人与这位或者那位人物认同（三、五、七句关涉“她”，四、六句关涉“你”，最后一句关涉“我”或“我们”），仿佛他同时具备多个视点。于是这首诗显示为一位复数的人物的内心论辩，经由他，叙述和故事微妙地交融在一起。

我们刚刚分析的几首诗属于律诗范围。下面要考察的一首古体诗的例子也是值得关注的，在这个例子里，人们有时会看到第一人称代词。

花间一壶酒，
独酌无相亲。
举杯邀明月，
对影成三人。
月既不解饮，
影徒随我身。
暂伴月将影，

行乐须及春。
我歌月徘徊，
我舞影凌乱。
醒时同交欢，
醉后各分散。
永结无情游，
相期邈云汉。

李白这首受道家思想影响的诗[①]，标题是《月下独酌》。这首诗表面看来语调单纯，但诗人在里面触及了好几个主题：幻象与现实、自
44 我与他人、有情与无情，等等。在并未受幻象蒙骗的情况下，他创
造出陪他饮酒的伴侣：他自己的影子和投下这个影子的月亮。通过这些既分散又互相依赖的事物，他意识到自己的存在（第六句："我身"），作为活跃的主体（第九、十句："我歌"和"我舞"）。他的歌与舞，由于在伴侣那里找到了共鸣，而使他体验了分享的快乐。当然是暂时的快乐。诗人梦想着在银河中——在那里光和影将没有分别——实现真正的结合（在一起，却又是自由的——"无情"）。在诗的进程中，首先"浮现"出"我"，随后，他重新"融入"大千世界；强调这一点的，恰恰在于"我"用在诗的中间，而人称主语在开头和结尾的诗句中都没有出现。

① 见第二部分，第 239 页。

以上研究的这组诗——大部分都很短小——向我们显示了诗人借助省略人称代词的手法，通过事物讲话。诗人常常或天真或狡黠地运用这种手法。我们还将混杂地从更长的诗中选取一些例子。安史之乱（757 年）期间，杜甫衣衫褴褛地拜见了流亡中的皇帝。为了烘托自己陷入的悲惨状态与这一场合之庄严的反差，他并没有说“穿着麻鞋我拜见了皇帝”，而只是简单却不无反讽地说：

麻鞋见天子[①]

再有，他的另一首长诗，描写了战争期间由于痛哭只剩下凹陷而无泪的眼睛的人们的痛苦，诗是这样结尾的：

眼枯即见骨，
天地终无情。[②]

这些没有人称主语的诗句从暧昧中获取力量：谁见？是诗人透过穷人干枯的眼睛，看见了他们沦为枯骨的脸；或者是穷人自己的眼睛，最终看到了“事物的本质”：天地对注定要死之人没有怜悯。因此人们面对的是一个同时从外部和内部看到的场景。在另一些例子当中，

① 《述怀》。
② 《新安吏》。

45 诗人试图表达的总是与大自然的直接交融。正像李白对一位隐士朋友，他没有说“晚些时我来拜访你，我们在青天上骑白龙”，而是写道：

岁晚或相访，
青天骑白龙。①

诗人不再在青天上，而是与青天化为一体：典型的道家梦。同样，当韦庄吟咏如下诗句，他的意思是他不仅在船上，而且他本人已化作水天之间的那条船：

春水碧于天，
画船听雨眠。②

介词的省略

在探讨人称代词的省略过程中，我们已经在位置状语（地点、时间）中看到省略介词的效果；这些位置状语，由于缺少诸如“在”“在……上”“在……中”这样的字眼，重新变成了理所当然的

① 《送杨山人归嵩山》。
② 《菩萨蛮》。

名词（“空山”而不是“在空山中”；“莓苔”而不是“在莓苔上”；“春眠”而不是“当人们在春天入睡”），从而作为句子的主语出现。在此，我们将在谓语的层面上考察这同一效果。它主要关系到这样一种情形：由于“在于”一类介词的省略与人称主语的省略相结合，从而去掉了动词所有对方向的指示，并由此激发了一种可逆的语言，其中主语（主体）和宾语（客体）、内部和外部处于一种交互关系之中。

建立在“主体间”基础上的交互关系，正像张若虚《春江花月夜》[1]中的这两句诗的情形：

谁家今夜扁舟子， 46
何处相思明月楼。[2]

诗句讲述的是两位分离的情人的感伤故事，第二句诗可以有两种解释：

1. 那思念明月楼的他在哪里？

---

① 我们在“导论”中分析了这首诗的第一节。见第 20 页。

② 在此给出这两句诗现有的译文，是比较有趣的。埃尔维·圣-德尼侯爵：“无人知晓我是何人，在这漂泊的小船上；无人知晓这同一明月，可否照亮远方那有人思念我的楼台。”Ch. 布戴尔：“远方的小船上某位旅人今夜起程，月光令他心系家园。”W. J. B. 弗莱切尔：“今夜是谁在小舟上漂流？从哪座高楼发出越过黑夜的思念，那苍白的月光下心爱的人儿……”《中国古诗选》：“今夜飘荡的小船属于谁？何处能找回月光中有人思念游子的家园？”

2. 那在明月楼里思念的她在哪里?

这句诗的暧昧是有意而为的，因为分离的情人在夜里，同时思念着对方。

主语和宾语的交互关系，就像在下面一联诗中：

山光悦鸟性，
潭影空人心。

这两句诗出自常建的《破山寺后禅院》[①]。这首诗被多次译成不同的西方语言；而这两句诗由于含义暧昧，与前面的诗句一样，引出了非常不同的译文。[②]

比如第二句诗，由于动词“空”（含义是达到心灵的空寂）没有被介词限定，从直接的构成成分来看，这句诗至少有三种解释：

47 1. 在潭影中人心倾空。

2. 潭影在人心中倾空。

---

① 见第二部分，第231页。

② H. A. 吉尔：“围绕着山峦甜美的鸟儿嘤鸣，人心恰似湖水不见一丝阴影。”W. 宾纳：“这里山光令鸟儿欢欣，人心在潭水中平息。”W. J. B. 弗莱切尔：“听，鸟儿在山光中欢娱，如同夜潭中幽暗的人影；看，心灵随视线摇荡而融化。”R. 佩恩：“山色令鸟欢歌，潭影倾空人心。”埃尔维·圣-德尼侯爵：“当山被照亮，众鸟欣然苏醒；眼望澄澈潭水，恰似心灵净化者的思绪。”

3.潭影使人心倾空。

对于这不同的句法结构，下面的树系更好地表明了其灵活和可逆的特征：

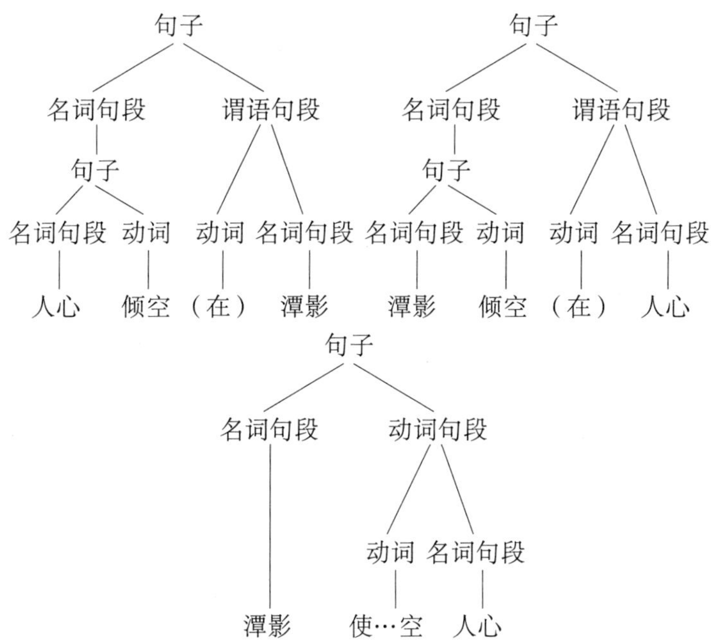

让我们以杜甫的两句诗[①]作为最后一个例子，诗人通过它们来烘托地上的现象与天界的现象之间的关联和相互作用，人类的命运在其间跌宕沉浮：

---

① 见第二部分，第224页。

星垂平野阔，

月涌大江流。①

48 这两句诗是对仗的，每一句里都可以看到名词和动词有规律地接续。由于没有形式上的标志，动词同时是不及物的和及物的。比如，在第二句诗中，第一个动词“涌”可以译成“涌起”或者“掀起”，第二个动词“流”则可以译成“流动”或者“托载”。加上“涌”和“流”这两个动词均是水字旁“氵”，更增添了句中水与月亲密的交互作用。水与月这两个意象以及它们辩证的因果循环，曾由唐初张若虚在长诗《春江花月夜》里尽情发挥过。它们最终达到高度的象征意义：月亮象征生命的盈虚以及人类命运，大江象征无限的空间与无尽的时间；它们之间又不断地相互吸引、相互激越。整个句子非常简单却包含了层层渐进的读法：月涌大江，月涌而大江流，月涌大江而流，大江流月，大江流月而汹涌。句子以一种镶嵌方式构成，它潜在地可以进行循环阅读。要之是：月亮升起，月亮掀起江水；江水流动，江水托载月亮。试以下面的树系图示之：

① 我们给出这两句诗现有的译文：J. 刘：“群星低垂，原野辽阔；月亮涌动，大江奔流。”W.J.B. 弗莱切尔：“流散的群星挂满苍天，月光与江流竞澜翻。”K. 雷克斯罗瑟：“广漠水域上群星闪耀，月光流照奔涌河流。”

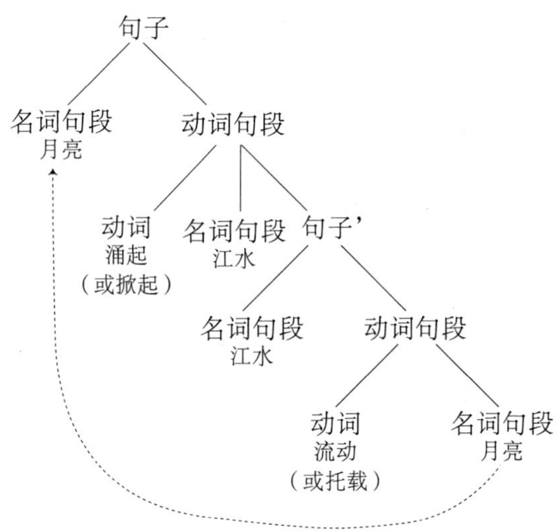

时间状语 49

汉语是一种无形态变化的语言，因而动词的时态是通过与动词联结在一起的成分来表示的，比如副词、后置词或语式助词。为了创造一种暧昧状态——现在和过去相混合，以及梦幻与现实相交融——诗人经常借助取消指示时间的成分，或者将不同的时间并置在一起，以打破线性逻辑。

我们在唐代诗人那里遇到很多这种例子。在他们中间，李商隐似乎最为自觉地寻找时间的模糊性：经历的时间和回忆的时间之间的模糊，正如《锦瑟》[①]一诗（其主题是一场爱情体验）结尾这两句诗所显示的：

此情可待成追忆，
只是当时已惘然。

诗人同时置身于经历这段爱情的时刻（第一句）和他认为在记忆中重新找回这段爱情的时刻（第二句），而他正思量，这段爱情是否真的发生过。

第二个例子是一首题为《马嵬》[②]的诗。这首诗展现了唐玄宗不幸的爱情：他由于迷恋心爱的贵妃而忽略了国事。安史之乱期间，在逃亡的路上，他迫不得已听任愤怒的士兵杀害了他的宠妃。惨剧过后，悲伤不已的皇帝执意派遣道士远渡重洋，到仙人的世界去寻找他所爱恋的女子的灵魂。

首 （1）海外徒闻更九州
（2）他生未卜此生休
颔 （3）空闻虎旅传宵柝
（4）无复鸡人报晓筹

① 见第三章对这首诗的分析，第 112—119 页。

② 见第二部分，第 229 页。

颈（5）此日六军同驻马
　（6）当时七夕笑牵牛
尾（7）如何四纪为天子
　（8）不及卢家有莫愁

这首诗由四联诗句构成。尽管没有人称代词，我们仍可假设主语是 50
不幸的情郎，虽然某些诗句似乎也暗示了情妇的视角。首联不包含任何对时间的指示；只有第二句诗谈到了“此生”和“他生”。但是人究竟身在“此生”还是已往“他生”，或仍在两者之间？没有任何内容能让人确定这一点。在第一句诗中，有一处对地点的指示（“海外……”），但其含义同样是暧昧的：人是在“海外”还是在这片土地上？根据中国古代的一种传统，天下由九州构成，但越过大海，在另一世界有它的对等物，它也被分成九州。故而第一句诗可以用两种方式解释：“人们徒劳地知道海外九州发生了变化”或者“在人们身处的海外，人们得知在地上九州发生了变化”。对于一对分离的情人来说，所有的转化，无论在此处或彼处，都是徒劳的。

徒劳的还有日夜的接续。颔联表达了时间流逝的思想，但那是没有区分的时间。黑夜（第三句）只是单调的回声；而白日（第四句）不再有意义，不论是在“今生”还是“他生”。

在这时间不明（或不定）的叙述的核心，颈联以一种几乎是不协调的方式，引入了时间状语“此日”和“当时”，这两个时间状语使一个“现在”得以涌现，围绕着它确立了一种挥之不去的思绪（第五句诗展现了处决的场景，第六句则展现了情意绵绵的夜晚，一对幸福的情人在嘲笑牛郎和织女；那是位于银河两岸的两颗星，传说中它们每年只有一次，也即在农历七月初七之夜渡河相聚）。在谈及人称代词时，我们已经指出，**指示词**（shifter）① 的缺省造成了一种暧昧的语言。在此，在同样暧昧的语言中，**指示词**（此日）的闯入突然引入了人称叙述式，强烈地表明人间悲剧难以消受的特性，时间无法“化解”它。

51 尾联重新将叙述置于客观的视角。“天子”的意象与诗最初的询问相呼应：我们究竟在地上还是在天上？假如幸福曾经在地上实现过，那么也许是在前世的生活中实现的（八百年前，在汉代，年轻的卢生和他心爱的莫愁女曾在一起幸福地生活），或者它还将实现，不过是在来世？

省略表示比较的词和动词

在含有比较的诗句中，我们不仅可以看到连词（如同、仿佛）的缺省，还可以看到动词（像是、令人联想到）和系动词的缺省。这一手法，类似于在一个句子中省略主要动词的手法。

省略表示比较的词，并非仅仅意在寻求简练：这种省略使两个

---

① R. 雅可布森在《指示词，动词的范畴和俄语动词》一文中运用了这个词，N. 吕韦将它译为“表征词”。

比较项“猛然”触碰，因而在它们之间造成一种既紧张又相互作用的关系。如果诗人在一个存在句或者比较句中进一步运用了倒装，我们常常难以将两个比较项中的任何一项确定为主语或宾语；通过这一手法（它不只用来达成对等），诗人“有机地”联结起人类事件与自然事件。让我们举两个例子加以说明，一个来自李白，另一个来自杜甫。

（1）浮云游子意，
落日故人情。

这两句诗取自一首描绘离别场景的诗，[①] 诗中，远游者跨马上路前，两位朋友在一幕黄昏的景色中迟留片刻。大自然不是外在背景，而是这幕离别剧的承受者。在每句诗中，由于没有表示比较的词，使两个比较项处于一种交互关系中。于是，第一句诗既可以理解为“游子的心性如浮云”，也可以理解为“浮云拥有游子的心性”。在第二种解释中，大自然不只是“隐喻意象的提供者”，它和人被纳入同
一幕离别剧中。这种大自然的参与性的思想，得到两句诗的对仗形 52
式的强化。大自然的两种现象浮云和落日，两相对照，维系着一种毗邻和对比的关系。实际上，两者相偕翱翔片刻，不过随后一个升上天空，另一个则沉落大地。它们也懂得分离的痛苦。这种“有意

① 见第二部分，第 207 页。

味”的关系，致使它们不被视为偶然性的比较成分。两句诗中的这四个比较项，如此“依傍”着，在它们之间创造出建立在内在必然性基础上的联系。人的悲剧与大自然的悲剧密不可分。

这一切显示出，诗人仿佛想要通过谓词的缺省，通过在其中引入纯粹的换喻秩序，超越隐喻程式。

（2）日月笼中鸟，
乾坤水上萍。[①]

在这两句诗中，比较词的省略使双重阅读成为可能；这意味着，对于第一句诗而言，比较项可以是“日月”，也可以是一个暗指的“我”。因此这句诗可以解译为“日月本身如同笼中鸟”或者“在流逝的时间（汉语中：日月）中，我被囚禁，如同笼中鸟”。同样，第二句诗可以用两种方式理解：“在天地（乾坤）间，我如同水上浮萍”，或者“宇宙（汉语中：天地）本身变化不定，如同水上浮萍”。

属于同类性质的探索，还有取消句中动词。诗人采用这一手法，旨在通过赋予某些现象一种决定性的色调来表示对它们的偏爱，或者旨在确立某种状态，在其间各种现象共存以形成一种交相辉映的星座的情形。

① 杜甫：《衡州送李大夫七丈勉赴广州》。

碧海青天夜夜心。[①]

李商隐这样歌吟被囚禁在月亮上的仙女嫦娥的命运。在天空和大海
之间，每夜闪耀着这颗痛苦而深情的心。这句诗在汉语里，由于没 53
有伴以动词的指示，反而拥有了更为栩栩如生的力量。

不过，这种类型的诗句，由于取消了虚词，而只剩下仅仅由韵律节奏承托的实词，不易获得成功。我们再举三组名句：

（1）鸡声茅店月，
人迹板桥霜。[②]
（2）星河秋一雁，
砧杵夜千家。[③]
（3）五湖三亩宅，
万里一归人。[④]

代替动词的虚词的用法

至此，我们考察了诗人如何通过取消某些虚词，创造出词语之

① 见第二部分，第 191 页。
② 见第二部分，第 235 页。
③ 韩翃：《酬程近秋夜即事见赠》。
④ 王维：《送丘为落第归江东》。

间的某种虚空。现在还需要指出一个特别的手法，即诗人有意用一个虚词代替一个实词（通常是动词），仍然是为了在诗句中引入“虚”，但这次是“通过替换”。在下面的例子中，我们用着重号标出起动词作用的虚词：

（1）老年**常**道路，
迟日**复**山川。①
（2）黄叶**仍**风雨，
青楼**自**管弦。②
（3）幽蓟**余**蛇豕，
乾坤**尚**虎狼。③
（4）生理**何**颜面，
忧端**且**岁时。④
54 （5）片云天**共**远，
永夜月**同**孤。⑤
（6）古木**无**人径，

① 杜甫：《行次古城店泛江作不揆鄙拙奉呈江陵幕府诸公》。
② 李商隐：《风雨》。
③ 杜甫：《有感》。
④ 杜甫：《得弟消息》。
⑤ 见第二部分，第223页。

深山何处钟。[1]

（7）一去紫台连朔漠，

独留青冢向黄昏。[2]

这种种省略最直接的后果在于松散了句法约束，将其减至最少的几条规则。如果说字数较多的诗句更接近文言文，那么短小的五言句实际上只服从于两个恒定的规则：在一个句段中，限定词先于被限定词；在一个谓语是及物动词的句子中，要遵守“主语＋动词＋宾语”的词序。在此有必要指出韵律节奏所起的极其重要的作用，它标示出词语的重新组合。在各类词语中，名词和动词（行为动词和性质动词），还有某些副词，获得极大的组合上的灵活性。五言句，由于其简洁的特点，有时显示为一种在名词状态和动词状态之间的“摇摆”（某些组合形式是可以预知的：在停顿之前是名词名词、名词动词、动词动词、动词名词；在停顿之后是名词动词名词、名词名词动词、动词名词动词、动词名词名词）。另外，在很多情况下，这种摇摆出现在一个词上。由于词是没有形态变化的，因此词的性质并不由词形标示，尽管在普通语言中，惯例将它们划归于确定的类别。在一个句子结构中，一个词的性质取决于它近旁的成分（介词、连词、助词等），而这些成分的缺省常常使对它的鉴定更加困

① 见第二部分，第 202 页。

② 见第二部分，第 222 页。

难。这有助于实现诗人的意图，因为在他眼里，在一个实词中，名词态和动词态是两种均潜在的状态。正是由于这个原因，具有两重性的词语直接触碰时，它们赋予诗句以变化和强烈的情感负荷。

55　鉴于我们在这一章中理清的各种现象，我们可以肯定，中国诗人，通过简化的过程，并非寻求极端地精简语言，而是寻求增加名词态和动词态之间的游戏，并在语言中引入一个暗含的虚的维度。在范式轴和句段轴上，虚（由省略人称代词、虚词乃至动词，以及通过将某些虚词重新用作动词所造成）孕育出错综复杂的替换关系（↔）和组合关系（……），我们尝试着用下面的图形来表示。

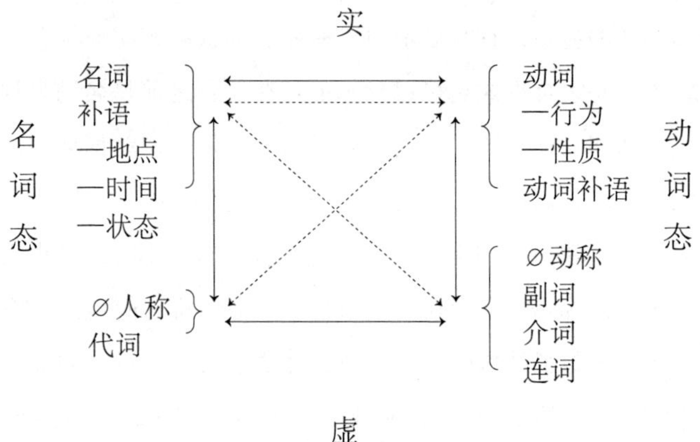

不要因为这一再现形式表面看来静态的工整外表，而忘记我们面对的是一种充满活力的语言，其各种构成成分互相牵连。一种碎

裂的语言，它重新调谐所言和未言、行为和非行为乃至主体和客体之间的关系。对诗人而言，唯有这种由虚驱动的语言，才能孕育出一种其间流动着“气”的话语，并由此“转-写”不可言说的内容。在此有必要再次提醒，“虚”的概念在中国美学思想中的重要性。拥有虚的维度的人，拭去了与外部现象的距离；他在事物之间捕捉的隐秘关系，恰恰就是他本人与事物维持的关系。他并不运用一种描述性语言，而是进行“内在呈现”，让词语充分进行它们的“游戏”。在一段叙述中，幸亏有了虚，符号摆脱了（直至某种程度）刻板的 56
和单向度的句法约束，从而重新找回了它们基本的本性，也即同时作为个别存在和存在之本质。尽管它们包含在时间的进程之中，却仿佛处于时间之外。当诗人命名一棵树，它同时是他所看见的特殊的树和本质性的树。再者，符号在与其他符号的关系上成为多方向的；正是透过这些关系，隐约显示出主体既缺席又“深切地在场”。

这样，客观叙述和个人叙述相吻合，形成同一话语的外部与内部。由此而造就的，是一种灵活的语言，完全由韵律节奏（它扮演了相当于“气韵”在绘画中的角色）驱动，一种并不局限于音韵层面，而是规定了词语的本性和含义的韵律节奏。符号由于进入了一种完全的庆典之中——在那里舞蹈与音乐重新复活了它们远古的秘密——而从规范化的关系中解脱出来，并且在符号与符号之间建立起自由的交融。这是摆脱了锁链的话语，人们可以“周游”其间；在每一点上，人们都可以发现新的视观。诗人并未陷入纯粹的游戏，他们写出了非常美丽的称为“回文诗”的诗作；对于这类诗作，从不同点出发，可以有不同的阅读方式。最简单的一类，是一首诗可以按通常的方向和与其恰巧相反的方向从后往前倒读：

香莲碧水动风凉
水动风凉夏日长
长日夏凉风动水
凉风动水碧莲香

这类诗之所以可能，正是因为简化了句法规则和没有虚词。词语仅
通过它们在句中占据的位置揭示其真正的本性，它们按照某种秩序
57 而获得一种功能；如果我们倒置这一秩序，它们便获得另一种功能。
在上面举的这首诗中，我们能够按照通常的阅读或者反向的阅读，
从这些先后排列的词语中获取一种非常确切的含义：

香莲 = 芳香的莲
莲香 = 莲是芳香的
凉风 = 清凉的风
风凉 = 风是清凉的
水动 = 水在荡漾
风动水 = 风摇荡着水

这首诗中的诗句（从两个方向上）可以这样解读："碧绿的水上，芳香的莲叶间，吹起阵阵凉风；水在荡漾，风送来凉意，夏日格外漫长；漫长的白日，清凉的夏季，风摇荡着池水；清凉的风摇荡池水，碧绿的莲叶送来阵阵芳香。"

还有一些更加精巧复杂的诗，它们构成了真正的符号迷宫，读者不论从哪一点出发，都可以进入一个不同的路径，获得充满意外的发现。我们在此仅复制其中的一个例子，由读者自己去迷失其间或寻觅出路：

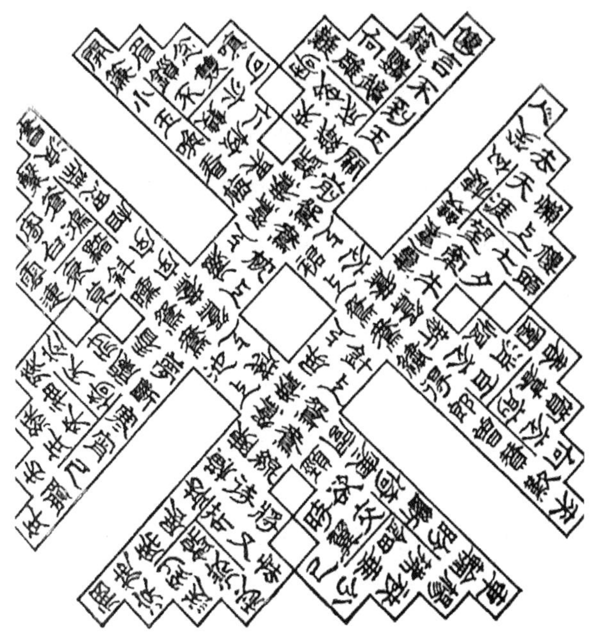

59 第二章　阴阳：形式与格律

我们之所以将诗歌形式的研究置于阴阳二字之下，是因为唐代诗人彰显的最具独创性的手法，也即充分发掘表意文字“精髓”的手法，在于对仗。我们将看到，对仗恰恰建立在由阴阳二项式所体现的对比与互补原则基础上。同样，对仗的诗句和不对仗的诗句之对比，也受阴阳对子支配。

我们在“导论”[①]中对唐之前的阶段进行了相当简短的历史介绍。在唐初，由于对形式的探索达到了高度的精致，并且也是为了科举的需要，所有运用中的体裁都得到了清点和规范化。这种在共时状态中对形式的确立，是一个重要事件。在一位唐代诗人的意识中，所有这些形式——它们使他得以开发其情性的多重区域——构成了一个连贯的系统，在这个系统中，这些形式在彼此的关系中确立自己的位置。

人们首次区分了服从于严格的格律规则的近体诗（又名今体诗）和古体诗；后者的特征是较少拘束，或者，更经常地以对这同一些规则进行有意变形为标志。在古体诗内部，存在两种流派，民间的

---

① 见第31—33页。

乐府和文士的古风，二者互相滋养。至于近体诗，其最重要的形式是律诗。人们正是根据律诗来定义绝句，后者被视为截短了的律诗；以及长律（排律），正如其名称所显示的，它是延长的律诗，拥有十 60
行以上的诗句。在这两种诗体中，一首诗从“音步”上看，可以有五步（五言）或七步（七言）。除了这两种诗体，还要提到一种便于歌唱的诗的形式，它被称作词，其诗句长短不一。这一诗体在接近唐代末年时得到迅速发展，并在接下去的宋代流行起来。

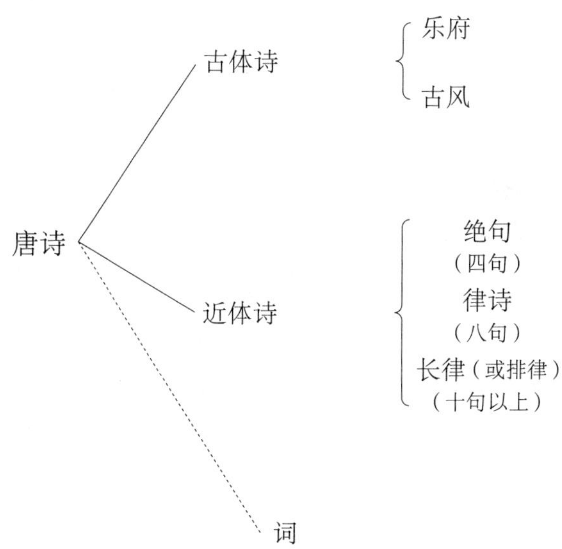

在这一诗歌形式的网络中，律诗可以当作参照物，所有其他形式由它出发而获得含义。这种历经几个世纪的探索而达到的形式，不仅

彰显了一门语言的独有特征，也以自身的方式再现了某种对中国人来说是本质性的哲学观念。我们面对这样一个体系，它的不同层次由内在对比的成分构成，其进展则服从于一种根本性的辩证规律。从这一观点来看，对律诗进行分析，其意趣尤其在于充分展示一种形式孕育意义的过程。

61 一、律诗

律诗首先以“简约”的特征打动我们。在中国诗人眼里，它构成了一种“完整的最小单位”。一首律诗由两个四句诗构成，每一个四句诗由两联构成。因此一联是一个基础单位。在一首律诗的四联中，第二联和第三联必须由对仗的诗句组成，第一联和最后一联由不对仗的诗句组成。这种对仗的诗句与不对仗的诗句的对照，以及存在于对仗的诗句内部的对照，是律诗的特征；律诗的体系由存在于所有层次（音韵、词汇、句法、象征等）的对比成分构成。在层际间，建起一个应和的网络；在这个网络中，诸层次彼此支撑、互相牵连。

我们由音韵层开始，依次考察节拍、韵式、声调对位和音乐效果。

节　拍

在一首律诗中，一句诗可以是五音节的或者七音节的；也就是说，一句诗或者由五个汉字，或者由七个汉字构成，因为在汉语中，每个字一律算作一个音节（而在古汉语中，一个词常常由一个字构成）。在诗中，音节是基本单位，因此可以说，在能指层和所指层间没有偏差，因为每个音节总有一个含义。在一行五音节的诗句中，停顿出现在第二个音节之后；在一行七音节的诗句中，停顿则出现在第四个音节之后。因此在停顿的两边，存在着偶数（二或四音节）和奇数（三音节）的对比，这一对比得到节拍的强化，值得注意的是，在停顿之前节拍是“抑扬”（弱强）律的，在其后是“扬抑”（强弱）律的（●代表重读音节）：

五音节诗：○　●　/　●　○　●

七音节诗：○　●　○　●　/　●　○　●

偶数音节和奇数音节轮番重读这一节奏，可以说是由相互碰撞造成的。如果用一个意象来表达，停顿就如同一块岩壁，富有节奏的波浪前来拍击在它上面：○　●；接着是一个回击，它孕育出相反的节奏：●　○　●。这一对比性的格律激发起诗句全部富有活力的运动。就偶数和奇数的对比而言，有必要明确指出的是，对比是以

62 阴（偶数）和阳（奇数）的思想为基础的；我们知道，阴阳交替，对中国人而言代表了宇宙的根本节奏。

停顿除了起到节奏的作用，还扮演句法的角色，[①]通过将一句诗中的词语重新组合为不同的小节，它们彼此形成对比或有着因果关系。在杜甫的《春望》[②]一诗中，诗人以停顿表示某些意象之间的鲜明对照："国破 / 山河在"（国家破碎了，但河山依旧存在）；"感时 / 花溅泪"（因时间流逝而感伤，甚至花都在落泪）。王维则以停顿（它暗示了虚）强调表面上互相独立的意象之间存在的微妙关联："人闲 / 桂花落，夜静 / 春山空。"[③]

韵　式

关于韵式，我们只明确一点：除了第一句诗——它有可能被考虑在内——韵脚总是落在偶数诗句上。这意味着，奇数句不入韵——这是中国诗歌的一个重要特点——由此产生了又一重结构对比：偶数句和奇数句之间的对比。一首律诗的内部没有韵的改变；一种韵，从一个偶数句到另一个偶数句，"贯穿"整首诗。需要补充的是，就韵式而言，诗人应选择一个"平声"字进行押韵，平声是古汉语拥有的四声中最平稳（和长）的声调。这引领我们触及中国

① 这一点仍得到现代口语的证实。

② 见第二部分，第 211 页。

③ 见第二部分，第 139 页。

诗歌的另一重要特点：声调对位。

声调对位 63

汉语是一种有声调的语言，因而在很早的时候诗人就对声调组合造成的音乐性十分敏感。[①]一首律诗在音韵的层面，受到限定十分严格的声调规则的约束。为此，诗人提出平声（四声中的第一声）与仄声（其他三声：上声、去声和入声）的区别。从原则上说，这一区分建立在第一个声调（不升不降并且音节较长）与其他声调（有升有降或者音节特别短促）的差别的基础上。[②]对五言和七言律诗而言，声调对位预设了这两类声调交替的格式。诗人必须选择声调符合强制性格式的词语，这些格式有下面几种（—代表平声，/代表仄声）[③]：

（1）仄声开始的格式：

/　/　—　—　/

—　—　/　/　—

—　—　—　/　/

/　/　/　—　—

① 早在沈约（441—513）定义四声之前，诗人便已本能地运用声调区别进行创作。

② 参见王力在《汉语诗律学》中的解释。

③ 我们给出一首五言律诗的上半首的格式（下半首是一样的）。

（2）这种格式的第一行存在一种变体（在首句入韵的情况下）；由于韵脚必须是平声，所以首句必须以这一声调结尾：

/ / / — —
— — / / —
— — — / /
/ / / — —

（3）由平声开始的格式：

— — — / /
/ / / — —
/ / — — /
— — / / —

64 （4）上面这一格式的第一行同样存在着一个变体，在首句入韵的情况下：

— — / / —
/ / / — —
/ / — — /
— — / / —

每种格式都可以被当成抽象的符号游戏，并从数字或组合方面加以分析。但我们并没有忘记，这些格式是服务于诗歌语言的；因此在这里仅指出在我们看来直接相关的现象。以第一种格式（1）为例，我们标出由格律预先规定的两种内在划分：

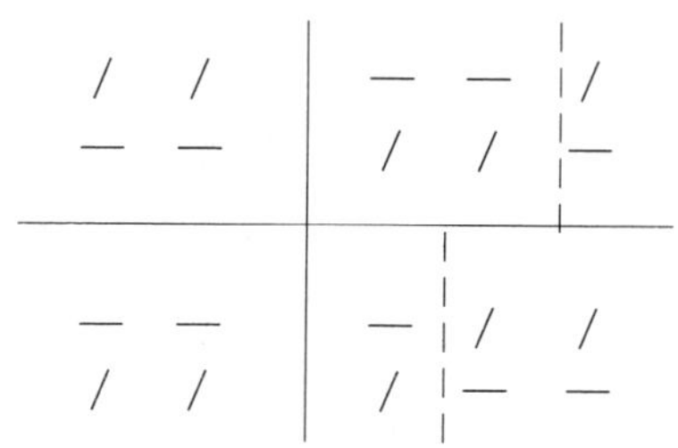

垂直线表明停顿，水平线表明两联诗句之间的分隔。在垂直线的两边，我们可以看到数目上的对比，偶数 / 奇数：在停顿之前，有两个声调相同的音节；在停顿之后，共有三个音节，其中有两个声调相同，但它们与停顿之前的声调不同。这一声调安排符合汉语诗的节拍，正如我们已指出的那样，这一节拍由两音节的音群加上一个孤立音节构成。因此在声调对位中，排除了停顿之前的一 / 或者 / 一组合，以及停顿之后的 / / / 或者一一一组合。声调对比不仅发生在一句诗中，也发生在一联诗的两个诗句之间，它以一种有规律的对称的方式出现，这一点我们可以很容易从上面的图形中看出来。不过，这种对称在涉及变体（2）时，有微小的“错位”：

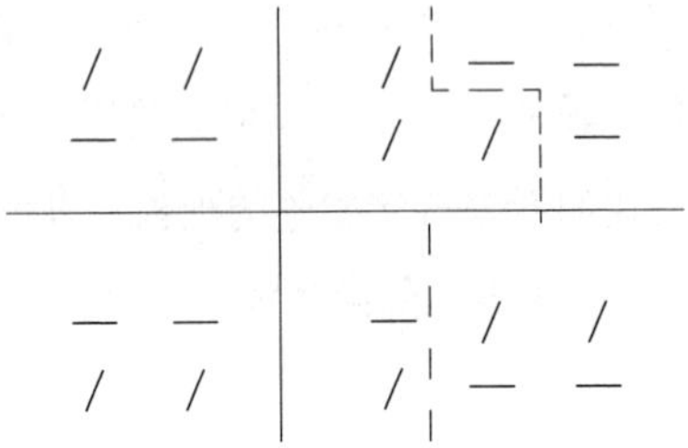

/	/	/	—	—
—	—	/	/	—
—	—	—	/	/
/	/	/	—	—

65 此处在首联中，在停顿之后，两行之间的对比不是对称的，而是“反射”的；让我们再次采用R.雅可布森的定义，[①]第一行的图形，如同在一面镜中，在第二行的图形中得到其映像。

至于由平声开始的格式（3），只要颠倒形成格式（1）的两联诗的顺序便可以获得，换言之，就是从格式（1）的第二联诗开始，结束于它的第一联诗。

根据这些分析，以及鉴于格律所强加的一些制约，也即一句诗的节拍建立在两音节的音群加上一个孤立音节的基础上，以及韵脚必须是平声的且落在偶数的诗句上，我们可以提出唯一的一种格式[②]，以再现四种变格：

A	A	A/B	B	B/A
B	B	/	A	—

① 见其文《中国格律诗的韵律图案》。

② 这一格式由G.B.唐纳和A.C.葛瑞汉在他们的文章《中国诗歌的声调格式》中首次提出。

B　　B　　—　　A　　/

A　　A　　/　　B　　—

这一格式可能会给人一种静态结构的印象，而声调对位首先是一个富有活力的系统；在这个系统中，每个成分依据牵连与对比的规则发展和转化：吸引相似者，呼唤相反者。一种环行的图形更好地暗示了它：

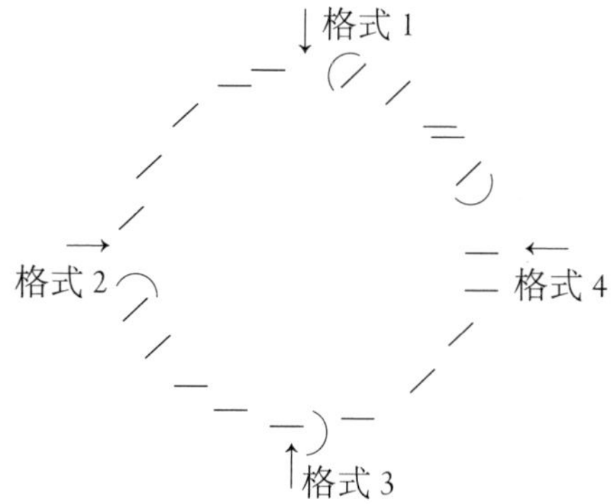

只消按照箭头的指示从圆形的一个既定点出发，按顺时针方向旋转，66
就可以找到四种变格中的任一种。至于格式（2）和（4），略过首次出现在括号中的成分。

因此在音节的网络下——不要忘记，音节是汉语音韵和表意的基础单位——好像是为了质疑它们，而展开了一场焦虑不安的运动，它摇摆于一个静态的或稳定的极（平声）和一个动态的极（仄声）之间。声调对位就这样构成了律诗这一内在对比系统的多重层次中的第一层。

音乐效果

在探讨律诗的句法特征之前，我们还需指出，诗人以一种难免简约的方式——因为音乐效果基本上应当在具体的作品中寻找——发掘了哪些主要的音韵价值。

在中国的文字中，由于每一个字有一个单音节的发音，任何音节都是有含义的，并且音节的总数是可以清点出来的。某些音节——以及与它们相连的某些辅音声母和某些韵母，鉴于它们所体现的词语——拥有特殊的唤起联想的力量。关于辅音声母，我们首先要指出传统音韵学中称作“双声”的声韵修辞：一个由两个字组成的词，其辅音声母相同，比如“芬芳”（fen-fang）。另外的例子则显示了某些辅音的特殊用法，它们“引发”了一系列含义十分相近的词。比如李白的乐府古绝《玉阶怨》[①]，它描述了一名女子夜晚在门前台阶上徒然等待的场景，诗人运用了一连串的 l- 音，这个音相继表示这样一些含义：露珠、泪滴、冰凉、晶莹、清冷：

玉阶生白露，

① 见第三章，关于隐喻的意象，第 119—122 页；以及第二部分，第 158 页。

夜久侵罗袜。
却下水晶帘，
玲珑望秋月。

67

至于韵母，我们也要指出称作“叠韵”的声韵修辞：一个由两个字组成的词，其韵母相同，比如“徘徊”（pai-huai）。举一个更“富有表现力”的例子：诗人李煜运用一连串的 -an 以强化挥之不去的痛苦和忧郁的叹惋的意念：

帘外雨潺潺，
春意阑珊。
罗衾不耐五更寒。
梦里不知身是客，
一晌贪欢。①

音韵效果不是孤立的。它们常常通过彼此对比来表现。从而，韵母 -an（我们刚刚指出它暗示忧郁）与 -ang 形成对照，后者有一种凯旋的色调并唤起一种激昂的情感；仿佛 -ang 由于开口更大，而

① 李煜《浪淘沙》的上阕。《中国古诗选》是这样翻译的：“窗帘外，雨声淅沥。春意消失殆尽。丝绸被下，难忍五更的寒冷！睡梦中，我忘记自己流落他乡。期待已久的温馨抚慰！”

“战胜”了由 -an 体现的忧郁。因此，杜甫在一首名诗[①]中选择用一连串的 -ang 歌唱解放的欢乐，便不是出于偶然了。

同样，对于辅音声母，传统音韵学提出了不同的对比：

1. 不送气 / 送气：例如，包 bao / 跑 pao。

2. 开口（不带前元音 u）/ 合口（带前元音 u）：比如，孩 hai / 怀 huai。

3. 尖音（非颚化）/ 团音（颚化）：例如，戚 qi / 涕 ti。后来在宋代一首名词[②]中，女诗人李清照（1084—1155）受到唐代诗人探索的启发，将这两类声音加以对照，以烘托她在倾听落雨时所感到的凄凉之情。

68 声调对比产生的效果同样引起了诗人对声调音乐性的关注，尤其是四声中最为均匀的第一声与最闭口和迫促的第四声之间的对比。这第四声，经过数次重复，常常暗示出一种窒息的，甚至是抽噎的感觉。还是在《玉阶怨》[③]中，李白在诗的结尾处运用了一连串的第一声的字，却突然以一个第四声的字结束，以便强化最终落空的漫长等待的意念。

句法层（对仗诗句 / 不对仗诗句）

在句法方面，最重要的现象是对仗的诗句与不对仗的诗句的对

---

① 《闻官军收河南河北》。见第二部分，第 213 页。

② 《声声慢》。

③ 见第二部分，第 158 页。

比。我们曾经指出，在构成律诗的四联诗中，第二联和第三联诗必须由对仗的诗句构成；相反，最后一联必须不对仗，而第一联在原则上不对仗，尽管它有可能由对仗的诗句构成。因此，一首律诗显示为下面一种进程：不对仗—对仗—对仗—不对仗。为了把握一首律诗内这一形式上的转变的意义，我们有必要首先考察一下，究竟什么是对仗的诗句。

在中国，语言上的对仗在文学和日常生活中都占据重要地位。正像庙宇的柱子上，或者住宅、店铺大门两边的对联所表明的那样；还有在谚语和口号，以及节日和宗教活动中人们对其运用所显示的那样。如果说（我们曾指出）对仗反映了一种对构成对子的两者之间的交互作用的思想的偏爱，它的存在却与表意文字的特殊本性不无关系。在一联诗的两句诗中，人们可以用一种完全对称的方式，将属于同一语法范式，但拥有相反（或互补）含义的词语两两相对地加以排列；因为在古汉语中，每个词由一个字构成。从美学的观点看，两句诗这样并排出现，提供了一种不容置疑的视觉美；它们形成 69
了一种相互呼应和关照的结构，在其中每一成分都同时指向它的“配偶”，从而在它们之间进行着经常性的交流，并且各自都面对着另一主体以确立自己的主体身份。

我们举几个均取自王维律诗的例子以阐明对仗：

明月松间照，

清泉石上流。[①]

诗人以这两行彼此建起呼应关系的诗句（明月↔清泉，松↔石，照↔流），创造出一幅完整的风景，在其间光与影（第一句诗所描绘的）应答着声音与触觉（第二句诗所暗示的）。

大漠孤烟直，
长河落日圆。[②]

诗人画家王维通过对照一片风景中的不同成分展现了一幅画面。对照既出现在每句诗的内部（无限延伸的沙漠和孤零零升起的一柱烟；流向远方的河流和滞留片刻的太阳），也出现在两句诗之间（静谧的沙漠和奔腾不息的河流，升起的孤烟和沉落的太阳，垂直的线条和浑圆的形象，黑与红，等等）。

行到水穷处，
坐看云起时。[③]

这两句诗取自一首以诗人在大自然中游涉为主题的诗。这两句诗的

① 见第二部分，第199页。
② 见第二部分，第200页。
③ 见第二部分，第197页。

现代汉语翻译可以是："行走至泉水枯竭的地方，坐下来等待白云升
起的时刻。"然而这样的翻译仅仅传达了线性的和时序的方面。如
果回到原诗并同时读这两句诗，我们会看到，这些对仗的语词，通
过它们成对的结合，每次都揭示了一个隐藏的含义。从而，"行-坐"
意味着动态与静态；"到-看"意味着行动与静观；"穷-起"意味着死
亡与再生；"处-时"意味着空间与时间（地利与天时）；最后，处于 70
中间的对子"水-云"肯定了宇宙转化的周流运动（水蒸腾至天空以
形成云；云化作雨落下以补充水）。富有这一连串含义的两句诗，实
际上再现了任何生命的两重维度。与其排他性地坚持一个或另一个，
这两句诗所暗示的真正的生活方式，乃是进入冲虚状态，唯有冲虚
使人不再将行动与静观、空间与时间分离，并从内心参与不可或缺
的变易。

江流天地外，
山色有无中。[①]

在此诗人引入（禅宗的）心灵感悟的意念。在两句诗之间，更胜于对照，存在着一种"超越"。在第一句诗中，追随着江水的流淌，我们虽加入了宇宙的运动，但仍停留在空间的统辖中；在第二句诗中，万物皆融于山色，我们微妙地从有的境界过渡到无的境界。当然，

① 《汉江临泛（眺）》。

这一切并未明说，而是通过词与词的相对位置表达的。

这四个例子都取自律诗。最后，让我们举一首完全由对仗的诗句构成的五言绝句[①]的例子，也就是说，这首诗由两联对仗的诗句构成（在唐代，一首绝句被定义为半首律诗，因此它可以由对仗的两联，或者不对仗的两联，抑或一联对仗、一联不对仗的诗句构成）：

白日依山尽，
黄河入海流。
欲穷千里目，
更上一层楼。

在首联（第一、二句诗）中，诗人以一片壮观风景（他从一座高楼
71 上欣赏这片风景）的两极定格了这片风景；而这两极的对比（山-海、日光-河水、天上-人间）及其反向的运动（太阳西沉与河水东流），激起人心中的豪迈情感和离情别绪。尾联（第三、四句）虽然同样是对仗的，却与首联不同（诗歌格律规则区分了几类不同的对仗），不同之处在于，它表达了既是对比（千里目-更高层）又是递进的思想（欲穷……更上……），因为对诗人而言，一方面要强调无限的空间与人的孤独存在之间的对比，另一方面则要强调人的超越这分裂的世界（第三句诗中的“千”象征了多重事物）与达

① 王之涣：《登鹳雀楼》。见第二部分，第129页。

到统一（第四句诗中的“一”象征了统一）的愿望。这叠置的四句诗似乎形象地再现了这一亲历的场景：

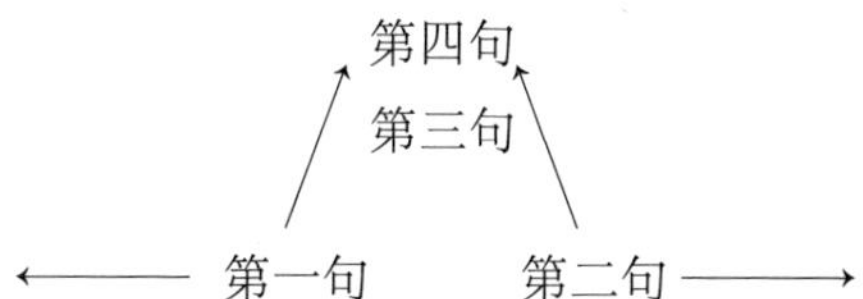

在唐代，对仗的艺术得到极为细腻的开发，它成为一种错综复杂的技艺，这种技艺借助语言的所有资源：音韵、字形、意趣、典故等。但正像我们能够在所举的例子中看到的，对仗不是一种单纯的重复现象。它是一种表意形式，每个符号召唤与其相反者或互补者（另一个它）；而所有的符号，在相互协调或相互对比中引发意义。从语言学的观点看，可以说，对仗是一种在符号的时间进程中对它们进行空间组织的尝试。在一联诗中，从一句诗到另一句诗没有连续的（或者逻辑的）进展；两句诗（没有任何过渡地）表达了对比或互补的思想。第一句诗止步，悬浮在时间中；第二句诗来临，不是为了继续第一句诗，而是为了证实——仿佛从另一端——第一句诗中包含的命题，并最终为它的存在辩护。这两句诗，如此应答着，形成了一个自足的整体：一个稳定的自在的世界，它服从于空间规律，并且仿佛摆脱了时间的限制。通过对称地排列属于同一范式的词语，诗人创造出一种“完整”的语言，在其中两种秩序并存：随着线性叙述（时间性）的进展，范式维度（空间性）并没有像在普通语言中那样被拭去。这种具有双重阅读（人们同时进行水平和垂直阅读）的语言可以用下面的图形来表示：

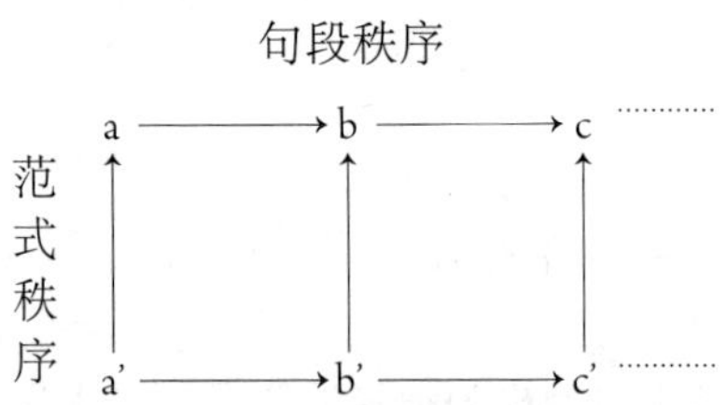

不过，这个图形并未完全传达出这样一种体系的实际状况，在这个体系里，两个主要成员在承接的同时互补。这种同时是线性的和对称的发展，可以用另一个图形更好地予以说明，而这个图形是受到了中国传统文化对阴阳变易之再现的启发：

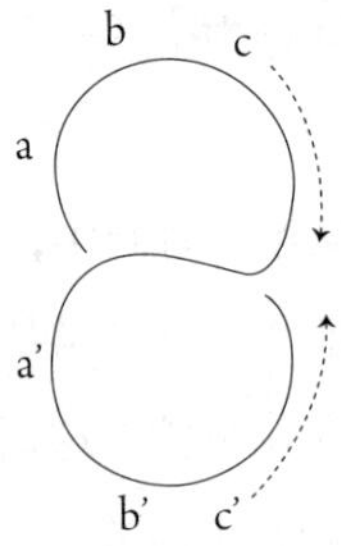

在此，我们面对的是一种自转的运动，同时，这一运动向着无限敞开。每一个成分一经出现，便立刻“指向”位于另一端的与它相反的成分。这一追逐（抑或对总是另一个的我的追逐？）的游戏既发生于内部又发生于外部，既在时间中又在时间外。这个建立在两句诗相互印证基础上的空间结构，使诗人得以在某种程度上打破线性制约。经常有这种情况，一句诗由于特殊的用词法（名词用作动词，虚词用作实词，等等）或者句法异常而造成的晦涩，被它的对句驱散。正是在对仗中，人们可以观察到最为大胆的越轨，其后果 73
超出了诗歌的领域。在唐代，诗人通过打乱句法结构进行探索，丰富了普通语言。[①] 借助对仗，诗人创造出一个特殊的世界，在那里，他得以施加一种不同的词语秩序。[②]

---

① 王力在《汉语史稿》中用了很长的篇幅探讨这一问题。

② 我们无法长久停留在对仗所允许的句法越轨问题上，而不中断我们介绍律诗的形式的线索。懂汉语的读者可以查阅王力《汉语诗律学》中的研究，将颇有帮助。我们以简略的方式将唐代诗人在发明其他词序方面的探索，归结为下面三种类型：

1. **感知词序。**诗人不是按照习惯的句法，而是依照他的连续的观感（一幅风景，一种感觉，等等）的顺序来组织词语。下面的诗句呈现的是旅途中的诗人杜审言（他在凌晨前往江南，离长江入海口不远处）。词序暗示了诗人在行进过程中逐渐捕捉的意象：初升的朝霞的意象和大江两岸植物的意象，植物的色彩显示着季节的变化：

云霞出海曙，
梅柳渡江春。

有时，诗人所选择的句子的出发点，是一个前面不曾预示的醒目意象：一个场景、一种色彩、一种味道，它“引发”一连串的感觉和记忆，仿佛这些感觉和记忆是从那个意象中产生。下面的例子均取自杜甫的诗：

（转下页）

不过，那是一个处于变化中的世界。我们并没有忘记，律诗所

（接上页）

（1）寺忆曾游处，
桥怜再渡时。
（2）青惜峰峦过，
黄知橘柚来。
（3）滑忆雕胡饭，
香闻锦带羹。

在其他情况下，诗人所试图记录的不是一系列意象，而是一种固定的状态：

白花 檐 外 朵，
青柳 槛 前 梢。

在这两句诗中，[ ]外的成分构成拆开的表意单位。在它们中间，诗人嵌入了屋檐和门槛的意象，以从视觉上表明人的世界闯入了大自然（或者相反，大自然侵入了人的环境）。诗人通过文字的安排，本然地重建了一幕映入他眼帘的场景。

2. **倒装词序**。在此，词序由颠倒句子的主语和宾语构成。在这种手法中人们能够看到的，不只是对文笔效果的单纯追求，而是打乱世界秩序，创造出事物之间另一种关系的愿望。

香稻啄余鹦鹉粒，
碧梧栖老凤凰枝。

在读杜甫这联著名的诗句时，读者很快理解到并不是稻子啄食鹦鹉，也不是梧桐栖息在凤凰上。需要强调的是，恰恰是在对仗的诗句中诗人“敢于”进行这样的变形；诗句之间的互相印证去掉了可能显得“偶然”或“任意”的东西。

（转下页）

包含的，不是一联而是两联对仗的诗句（第2、3联）；以及这两联被重新置于线性的语境，因为它们被镶嵌在不对仗的两联中（第 74

（接上页）

客病留因药，
春深买为花。

实际上，诗句要表达的是："因为经常生病，我在客居中存放了一些药品；我买了一些花，仿佛为了挽留正在离去的春天。"主语和宾语的颠倒赋予诗句一种略带幽默的清醒色调。

永忆江湖归白发，
欲回天地入扁舟。

诗人李商隐没有去写（流落者）的白发"散落"在江湖中的意象，以及轻盈的小船失落于天地间的意象，而是通过一种颠倒的过程，非常有力地表现了外部世界对人施加的影响。

3. **打散的词序**。在这种词序中，通过混合因果，通过以一种看似任意的方式组织词语，诗人试图创造一种"整体"意象：在其中所有的成分都混合在一起，并且可以说，不再存在一个优选的视点。动态的句子，在其中符号处于一种不停转化的网络中；而且随着每一变化，符号有了新的含义。

地侵山影扫，
叶带露痕书。

为了重新找到贾岛这些诗句中可以捕捉到的含义，我们对第一句诗进行了一种链状转化：

（转下页）

一、四联）。因此，一联对仗的诗句（我们刚刚研究了其结构）并不仅仅从自身的存在获得含义；它处于一个辩证体系中，这个体系建立在暗含了内在转化的时间性和空间性基础上。如果对仗的特点在于其空间本性，那么遵循普通句法的不对仗的诗句则服从于时间规律。传统上，律诗的结构显示为下列情形：不对仗的第一、四联，确保线性发展并处理时间的主题；它们在诗的两端形成不连续的表
75 意符号。在这线性的内部，第二、三联引入了空间秩序。如果“线

（接上页）

地侵山影扫→
侵山影扫地→
山影扫地侵→
影扫地侵山→
扫地侵山影→

最后一个拥有通常含义的句子，告诉了我们诗人想要说的：在宅前扫地时，他进入了山投射下的影子。如果我们对第二句诗进行同样的转化，将会得到：

书叶带露痕

诗人在洒满露珠的叶（也许是芭蕉叶）上书写诗句。

以同样的用意，杜甫描绘了这样一幅风景——在风中，竹笋断裂，绿色的竹叶悬垂在它们上面；浸透了雨水的梅花舒展她们粉红色的花瓣（请注意这一场面的性爱寓意）——他改变了词语的自然顺序，以便去掉所有先后的意念，由此重建了一幅瞬间的整体景象：

绿垂风折笋，
红绽雨肥梅。

性”在两个时段中出现，由两联所再现的“空间性”，也包含了两个阶段。诗人为了打破“事物的通常进程”，而引入这一新的维度，同时确立（第二联）这样一种秩序，在其中，对比或互补的现象两两相对并形成一个自足的整体。不过，这一秩序并不是静态的：在同样是由对仗的诗句构成的第三联中，这一秩序再次得到确认，但却承受了一种变化；仿佛继新的秩序建立之后，事物之间产生了另一种关系，而诗人想要深入开发这一关系，以捕捉其生机勃勃的规律。在对仗的两联之间发生的这一内在转化，不仅表现在内容的层面，也表现在句法的层面。实际上，按规定，这两联应该由两类句法不同的句子构成，再者，这一差别应该建立在派生的基础上，也即从句法来说，第三联由第二联派生而来。

但是，转化的思想本身，使人预感到演变了的、敞开的时间即将来临的凯旋。因为在对仗的两联之后来临的是最后一联，而它必须是不对仗的；它重新在叙述中引入线性叙事。开启诗的时间秩序，在诗的结尾重获自己的“权利”。仿佛诗人在意识到他对语言的影响力的同时，对他所虚构的那个真实可信的世界的恒久性产生了怀疑。因此，对一种符号秩序的肯定（通过对仗的诗句）包含了对它自身的否定。

由此看来，律诗显示为对一种辩证思想的再现。仿佛在我们眼前上演的，是一出拥有四个时段的戏剧，而这出戏剧的发展服从于空间–时间的生机勃勃的规律：

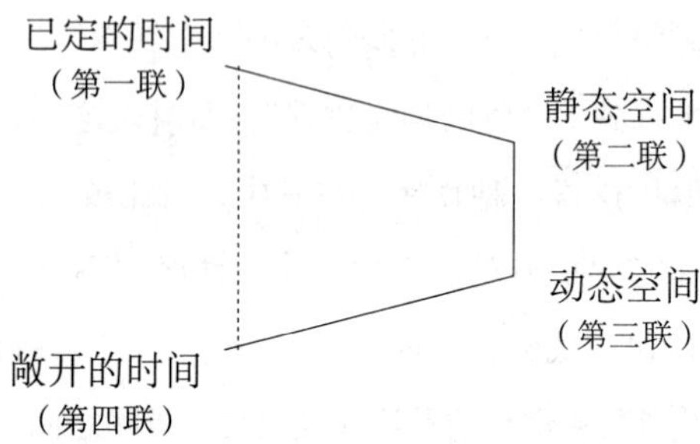

76 或者，再次采用第 72 页的图形——它将对仗再现为一种自转体系，那么我们可以说，这一体系被预示了其碎裂的时间进程所穿过：

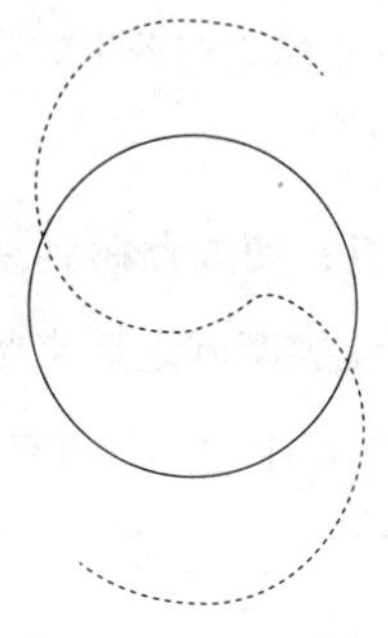

上图还向我们暗示，这里涉及的不是一种线性发展，而是螺旋形发展。诗人从经历的时间出发，试图超越这一时间，同时建立一种空间秩序，在那里，他重新找到了他与事物的亲密相处（他的“生活在自家”的愿望）。如果最终诗人重新投入时间，所涉及的也是碎裂的时间，注定存在其他演变的时间。只有极少数例子与规定相反，诗人以对仗的一联结束一首律诗，仿佛要将一种空间秩序维持到底。

杜甫的《闻官军收河南河北》[1]包含了连续的对仗的三联，而最后一联——诗人预想着将在朋友们的陪伴下进行的返乡旅行——意在延长一种欢欣的状态。

诗　例

在考察了律诗这种形式的蕴涵之后，我们来分析两首完整的律诗。

杜甫：咏怀古迹[2] 77

群山万壑赴荆门，
生长明妃尚有村。
一去紫台连朔漠，
独留青冢向黄昏。
画图省识春风面，
环佩空归月夜魂。
千载琵琶作胡语，
分明怨恨曲中论。

① 见第二部分，第 213 页。

② 见第二部分，第 222 页。

这首诗展现了汉元帝宫廷中一位夫人的广为流传的故事。这位夫人不仅以其未出阁时的表字——王昭君，也以尊称“明妃”而为世人所知。按照惯例，皇帝是在看了宫廷画师为宫中的妃子们绘制的画像后，决定宠幸其中的某位。王昭君漠视诡计并对自己的美貌很有信心，因此从来不屑于像大部分宫女那样，为了获得一幅美化的肖像而收买画工毛延寿，于是她从未得到皇帝的召见。结果，当需要派遣一位“公主”远嫁匈奴首领，作为结盟的表示时，皇帝仍然是按照画像选中了她。皇帝在将“公主”介绍给匈奴首领的使节时才见到了明妃。他被她光彩照人的美貌所打动。但是，尽管他对她充满欲望，却已不可能将她留下。

在此，诗人所着眼的除了命运受挫的思想，还有人在面对恶劣的自然环境时的脆弱，以及通过这一对峙，进入与别样世界的交融；在那里，遗憾混合着奇妙。诗的开头和结尾（首尾两联）与女主人公的按照时序展开的生活有关。首联回顾了她在家乡的村庄度过的少女生活；尾联则描写了她去世后的生活，演变了的、在时间中不断流传的生活。线性连缀由第一句诗中的表达式“万壑”加以强调，并被倒数第二句诗中的“千载”回声般地再次重复。

78 由对仗的诗句构成的中间的两联（颔联和颈联），通过几个突出的意象“记载”了那些标志着明妃的命运的“悲剧性”事件。这些意象两两相对——或者互相对比，或者互相调换。但是在这两联之间，却存在着一重转化关系（静态→动态）。

颔联都是由动词形式（“一去”和“独留”）起始，后面跟着介词（“连”和“向”）的诗句组成。这一句法结构赋予句子一种被动的语调并确立了一种单一的走向 A→B，它恰如其分地传达出王昭君的命运，这一命运由与其意志不符的力量决定。

在颈联中，每个句子的动词都被置于中间，从而联系起其他词语；人称代词和介词的省略消除了所有方向的意念。“画图”和“春风面”（这一联的第一句诗），与“环佩”和“月夜魂”（第二句诗）同样被置于对等的平面上 A⇆B，处于一种持续的往返关系中。由此可以有双重阅读：

> 在环佩声中，人们重新找到明妃的灵魂。
> 明妃仍不断留恋地使她的环佩鸣响。

作为发生在对仗的两联（颔联和颈联）之间的句法转化的必然结果，意象的组织同样追随一种转化过程。在颔联中，四个彩色成分：紫台（=皇宫）、朔漠、青冢（传说王昭君失落在沙漠中的坟冢保持常青）、黄昏，既互相对比又互相协调，形成一幅面向颈联的画图，这联恰恰由这个词开始：画图。人们知道绘画在王昭君的生活中所扮演的决定命运的角色，但是她的生活本身并非一幅人工的画图，而是成为一则金色传奇中的意象。诗人借助约定俗成的意象（“春风”=女子的面孔；“环佩”=女性身影；“月夜魂”=囚禁在月亮上的仙女嫦娥）——都是来自大自然的现象——将明妃的身影巧妙地纳入一个充满了孤独的星体的宇宙，在那里，自然与超自然相混合。从而，过去和现在，这里和别处，似乎融合在一个充满活力的空间中，这一空间拒绝向时间的无情流逝让步。

79 但是尾联重新引入时间的意念。然而最终，生活或者时间，二者究竟谁是胜者？时间越是流逝，生活越是演变。遗憾与怨恨本身化作一支歌（生活在匈奴人中间的王昭君，成为一位杰出的琵琶弹奏家，琵琶是源自中亚的乐器），它的余音一直传入我们耳中。

崔颢：黄鹤楼①

昔人已乘黄鹤去，
此地空余黄鹤楼。
黄鹤一去不复返，
白云千载空悠悠。
晴川历历汉阳树，
芳草萋萋鹦鹉洲。
日暮乡关何处是，
烟波江上使人愁。

著名景点黄鹤楼，建在俯临长江的一块高地上，位于现在的湖北省。从楼上，人们可以观赏长江东去、奔流入海的盛景。这个地点长久以来一直是诗人吟咏的对象，他们当中的许多人都曾在此作

① 见第二部分，第196页。

诗，主题大多是送别即将远行的友人。关于黄鹤楼流传着很多逸事，其中一则与此诗有关。相传有一天，李白登上了黄鹤楼，打算歌咏壮观的景色。他正要开始作诗，目光被题写在墙上的一首诗吸引。那就是崔颢的这首诗。李白读过后，感叹道："我写不出更好的了！"他沮丧地放下笔。随后，受挫的李白要是不在另一个高处写一首旗鼓相当的诗便不肯罢休。他在南京获得了这个机会，写下一首非常美的律诗：《登金陵凤凰台》。

让我们回到崔颢的这首诗上，我们看到，如规则所允许的，对仗从首联就出现了；不过，它在这一联甚至在下一联中都没有完成，因为这两联中的诗句，只有在停顿之前的部分是对仗的。诗人似乎 80
从一开始就想强调人间的秩序与"彼世"之间的鲜明对照。不完整的对仗意味着两种秩序处于不平等的关系中。一方面是"天上"的秩序，它有着不可接近的辉煌（白云），另一方面是人间的秩序，被过去曾经居住在这里的辉煌所遗弃的秩序。在由这两联构成的第一组四句诗中，黄鹤的意象出现了三次，这是非常引人注目的现象，况且在律诗中，原则上不允许词语重复出现。可以看到，在这三次出现中，有一种词义的迁移，它反映出一个转化中的主题：

1. 一种可以达到"彼世"的运载工具（根据道家神话）。

2. 人类世界所攀缘的空名。

3. 失去的永生的象征。

黄鹤的意象引出了白云的意象（鸟的飞翔与白云的悠闲之间的对照，

还有色彩的对照）。白云拥有多重寓意，尤其是梦、分离和人间事物之空幻的寓意。黄鹤已不在场，剩下一个弃置的宇宙，一个被割断的世界，其间的任何欲望此后都显示为空幻（“空”字——空虚、徒劳，在第二和第四句诗中出现了两次）。

然而还留有一重安慰：处于空间中的现世（太阳的照耀仍然温暖着它）。尽管存在着时间的反面的力量，一种形式的生活仍在延续的思想，反映在句法层面。

实际上，我们注意到，颈联重新采用第四句诗中的句型，并对它进行了轻微的转化。第四句诗可以这样分析：

主题	**时间状语**	**重叠形容词**
白云	千载	悠悠

在第五、六句诗中，停顿前的部分由同样的句型构成，但缺少了时间状语：

主题	**重叠形容词**
晴川	历历
芳草	萋萋

81 这个短句由名词词组和重叠形容词（三次重复：第四、五、六句）构成，强化了事物处于持续状态的意念。

至于第五、六句诗停顿之后的部分，则由唯一的一种名词形式构成："汉阳树"和"鹦鹉洲"。静态的场景。动词形式被省略，比如第五句中"沿着……流动"和第六句中"长在……之上"。停顿之前的部分所描绘的生机勃勃的大自然似乎突然导向一幅固定的意象。汉阳（位于长江对岸的城市）和鹦鹉洲（长江中的小洲）是地名。它们此处尽管是作为状语出现，却仍含有一种象征色调。汉阳中的"阳"与指称阴阳对子中的一个原则（也即积极主动的生活原则）的"阳"字相同。汉阳这个名字，意思是"汉江之阳"，它令人联想到一个活动中的世界，仍处于白日的光亮之中。至于鹦鹉，我们不能不经由它们想到开头处的黄鹤。不死之鸟消失后，这个世界只剩下装饰性的、会模仿的鸟。这些鸟只会无限重复学来的话语。

无限？但这已是最后一联。它令人再次想起诗一开始就宣告了的时间的统辖（昔人……）。实际上，这一时间的力量从未停止起作用，它仅仅在一瞬间被否定。落日让人预感到"阴"的原则的来临。从句法角度看，句子重返"口语"风格，正像表达式"何处是"（第七句），以及"不由得"（第八句停顿之后，未明言）所证实的那样。这两句重新采用叙述的线性思路。不过，是敞开的叙述。最后的询问表明了一种抑制不住的思念。笼罩和混融了一切的烟波唤起一种哀愁，但同时赋予人能够重返其发源地的幻觉。

二、古体诗

我们本可以在此结束对这些积极有效的手法的分析——中国诗人通过这些手法造就了一种诗歌语言。不过，为了与本章开头衔
82 接——在那里我们从总体上介绍了诗歌的形式——我们的注意力将在与律诗的美丽排列形成对比的另一种形式上逗留片刻：古体诗。我们已经说过，我们并不打算将古体诗作为一种特定的形式加以研究；我们只消提醒它与近体诗（律诗是其主要形式）形成对比，由于它更少拘束，由于它的形态更为自由，以及有时从篇幅来看更像"史诗"。在研究了律诗之后，转入一首具体的古体诗的例子，以便展示两种形式在唐代的创作中所显示出的对比以及牵连，应是一件饶有趣味的事。我们刚刚研究过杜甫的一首律诗，现在再来讨论他的一首叙事诗。这位诗人传统上被视为首屈一指的律诗大师，他在古体诗方面同样出类拔萃（这种体裁的其他几位大师是李白、李贺和白居易）。在杜甫笔下，对于形式的某些选择具有深刻含义。他年轻时经历了唐朝的鼎盛时期，在那段时期，整整一代天才诗人得以充分施展才华。繁荣随着安史之乱而突然中断。这场使中国加速陷入可怕悲剧的叛乱，深深影响了诗人的生活，他们是见证人或受害者。杜甫轮番经历了逃难和被叛军囚禁之苦。A. 韦利曾非常正确地指出，正是在叛乱期间及其刚刚结束不久，杜甫写下一系列古体诗：

语调激烈的现实主义诗作；在这些诗中，他描写了悲惨的场景并揭露了战争的非正义性。这些诗的涌现，与他以严整的形式写下的堪称典范的律诗相比，如同一场真正的爆发。社会的中断，在此表达为诗歌形式的中断。

石壕吏[1]

暮投石壕村，
有吏夜捉人。
老翁逾墙走，
老妇出门看。
吏呼一何怒，
妇啼一何苦。
听妇前致词， 83
三男邺城戍。
一男附书至，
二男新战死。
存者且偷生，
死者长已矣。
室中更无人，
惟有乳下孙。

---

① 见第二部分，第252—253页。

有孙母未去，
出入无完裙。
老妪力虽衰，
请从吏夜归。
急应河阳役，
犹得备晨炊。
夜久语声绝，
如闻泣幽咽。
天明登前途，
独与老翁别。

从形式上看，这首诗尽管是按照古体诗的风格写的，却包含了近体诗的一些痕迹，更确切地说，对仗（从宽泛的意义上说）的痕迹，我们可以看到，这一特点从第二联就开始了，一直持续到全诗过半。整首诗由数联对仗的诗句构成，这些诗句被包含在不对仗的诗联中间，令人想到一首扩充了的、变了形的、仿佛是破碎了的律诗。

在由十二联组成的整首诗的进展中，我们可以在第六联之后确立一个段落划分（将诗划分为两个等长的部分），这种划分可以在内容上和形式上找到依据。在第一部分（第一至第六联）中，老妇人努力抵挡前来征兵的官吏，她的理由是，她的三个儿子都出发去守卫邺城了，两个儿子最近刚刚战死。诗人为了强调老妇人尝试抵抗这道威胁性的命令，用了一系列对仗的诗句。

但是在第七联中对仗发生了“退让”，变得“蹩脚”（要想让它完善，应该说：“室中更无人／乳下惟有孙”）。实际上，正是从这一联开始，面对毫不通融的官吏，老妇人投入义无反顾的“替换”过 84
程。应该由谁代替谁出发？如果老翁成功逃脱（因为征兵者原则上寻找的是男人），家里除了她本人，只有她的儿媳和孙子。在此请注意老妇人在辩解中为了挽救儿媳而采用的可怜“计谋”：在第七联中，她先是说家里已经没有任何人，除了……一个待乳的婴儿，后来才揭示出母亲的存在，并且没有忘记马上补充说，她根本无法见人，因为她连一件完整的衣裙都没有。在接下去的两联（九和十）中，诗的语气发生了改变，节奏也加快了。人们面对着突然出现的人称（“我”）叙述。因为最终老妇人决定代替所有人自荐跟随官吏而去。由此开始，一切都以一种严酷无情的方式加快进行。第十联给出一个“蹩脚”对仗的柔弱回声；正是在此处老妇人试图表明自己的价值，她辩解道，她能够为士兵准备餐饮。官吏是否会带走一位妇人，更何况是一位老妇人？直到最后一句，当诗人说次日早晨自己与无人相伴的老翁辞别，我们才得知结果。

在叙事方面，诗人是作为倾听的见证人出现在那里的，这使他可以不去描述各种行为。他不再是目睹某个场景的“观众”；老妇人的话语——全部悲剧由此得以传达——最终与诗人的话语融合在一起。何况诗的悬念正是建立在这一暧昧基础上。在倒数第二句诗中，我们先是想知道究竟谁将上路，是妇人还是诗人？如果说妇人以自己替换了其他所有人，那么诗人，则替换妇人（她没有见到自己的丈夫就出发了）而向老翁告别。再一次，老妇人的话语化入了诗人的话语，脆弱的却在千年后依然震撼我们的话语。

第三章　人地天：意象

在前两章中，我们理出了中国诗歌语言的基本结构。虽然这些结构本身是表意的，但并不以自身为目的。通过打破普通语言，通过在其中引入其他对比形式，这些结构似乎导向一种更高（或者更深）的层次，也即意象和意象组织的层次。但是应当明确的是，意象完全不是"事后"出现、前来完善一种预先确立的语言的成分。它们本身便是这一语言的基础，并积极参与了它的构成。我们在分析过程中，已经多次借助意象来突出结构上的某些现象。实际上，恰恰是承载着主观内容的象征意象，使我们可以在一句诗中去掉某些连接或者叙事成分，并由此带来我们所能够看到的简练的结构。因此，用这最后一章来研究意象，意味着置身一种综合的视域，并以一种总体的方式考察中国诗歌语言的运作。

我们将在人地天这三元符号下展开考察，因为一种形象化的修辞手法历来被视为某种并非单义的事物，它产生于天地万物和人类精神的相遇，因而在诗歌传统中，为了指称一个真正的象/像（image），人们只用合成词，比如"意象""意境"，或者"情景"。在中国人眼里，人的想象能力和形象化的宇宙之间持续而必然的交流之所以可能，仍然是因为他坚信（这种信念产生于他对"道立于一"

的原则的认知）二者形成一个整体，因为它们由同样的生气所激
86 发——生气则源自元气，生气每时每刻将元气结成有机的和表意的组合。

在这三元的核心，值得注意的当然是人与自然（地），以及人与宇宙（天）的关系。但是对很多理论家来说，相对于人地之间的优越关系，天代表了另一种秩序，一种对人地之间亲密依存的超越，尤其当他们谈到“象外之象，味外之旨，韵外之致”时……

为了更明确地认识我们刚刚援引的这些总体思想的基础，在更深入地探讨真正意义上的意象的运转之前，在我们看来，有必要甚至必须关注一下属于文体学和文学批评传统范围的几篇著作。先于这一传统，存在着另一个相当久远的评论和注释的传统。这一传统在魏晋时期（3—5世纪）和南朝（5—6世纪）得到极大发展。汉朝覆灭之后，此时的人们经受着一个持续的政治危机和社会危机的时期。但在思想方面，主要以玄学为标志的哲学开始复兴。在所有属于形而上范畴的思考当中，关于艺术和文学的思考也不失为丰富。人们通常认为，曹丕（187—226）的《典论论文》是一篇“开创性”著作。在这篇著作中，在对前辈和同辈的作品发表个人意见之前，曹丕开宗明义，有力地肯定了一个来自宇宙观的根本思想：“文以气为主，气之清浊有体，不可力强而致。譬诸音乐，曲度虽均，节奏同检，至于引气不齐，巧拙有素，虽在父兄，不能以移子弟。”

两个世纪之后，钟嵘（约468—约518）在《诗品》中重新采纳曹丕的思想，将诗提升到至尊地位：“气之动物，物之感人，故摇荡

性情，形诸舞咏。照烛三才，晖丽万有，灵祇待之以致飨，幽微藉 87
之以昭告。动天地，感鬼神，莫近于诗。”

几乎与钟嵘同时，刘勰（465—522）写下著名的《文心雕龙》。这部由五十篇文章构成的著作，因高超的眼界和敏锐的分析，被恰如其分地认为是中国传统文体学最重要的著作。它旨在以系统的方式探讨文学的所有方面：本质、功用、修辞、写作手法、不同风格，以及多样化的体裁。其基本思想是“文”，我们译为文学 / 文献（littérature）。实际上，这个字涵盖了更广的语义。起初它指的是书写符号，后来引申为任何写成的文章，随后，还指文化和文明。在书写符号这层含义里，让我们不要忘记，在字形上——由和谐交错的笔画构成——“文”暗指鸟兽留下的有节奏的印迹，表意文字正是在其启发下创造出来的。节奏在这里的含义并非不厌其烦地重复同一内容，而是暗示了事物恰如其分的布局；这一布局由于包含了内在交错，因而具有转化的希望。因此“文”所提出的是这样一个思想：依照宇宙的大节律，人能够并且应当进入与生灵世界的交融；人所发明的符号，只有在与造化所揭示的秘密符号相联系时，才是长久的。

我们在此提供《文心雕龙》的两节摘录。

第一节是论著开篇《原道》的第一段：“文之为德也大矣，与天
地并生者何哉？夫玄黄色杂，方圆体分：日月叠璧，以垂丽天之象；
山川焕绮，以铺理地之形。此盖道之文也。仰观吐曜，俯察含章，88
高卑定位，故两仪既生矣。惟人参之，性灵所钟，是谓三才，为五

行之秀，实天地之心。心生而言立，言立而文明，自然之道也。傍及万品，动植皆文：龙凤以藻绘呈瑞，虎豹以炳蔚凝姿；云霞雕色，有逾画工之妙；草木贲华，无待锦匠之奇。夫岂外饰，盖自然耳。至于林籁结响，调如竽瑟；泉石激韵，和若球锽。故形立则章成矣，声发则文生矣。夫以无识之物，郁然有彩，有心之器，其无文欤？”

第二节摘录选自第四十六篇《物色》：“春秋代序，阴阳惨舒，物色之动，心亦摇焉。盖阳气萌而玄驹步，阴律凝而丹鸟羞，微虫犹或入感，四时之动物深矣。若夫珪璋挺其惠心，英华秀其清气，物色相召，人谁获安？是以献岁发春，悦豫之情畅；滔滔孟夏，郁陶
89 之心凝；天高气清，阴沈之志远；霰雪无垠，矜肃之虑深。岁有其物，物有其容；情以物迁，辞以情发。一叶且或迎意，虫声有足引心。况清风与明月同夜，白日与春林共朝哉！是以诗人感物，联类不穷。流连万象之际，沈吟视听之区；写气图貌，既随物以宛转；属采附声，亦与心而徘徊。”

在唐代（7—9世纪），一位曾在中国居住较长时间的日本僧人空海（弘法大师），编撰了一部重要的诗学著作，题为《文镜秘府论》，这部著作是他在中国全部所学的生动见证。下面的内容摘自他描述“文”的运作的“论文意”篇：“夫文章兴作，先动气，气生乎心，心发乎言，闻于耳，见于目，录于纸。意须出万人之境，望古人于格下，攒天海于方寸。诗人用心，当于此也。夫置意作诗，即须凝心，目击其物，便以心击之，深穿其境。如登高山绝顶，下临万象，如

在掌中。以此见象，心中了见，当此即用。”另外，空海是最早开始考察在一首诗中，诗人的意念（意或理）如何与其所描绘的风景相结合的人士，他多少暗示了意念体现在风景中，以及反过来，透过风景，意念得以显露。除了空海之外不能不提皎然和王昌龄，特别是后者。王昌龄以非常简明而又分层次的方式提出了“三境论”，即物境、情境、意境。

唐朝结束之际，自然而然出现了另一位理论家，他对三个世纪发展起来的思考和实践进行了总结。此人便是司空图（837—908），他在著作《诗品》中，以二十四个短章描写了诗歌创作的不同风格或手法。他精妙而雄辩地指出，诗歌中的美——或者美本身——不是一种孤立的或者事先给定的现象。在其多种多样的表现中，它总是一个过程和一种相遇的结果。当然这是构成一幅“风景”的不同成分的妙合，但也是这幅“风景”和静观它的人之间的神遇，他将 90
这“风景”内在化，实际上，他也是“风景”的内在部分，因为他也受相同的气息驱动。司空图在写给朋友的书信中，更明确地表达了他的诗歌理念。在写给王驾的信中，有一段关于后者作品的话：“河汾蟠郁之气，宜继有人。今王生者，寓居其间，沉渍益久，五言所得，长于思与境偕，乃诗家之所尚者。则前所谓必推于其类，岂止神跃色扬哉？”在另一封写给汪极浦的信中，他肯定道：“戴容州云：‘诗家之景，如蓝田日暖，良玉生烟，可望而不可置于眉睫之前也。’象外之象，景外之景，岂容易可谭哉。”司空图所赞颂的这“景外之景”，令人想起哲学思想中提出的冲虚（“三”）。

宋代（10—13世纪）的严羽，追随这同一诗歌理想（在这种诗歌中，韵外之致超越了简明直白的话语），在《沧浪诗话》中强烈呼吁：“夫诗有别材，非关书也；诗有别趣，非关理也。然非多读书，多穷理，则不能极其至。所谓不涉理路，不落言荃者，上也。诗者，吟咏情性也。盛唐诸人惟在兴趣，羚羊挂角，无迹可求。故其妙处
91 透彻玲珑，不可凑泊，如空中之音，相中之色，水中之月，镜中之象，言有尽而意无穷。”

根据这些文章摘录——它们出自一个可以视为“奠基”之作的整体——我们看到，意象作为人的精神与世界的精神之相遇，处于理论家关注的中心。因此，自宋代起，尤其是在明清两代，人们在无数“诗话”中——诗话从此形成一个专门的体裁——提出“情景”这一概念。如我们所见，空海或者司空图曾以其他词语谈及这一概念，而在王夫之（1619—1692）那里，它则作为一个统一的概念得到确认。他在《夕堂永日绪论内编》中说：“情景名为二，而实不可离。神于诗者，妙合无垠。巧者则有情中景，景中情……无论诗歌与长行文字，俱以意为主。意犹帅也，无帅之兵，谓之乌合。李、杜所以称大家者，无意之诗，十不得一二也。烟云泉石，花鸟苔林，金铺锦帐，寓意则灵。”在王夫之看来，情，总是如同一幅风景般展开；而景，由于受到生命力的激荡，则确实富有情。

从那时开始，人们不知疲倦地借助具体的例子，极尽细致地考察“情”与“景”互相激越、互相配合、互相补充或互相替换的方式。这一传统的最后一人，王国维（1877—1927）在《人间词话》中

提出以下看法："词以境界为最上。有境界则自成高格，自有名句。有有我之境，有无我之境。'泪眼问花花不语，乱红飞过秋千去'，'可 92
堪孤馆闭春寒，杜鹃声里斜阳暮'，有我之境也。'采菊东篱下，悠然见南山'[①]，"寒波澹澹起，白鸟悠悠下"，无我之境也。有我之境，以我观物，故物皆著我之色彩。无我之境，以物观物，故不知何者为我，何者为物。无我之境，人唯于静中得之。"

"情""景""有我""无我"，通过色调丰富的组合，形成了范围广阔的典范诗句，它们都是诗歌修辞手法。我们已经说过，这些修辞手法蕴涵着主体与客体的微妙关系。在此我们认为有必要介绍中国文体学的两种基本手法，可以说是它们引出了所有其他手法——在这一意义上，它们的重要性相当于西方修辞学赋予两个主要修辞格，隐喻和换喻的重要性——它们是"比"和"兴"，通常翻译为"比较"（comparaison）和"起兴"（incitation）。实际上它们的存在可以追溯到中国诗歌的源头。因为它们属于《诗经》注释传统的一部分。汉初（前 3 世纪），毛苌在他注释和所传《诗经》的序言中首次提到它们。从那时起，产生了大量讨论二者定义和用法的文献。特别是

① 翻译难以传达出这其实很简单，但又名不虚传的两句诗的丰富性。实际上，第二句诗中间的动词"见"，既有"出现"又有"看见"的意思。因而，在没有人称代词的情况下，这句诗可以有两种解释："悠然，南山出现"，或者"悠然，我看见南山"。由于这座山以雾著称，它神秘的美多数时候隐藏在雾后，诗人通过这句诗重建了这一奇妙的时刻：刹那间，云开雾散，他突然看见这座山，与此同时，这座山"呈现在他眼前"。这种人的视线和前来与他的视线相遇的事物的偶合，恰恰是禅宗对"悟"的定义。

关于“兴”，后来它又引出其他组合：兴象、兴味、兴趣……我们并不想从细节上探讨这一主题，毕竟我们的研究不是史学性质的。我们仅仅给出这两个修辞手法的简单定义，举出两个简单的例子加以说明，并顺带强调它们的意蕴。①

93 当诗人借助一个意象（通常来自大自然）形容他想要表达的意念或情感时，他采用“比”。而当感性世界的一种现象、一片风景、一个场景，在他心目中唤起一重记忆、一种潜在的情感或者一种尚未表达出的意念时，他便运用“兴”。通过这一定义，我们看到，越过所有文体方面的考虑，这两个修辞手法所深入蕴涵的，是人与世界不断更新的关系。它们不只是一门“修辞艺术”的手法，它们的目标在于在语言中激发起一种联结主体与客体的循环往复的运动（客体，实际上被视为主体。在汉语中，主体–客体被表达为“主（人）–客（人）”。因此产生于两个伴侣之间交流的意象，并不是一种简单的反映，而是一重开启，它可以导致内在变易）。在这一运动中，“比”体现了主体→客体的过程，即从人到自然的过程，“兴”则引入相反的客体→主体的过程，也即从自然返回人的过程。任何借助这两者的诗，都以自身的方式建立了自古以来“道”所促成的广大“对话”。

唐诗中大量运用“比”和“兴”。下面举两个以月亮为中心意象的例子。月亮出色地表明了我们在此关注的人地天三元关系。实际

---

① 有兴趣的读者可以查阅我们关于这两个修辞手法所写的更全面的文章，载《东亚语言学集刊》（*Cahiers de linguistique—Asie orientale*），第 6 期，社会科学高等研究学院东亚语言研究中心出版。

上，月亮作为天上的形象，超越了空间和时间。被距离或时代分隔开的人们，从大地上仰望着她，穿过这原初的统一体，他们同时思念着彼此。另一方面，鉴于她缺损过后所达至的明亮的圆形，她展现的是完满。因此选用她的形象来象征重聚（“团圆”）和毫无阴影的幸福（“圆满”）的意念，不是没有理由的。作为“比”的例子，可以举张九龄（678—740）的这首绝句：

自君之出矣，
不复理残机。
思君如满月，
夜夜减清辉。

另一首著名绝句是李白（701—762）的作品，它充分展现了“兴”：

床前明月光，
疑是地上霜。
举头望明月，
低头思故乡。

在第二个例子中，正是来自天上的月光的意象，与地上霜的意 94
象结合在一起，使诗人不仅仅是在思念故乡，而且实际上拥有了重返故乡的感觉。

从中国的两种修辞手法出发，我们就要提到它们在西方传统中的对等物，隐喻和换喻。由于我们的著作属于普通符号分析学的范围，并且它是写给非汉学家读者的，我们难免要在接下去对意象的分析中借助隐喻和换喻解释一些现象。我们希望，它们能使我们的分析更加明白易懂。

根据传统的定义，建立在类比基础上的隐喻，在于运用一个象征意象再现一个意念或者一种情感。在这一意义上，隐喻可以看成是接近于“比”，也许它们的区别在于，从中文的角度来说，“比”寓于一个普遍化了的系统。建立在毗邻基础上的换喻，在于将具有邻近关系的意念或意象联结起来。在这一意义上，它可以令人想到“兴”。同样，在我们看来，此处的区别在于换喻更像是叙述中的一种手法，而非用以在客体与主体之间建立一种明显关系。

关于隐喻，可以肯定的是——这几乎是个平庸的事实——中国诗歌是高度隐喻的，哪怕仅仅从它所蕴含的十分可观的隐喻数目来判断，也是如此。人们已注意到，在普通语言中，中国人即使是表达一些抽象思想，也情愿运用大量隐喻。其原因当然首先要到特定的宇宙观中去寻找，但也要到文字本身的性质中去寻找。我们在“导论”中已用很长的篇幅表明，全部的表意文字，通过它们与所指称的事物之间的关系以及字与字之间的关系，构成了一个隐喻-换喻系统。每一个表意文字，从某种方式来说，都是一个潜在的隐喻。这一现象有利于在语言中形成许多隐喻表达式，而且表意文字的形态结构预先使然：由于每个表意文字没有形态变化并形成一个整体，它在与其他表意文字的结合上享有极大的灵活性。两个或者多个表意文字（或者它们所传递的意象）的拉近常常提供一种醒目的反差，并创造出丰富的引申寓意，更胜一种指称语言。 95

在此我们给出语言中常见的几个隐喻“修辞手法”的例子：

1. 由两个成分构成的表意文字（或文字）：

心 + 秋 = 愁，哀愁

心 + 中 = 忠，忠诚

人 + 木 = 休，休息

人 + 言 = 信，诚信

2. 形成隐喻的两个字的词：

天–地 = 宇宙

鼓–舞 = 鼓励、激发

矛–盾 = 矛盾

手–足 = 亲情

3. 形成象征表达式的句段：

红尘：世俗世界、名利的空幻

春风：成功、满足

青松或者修竹：正直、纯洁

东去的流水：时间的流逝

西飞的鸿雁：分离、遗憾

满月：分离的人们重聚

诗人大量借助于这些唤起联想的修辞手法。但是，实际上，常常应当在诗歌中寻找这些修辞手法的起源。诗歌语言和普通语言互相滋养；尽管这一现象存在于所有语言，但在中国，它获得了非常特殊的延伸。诗歌从起源时，在中国便起到一种神圣作用，它调谐着礼仪。诗歌参与所有庆典和宴会，并出现在所有社交活动中。没有一场宴饮、郊游或雅集不以作诗结束：每位出席者，以大家一致选定的韵脚作诗。

而且，从唐代开始，作诗成为科举考试科目的组成部分。诗歌因而成为中国社会的一项重大活动。正是诗歌为语言提供了丰富的隐喻修辞手法，将它们组织成一个广大的结构化的象征整体。由此，
96 从某种意义上说，自然的很大部分都得到了清点、开发、教化。

鉴于这种持续不断的整合，我们可以将中国诗歌视为一种民间共有资源，在其漫长（三千年间未曾中断）的历史进程中，诗人们的贡献不断丰富了它；如此构成的是一部真正的集体神话。可以说，通过这一象征网络，诗人寻求打破能指 / 所指的闭合线路，并借助类比和内在联系的游戏，建立符号与事物之间的另一种关系。

不过人们可能会思忖，这样一个系统化的约定俗成的象征整体，是否会使诗歌沦落为牺牲了个人修辞手法之创造、建立在窠臼基础

上的某种墨守成规的东西？这种危险当然存在。不过需要着重指出下面这个现象（我们将在本章接下去的部分核实这一现象）：通过“自然地”存在于隐喻之间的丰富联系，隐喻又形成了一个换喻网络，而这一网络得到由五行出发加以精致化的整整一个感应系统的强化。诗人以这一敞开的网络为依傍，便能够避免落入窠臼，并且在一首诗的主要部分，往往带着巧智并总是“换喻地”组合现有的隐喻，为的是在一个可以说更高的等级引发其他的隐喻——一种隐喻之隐喻——并由此引发出人意料的、更新了的含义。

素　材

在一首题为《月夜》的诗中，安史之乱期间被扣押于长安（唐朝都城）的杜甫，思念远方的妻子，想象她独自在月下久久遐想的情景。我们读到下面的诗句：

香雾云鬟湿，
清辉玉臂寒。[1]

“云鬟”和“玉臂”的意象是因袭的。实际上在诗歌传统中，人 97
们因女人头发轻柔飘逸的特征，将它比喻为卷云；另外，玉的意象

① 见第二部分，第212页。

用来形容一位皮肤白皙柔滑的女子的臂膀。这些意象几近平庸，因为它们看上去非常陈旧。但是在这首诗里，幸而有了与它们相伴的其他意象，它们显得非常清新，并且可以说必不可少。在第一句诗中，云鬟与香雾相联结；这两个意象都含有大气的成分。它们共同的本性给人一种一个受另一个激发而生的印象。结束诗句的动词“湿”，非常恰当地前来烘托它们之间的联系，将它们融合成一个不可分的整体。同样，在第二句诗中，“玉臂”的意象自然带出“清辉”的意象；况且这由月亮（也称“玉盘”“玉轮”）投射下的光辉，也可以看成是由女子裸露的臂膀散发的。展现月夜的动词“寒”，似乎也描述了人们在触碰一块玉时的感觉。因此，因袭的隐喻不但没有使诗句沦为“窠臼”，而且当它们巧妙地组合在一起，反而创造出意象之间的一些内在的和必然的联系，并且从始至终，将它们如此保持在隐喻层。如果再进一步观察，我们可以看到，这两句诗的意趣并不局限于隐喻的层面。它们还拥有将其传递的意象转化为“行为”的禀赋。我们记得，这一夜，远离妻子的诗人也站在月下，为雾霭所环绕。穿过雾霭，他感到自己实际上可以通过毗邻而触摸到“云鬟”。并且总是通过毗邻，他可以从月亮的清辉出发，抚摸妻子的“玉臂”。诗人越过客观描写，使人感到他那打碎距离桎梏的深切欲望，从而通过符号的非凡魅力，走向一个敞开的现在。

杜甫十分擅长将“现成”的意象联结起来，由此造成一种既符合逻辑又出人意料的效果。在另外两句非常著名的诗句中，他通过
98 描写贫富不均而揭露了社会不公。在这两句诗中，他将一些往往是

因袭的意象加以对比："朱门"（= 富人的住宅），"酒肉"（= 佳肴、宴饮），"路或者道路"（= 无家可归、流浪），"白骨"（= 无人掩埋的死者）：

朱门酒肉臭，
路有冻死骨。①

第一句诗描写了富人家（朱门）奢侈的生活排场，由于富足，宴饮后人们任凭肉食腐烂。第二句诗展现了穷人的状况，他们因饥饿和寒冷死在路旁。诗人并没有运用描述性的语词，比如"富人家""宴饮""无家可归""遭遗弃的死者"，而是采用了一连串语言中常见的隐喻。令人触动的首先是两句诗中形成鲜明对照的意象："朱门"和"（冻）路"根据内外关系形成对比，"肉"和"骨"则根据生死关系形成对比；最后，两句诗从整体上通过红白色彩反差形成对比。随后，人们的注意力受到意象联缀的吸引：朱门的意象带出渗血的肉食的意象；正在腐烂的肉食似乎不过是穷人正在解体的肉体（在汉语里，同一个"肉"字可指称肉食和肉体）。

朱门→血红的肉食→腐肉→解体的肉体→枯骨

---

① 《自京赴奉先县咏怀五百字》。在这两句诗中，"朱门"和"酒肉"的意象应视为提喻，"路或者道路"的意象则应归入换喻。但需要再次明确一下，我们此处关心的并非分类问题。

这里使用了一种建立在联想和对比双重平面上，通过内在孕育而进展的隐喻语言。

杜甫巧妙运用的另一类修辞手法，是专有名词（人名和地名）；在汉语里，专有名词并非总是但也常常是拥有含义的。

杜甫在抵达成都后不久写下的一首诗[①]中——最后一句描写了一场喜雨过后的城市（鲜花盛开）面貌——非常恰当而幽默地利用了这个城市的另一个传统名字：“锦官城”。

晓看红湿处，
99 花重锦官城。

诗人通过这一专有名词，唤起这样一个意象，它一方面延伸了花的意象，另一方面暗示了他（流落的官员）参与鲜花盛开的春天的节日时的欢乐。

在另一首诗《月夜》[②]中（前面我们已引述过其中的两句诗），当时被扣押在遭受战争蹂躏的长安的杜甫，思念着躲避他乡的孩子们，他在想他们还能否（由于他们还很小）记起长安城。而在汉语里“长安”也是“长久平安”的意思；诗句似乎强调（不无苦涩的反讽），这些在战争中长大的孩子甚至不知道什么是和平。而当战争终于结

① 见第二部分，第218页。
② 见第二部分，第212页。

束，杜甫身在四川，距离剑阁（含义是剑门）城不远；他毫不犹豫地利用这个名字开始这首歌唱欢乐的诗：

剑外忽传收蓟北[1]

至此我们的考察限于杜甫的作品。为了证实我们的看法，我们将在其他诗人那里寻找一些例子。涉及将地名用作象征形象，我们举白居易的《长恨歌》[2]为例。在讲述贵妃——玄宗皇帝的宠妃——出逃路上（在安史之乱期间）被谋杀（缢死）的一句诗中，诗人为了指称谋杀场景中的宠妃，有意运用了一个因袭的隐喻“蛾眉”，它象征了女性之美：

宛转蛾眉马前死

稍后，诗人再次采用同样的表达式，它也是四川一座山的名字，悲伤不已的皇帝恰巧来此避难：

峨眉（嵋）山下少人行 100

---

① 见第二部分，第 213 页。

② 《中国古诗选》中有这首长诗的译文。

第二个意象回应着第一个意象，烘托了皇帝的哀伤，逝者萦绕着他的思绪。

至于其他诗人对因袭的隐喻的利用，我们首先举王维的诗句：

湖上一回首，
青山卷白云。

这两句诗取自五言绝句《欹湖》[①]，展现了一名女子陪伴即将出行的丈夫直至湖边的情景。男子乘船远去时，女子留在岸上。第一句诗表面上描写旅行者，他在一瞬间从湖心回首遥望，尽管没有人称代词，我们也可以设想这句诗暗指那名女子，她滞留在岸边，目光再次转向湖心。无论如何这是属于显示了交互关系意念的诗句：所涉及的两个主体由同一个想法，特别是由同一道目光联结起来。虽然已看不见对方，他们仍然彼此“望着”，穿过第二句诗呈现给他们的意象；那也是由湖水聚合起来的两个意象——湖水映现出它们的影像：青山和白云。由此开始，两个互相“再也看不见”的夫妻让这两个隐喻表达他们心中所思，这两个隐喻之间维系着胜过毗邻的关系，那是一种永不衰竭的默契。云在原初状态，不是别的，而是山的肺腑孕育出的雾气，并且它不停地重返山的怀抱。那么这两个隐喻再现了什么？它们的含义又是什么？乍看上去，它们所提供的

① 见第二部分，第 141 页。

认同对象，似乎可以说是自然成立的。青山被认作留下的女子，而
白云作为游移的意象，显然指称那名男子。人们仿佛听见女子低语
道：“我将如同这青山一般忠诚地等待。”而男子回答道：“我周游世
界，但我不会忘记我的发源地和我真正的庇护所。”不过应当指出的
是，根据中国的想象体系，山属阳，云属阴，在这种情况下，山当 101
指称男人，云则指称女人。这样一来，他们发自内心的声音分别是：
“我在游荡，但，如同山，我和你在一起”以及“我在这里，但，如
同云，我的思绪在飘荡”。假使此处对认同的关注是合理的，它也不
可能穷尽在场的两个形象的丰富含义。因为人们又怎能不进入存在
于它们之间的微妙关系，那充满活力的、情爱的、不断更新的关系
所暗含的一切呢？连接二者的动词“卷”的含义不是单方面的；它
可以理解为“卷”或者“被卷”。它在诗句中的中心位置，唤起并促
成在山与云，也即在男人与女人之间无穷无尽交换着的深情的、缠
绕的动作。

再举一个李白的例子：

> 襄王云雨今何在，
> 江水东流猿夜啼。[①]

① 《襄阳歌》。

第一句诗展现了襄王和巫山神女之间爱情嬉戏（汉语中："云雨"）的传说。第二句诗明确了他们相遇的场所：长江的峡谷地区，此地因江水湍急的特点和陡峭的岩石上发出的猿鸣声而著称。意象的连缀：巫山→云→雨→喧嚣的水流→猿啼，展现了天地交会并赋予诗句全部的唤起联想的力量。

最后，我们以杜牧的两联诗为例：

落魄江湖载酒行，
楚腰肠断掌中轻。[①]

这两行由一连串隐喻和暗讽构成的诗句，是一首诗中的两句，在这首诗中，诗人以一种清醒的语调回忆他在江南放纵而幸福的生活。以下是隐喻所表明的含义："落魄" = 过着一种放浪形骸的生活；"江
102 湖" = 漂泊；"楚腰" = 以细腰而著称的楚乡女子；"肠断" = 心碎，遭受痛苦；"掌中轻" = 赵飞燕，汉成帝的宠妃，她的身体极其轻盈，甚至可以站在一个男人掌中的玉盘上跳舞。因此诗句可以这样解释："不停地漂泊和沉湎于饮酒，我在江南过着一种放浪形骸的生活。我曾拥揽无数女子的纤腰，她们都曾因我而痛苦。"这一指称语言，当然没有传达出这些互相连缀的意象的力量：落魄→江湖→酒→轻盈的身体→掌中腰→断肠。

---

① 见第二部分，第181页。

谁惊一行雁，
冲断过江云。[1]

这两句诗取自一首应景诗：有一天，半醉的诗人登上一座楼台，在一处俯瞰黄河的高地上；一队飞过的大雁将他从醉眠中惊醒。这捕捉到的“一闪而过”的场景，诗人赋予它丰富的引申寓意：“过江云”=放逐、漂泊；“一行雁”=分离、暮春时节、对回归的向往。诗人看到这些意象，明白他已经过了太久的漂泊生活。读到此处人们会思忖，究竟是诗人“利用”因袭的隐喻以表达自己的闲散和思乡呢，还是这些已富有含义的意象本身，激发了诗人并将他带回自己的现实处境？

在王昌龄的七言绝句《闺怨》[2]中，我们看到同种形式的意象运作。诗中那位年轻女子，在一个春日看见杨柳的颜色，而后悔让自己的丈夫去远方谋取功名。因此，象征了爱情和分离的杨柳，向女子“揭示”了她那深埋的欲望。

在上文中，我们试图表明，汉语所富有的因袭的隐喻，当它们没有陷入窠臼，便孕育出一种结构化的语言，它服从于一种内在的必然性和一种纯粹的换喻逻辑。这一结构使诗人得以免去评论式叙

① 《江楼》。

② 见第二部分，第150页。

103 述，并以非常简练的方式，将主观意识和客观世界的现象结合起来。我们刚刚研究的这些例子，均取自作者自觉地进行这方面开发的诗作，它们最为适合用来分析。但是我们很容易设想，建立在字形和音韵联系以及感应体系（数字、五行等）基础上的其他类型的游戏，又会激发起何等出人意料和充满力量的联想。这些游戏揭示了很大一部分的集体或个人的无意识。

关于字形游戏，我们已经看到表意文字如何承载着意念和意象，以及它们如何在某些诗句中“表意”。在此我们再举一个表意文字的例子，它以字形构成成分，唤起了一种诗意的意象。在中国，人们以“破瓜”的表达式指称少女的十六岁芳龄（这个年龄的少女成为令人思慕的对象，并且可以结婚了）。“瓜”字由两个“八”字组成，因而把“瓜”字破开，便得到了两个“八”字，也就是数字十六（十六岁）。由“破瓜”这个产生于纯粹的字形游戏的表达式出发，多位诗人写下了一些诗句，这些诗句令人联想到温润、清新的（瓜）肉以及上面留下的齿痕等性爱意念。

至于音韵游戏，我们也指出过在汉语这种单音节语言中同音字的丰富性。只需明确一点，六朝①期间的民歌传统往往带着大胆和幽默，系统地发掘同音字的种种潜力，不久后唐代诗人就从其中获益。在这一传统中，引人注目的是，音韵游戏很少是毫无缘由或偶然的：诗人从音韵上的拉近出发，尽可能将换喻蕴涵推至最远；在这样做

① 4—6世纪。

的时候，他常常越出了音韵框架，而达到一种深层含义，这使他得以重返起始的意象。

正是这样，在一首短小的情诗[①]中，歌作者（一位女子）从“缠
绵”（情爱关系、爱情嬉戏）一词出发，带入蚕的意象，它与“缠” 104
谐音。这一意象虽不协调，却得以带入丝的意象（蚕吐丝）。可是，“丝”字发音为 sī，与“思绪”（或“思念”）同音；全靠这个字——“丝”，“思”——女子使“蚕”的隐喻发生了转化，却又没有离开爱情的主题。因为，由形成了蚕茧的理不清的丝线（它也意味着“萦绕的思绪”）的意象，派生出为了织物而自我牺牲的蚕的意念：由此那位女子暗示她愿意完全委身于她的所爱，哪怕以她的生命为代价。这最后一个主题进一步深化了起始的意念，在某种意义上“逆推地”证实了蚕的意象嵌入的正当性，而这一意象首先是作为音韵游戏运用的。

另一首诗[②]，以一对情侣在男子长期外出后重聚为主题：在柔情蜜意中，男子讲述着旅途的艰辛，倾听他讲述的女子则努力想象他遭受的苦难。从一开始诗人便非常巧妙地摆弄一个多义词：道，它既可以指“讲述”，亦可以指“道路”。诗作沿着这一暧昧性发展：一方面，男子在讲述，另一方面，女子在脑海中重新走过他所经过的道路。很快，道路的意象引出路两边作为路段标志的树木的意象。

---

① 春蚕不应老，昼夜常怀丝。何惜微躯尽，缠绵自有时。

② 一夕就郎宿，通夜语不息。黄蘗万里路，道苦真无极。

这些叫作黄檗的树木，长有苦涩的果实。两个意象结合在一起："道路 + 苦果"顿时涌现了"道苦"这一表达式，它同时意味着"道路艰苦"和"讲述苦难"。通过这拥有双重含义的表达式，女子的想象与男子的故事相汇合，他继续讲述他的苦难并获得真情的抚慰。

诗作分析

我们刚刚通过一定数目的例子，展示了中国诗人如何妙用一种隐喻语言，这种语言由一整套象征修辞手法构成。历经漫长的岁月，这些修辞手法凝结了整个民族的想象力和情怀。通过赋予事物以人伦的含义，它们一方面创造出符号与事物之间别样的关系；另一方面，创造出符号与符号之间的联系，而这重联系恰恰取决于事物之间的自然联系。

105 在我们看来，为了考察这种特殊的语言的运作方式，有必要超越孤立的诗句的例子，分析几首完整的诗。在分析过程中，我们将采用 R. 雅可布森所定义的隐喻和换喻的修辞概念。如果说隐喻机制建立在相似基础上，换喻机制建立在毗邻基础上，那么我们将在叙述的选择轴上考虑前者，在其组合轴上考虑后者。由此，基本上处理形象之间的（毗邻）联系的换喻，在此拥有了非常普遍的意义。①

① 它涵盖了非常多样化的现象，比如"精织隐喻"（métaphores filées）现象。但一般来说，我们应该用"渠道"或者"网络"这样的术语来斟酌这些现象。

需要再次提醒——哪怕是在重复——我们首先寻求的是阐述一种由“内在孕育”方式推进的语言的机理：一个形象引发另一个形象，不是按照叙述的逻辑，而是追随存在于它们之间的近似性或对照关系（云鬟-香雾；玉臂-清辉；朱门-渗血的肉食，等等）。隐喻形象，由于再现自然中的事物，因而比普通符号更富有“换喻潜力”（云鬟＞头发；朱门＞富人的住宅），更不用说它们所带来的简练（“朱门”而非“在富人的住宅里”；“玉阶”而非“在一位女子的住所前”）。每个形象，不是一个取自僵硬链条的零件，而是一个自由的整体；这个整体，由于其多重构成成分（音韵、字形、通常的含义、象征的意象、在诸感应体系中潜在的内涵，等等）而有了向着四面八方辐射的含义。而所有这些形象，由于它们之间存在着有机的和必然的联系，因而编织成真正的拥有多重交流渠道的网络。幸亏有了一种碎裂结构，句法的“羁绊”被减至极限，一首诗中的意象从而超越线性，形成“星座”，这些“星座”则通过交错的光焰，创造出一个广大的意义场。

现在，我们要分析四首诗，这些诗的作者属于唐代最伟大的诗
人之列：李贺、李白和李商隐。他们三人都姓李，纯粹出于偶然：106
除非我们想从中看出中国诗歌的某个精灵乐于编织的一种神秘的换喻联系！

我们要分析的第一首诗是李贺的作品。他在27岁时去世，留下

了以幽深诡谲和愤激的语调动人心弦的诗作。透过咒语风格和充满绮丽意象的文字，他展现了此前任何中国诗人都没有展现过的虚荒诞幻之景。在他那受到萨满教和道教启示的诗中，集体神话和个人神话并行发展。为了呈现其往往凄惨而悲伤的宇宙观，他创造了一部特有的动物寓言集：各种各样的龙、百年老鸮、从火巢中跃起的木魅、泣血的青狸、夜间悲哭的铜驼、在寒噤中死去的狐、噬母心的强枭、食人魂的九头蛇，等等。为了突显事物之间隐秘的感应，他寻求性质不同的意象的组合：视觉和听觉的、有生命和无生命的、具体和抽象的，等等。因此他谈论：发出吼声的古剑、洒落红雨的桃花、眼含笑意的风露、娇声啼泣的美色、醉倒的老红、迟来的紫、悠闲的绿、倾颓之绿、青翠之凄寂、烟之翼、云之臂、露之脚、敲出玻璃声的太阳、充作耳珰的明月、传出话语和笑声的虚空……诗人在这混合着奇妙与阴森或怪诞现象的世界里，掌管着以血实现的交融仪式："神血未凝身问谁""刺豹淋血盛银罂""杜鹃口血老夫泪""恨血千年土中碧"。但是比交融的思想更令人震撼的，是诗人向超自然秩序发出的挑战，及其通过这一挑战透露出的碎裂的冲动。一个如同音乐主题般反复出现的意象，是剑的意象。诗人采用它，并非出于单纯的豪侠义气，而是为了探测附丽于这一形象的所有神话的奥秘。他嘲笑"能持剑向人，不解持照身"之人。在他笔下，剑
107 有了多重含义：阳具的象征（根据道家传统），死亡的象征（也是根据道家传统：剑取代了死者遗留的静止不动的身体），对一种超自然秩序的挑战（杀龙）的象征以及演化的象征（剑本身化为蛟龙）。诗

人介入，作为破译和整理世代累积下来的多重神话和隐喻的人。通过这一破译，他发现了寄居在自己身上的隐秘冲动。我们将从这一角度讨论他的一首诗。

李贺：李凭箜篌引[①]

吴丝蜀桐张高秋，
空白凝云颓不流。
江娥啼竹素女愁，
李凭中国弹箜篌。
昆山玉碎凤凰叫，
芙蓉泣露香兰笑。
十二门前融冷光，
二十三丝动紫皇。
女娲炼石补天处，
石破天惊逗秋雨。
梦入神山教神妪，
老鱼跳波瘦蛟舞。
吴质不眠倚桂树，
露脚斜飞湿寒兔。

---

① 这首诗有几个英语译本，尤为值得一提的是J.D.弗罗德山姆的译文。见第二部分，第268页。

这首诗的主题是一位音乐家弹奏箜篌。李贺多次采用演奏音乐的主题，尤其是在两首分别题为《神弦曲》和《神弦》的诗中。这两首咒语性质的诗，重现了萨满女巫以舞降神的场面。在此虽说不无咒语，不过诗人尤其通过音乐唤起的意象，试图再现艺术创造的力量。

初读起来，首先触动我们的是那些相续的似乎没有任何关联的纷繁意象。然而，一位对隐喻以及感应体系（数字、五行等）的含
108 义有所了解的读者，马上可以捕捉到连接它们的换喻逻辑。（我们在前面已经说过，诗人去掉叙事成分，以便一落笔即处于隐喻层面。）

诗由“丝桐”的搭配开始，它是从“丝竹”派生而来，“丝竹”是用来总指乐器的惯用隐喻。仿佛自然而然，诗句“溢出”这些再现了自然现象的意象，波及秋天和空白天空的意象。这空白天空——白云凝滞不动，唯有江娥和素女的眼泪将它搅扰：江娥和素女是传说中舜帝的两位妃子（舜帝死后，她们在其坟墓上哭泣，坟墓上长出带有泪斑的竹子）——从一开始就暗示了死亡寄居的神话场所。这段经由空白的过渡是一场必不可少的考验。请注意在第四句诗的结尾，诗人（非常巧妙地）安置了乐器箜篌的名称，从字形来说它可以意味着“空候”。神话场所的意念得到第五句诗的确证，它没有任何过渡地引入了昆仑山的意象，那是位于中国西部的神山。这座山尤以出产玉著称，“玉碎”（第五句）的意象正是由此而来。不过这一意象在普通语言中用来表示“为美而捐躯”（或者为高贵事业赴死）。因此在死亡中过渡的意念继续发展，但是在同一句诗中，跟随这个意念的是由凤凰（超自然的鸟类，象征了成双作对和生命

的奇迹）暗示的复活的意念。

由此开始，诗的每一步发展都依附于借自不同传统神话的隐喻和形象：紫皇（它既指称皇帝本人，因为李凭是宫廷乐师，也指称统治紫星的天帝之一）；女娲（女性神话人物，曾炼五色石以修补被魔神共工撞塌的一隅苍天）；神妪；吴质（他在接受成为永生者的入门训练过程中犯下一个错误，此后被判留居月宫，并砍伐那里生长的桂树：砍断的树枝不停地重新长出，因此伐木者的劳作永无休止）。通过这些人物，诗作显示了音乐在人间现象和超自然世界的现象之间建立的关系。此外这一联系也由建立在数字基础上的感应网络暗示出来。

在第七句诗中，十二门指的是皇宫的门。但接下去的"融光"（音乐对自然界施加的作用）的意象令人想起中国古代乐制中的
十二律吕，还有十二地支——它们与树的最初意象相衔接（十二 109
地支与十天干相配）。至于第八句中的二十三丝，它们与天体的到场相连（"紫皇"既指称皇帝本人，也指称同名的星体；另外，汉语中四分之一的月亮称为"弦月"，等等），并且令人想起天上的二十八星宿。在数字二十三和二十八之间，有一处空缺。这一空缺恰恰由接下去的一句诗暗示出来，在这句诗里诗人谈到缺失的苍天的一角，以及女娲用"五"色石修补坍塌的那部分天宇。

在这些纷繁的意象下，我们可以理出（经过大量简化的）下列主题：艺术创作是包含重重考验的入门，而死亡的考验，人只能借助与超自然世界结合才能胜利通过。所寻求的与超自然的关系属于

性关系之类。我们在诗中看到，一方面是超自然生灵（或者与超自然有联系的生灵），她们都是女性形象：江娥、女娲、神妪；另一方面是男性人物：乐师李凭、皇帝和吴质。这种性关系的性质得到男性生殖器的象征——乐器的强调，乐器以树木的形式呈现：挺拔的梧桐、兀立的竹子、十二地支和枝丫不断再生的桂树；值得强调的还有，乐师的姓本身“李”（第四句诗），意思是李树。两类生灵（女性与男性，超自然与人类）之间的交互作用，调谐着宇宙运动的节奏。诗人发起挑战，打破了惯常的法则，并将自然界带入一场演化的过程：凝云、碎玉、凤凰叫、香兰笑、融光、炼石、秋雨（需要强调的是，雨的意象与第二句中云的意象联系在一起；在汉语中，这两个意象的结合意味着性行为）、龙舞和兔寒。最后这个兔的意象看似不协调，仿佛迷失在这片“象征的森林”中，却也构成了一重象征：多产和永生。实际上，与月亮有关的神话将月亮呈现为居住着
110 一只兔和一只蟾蜍的地方，那里生长着一棵桂树。诗人通过月亮上居住的生灵展现月亮，是要避免命名它，避免将它呈现为遥远的地方或外部背景。由此，人类世界和超自然世界之间的暧昧得以维持。吴质和兔子既是真实的生灵，也是成仙的生灵。砍伐桂树的吴质和制作长生不老药的兔子虽说最终体验了陶醉和至福，但他们并未令人忘记自己悲惨的状况。桂树还将生长，月亮还会残缺。永生本身是致命的。最终的桂树（神树）的意象，与最初的梧桐（人间的树）的意象相衔接，展示了升华的过程，同时也是永恒的周而复始的过程。

表面的错乱，内在的统一，这便是这首有着咒语般语调的诗的情形。被打乱的世界，混合在一起的现象，它们由语言本身所激发。诗人通过隐喻意象（丝桐、碎玉、歌唱的凤凰、云雨、十二门和二十三丝）和神话形象，将语言总是保持在换喻轴上，不加以外在的评论，仿佛这些意象孕育了自身。因此诗作显示为一连串隐喻的持续“涌现”；而这些涌现，不过是在现实化一个已构成的换喻体系。如果运用一个意象来表达，我们可以说，隐喻和换喻在此形成了同一块画布的正反两面。

诗人更胜于一位说话者，他是听任话语说出的人。他看上去如同数千年累积起来的神话的破译者，同时也是整理者。这一切似乎表明，诗人只有在亲身经历了所有神话之后才能完成他个人的神话。通过整理它们，他使它们发生了转化。这穿越神话的地下通道对他来说便是一项奥义入门。

李商隐（813—858）生活在比李贺稍晚的年代。与李贺一样，李商隐也以驾驭意象的方式著称；但他的手法常常不同。作为隐秘激情的歌者，他以暗喻进行表达。为此，他同李贺一样，都采用具有丰富象征含义的意象，但他更多地借助于形式方面的诀窍（停顿、对仗、诗节的进展，等等），将这些意象组织在两个轴上：线性的和空间的。由于去掉了叙事和逸事成分，这些意象依托于内在对比和 111
组合——它们充分显示出这些意象的引申寓意。

他以这种穷尽一个意象所隐含的全部换喻潜力的方式，上承我们前面[①]谈到的六朝民歌传统。

我们选取了诗人的两首律诗来做分析，第一首是《无题》[②]：

相见时难别亦难，
东风无力百花残。
春蚕到死丝方尽，
蜡炬成灰泪始干。
晓镜但愁云鬓改，
夜吟应觉月光寒。
蓬山此去无多路，
青鸟殷勤为探看。

李商隐在一系列语调非常隐晦的诗中，吟咏他所经历的隐秘爱情。在这首诗中，除了第一句采用口语风格，并揭示了诗的主题（分享的激情和分离的悲剧），其余部分皆由一连串意象和隐喻构成，在此也形成了一个换喻网络，而后者有时建立在音韵联系之上（谐音字的一语双关游戏）。在第三句诗中，"蚕"与"缠（绵）"（爱情嬉戏）谐音；"丝"则与"思"（爱的思念）同音。此外，同一个"丝"进入了"青丝"（意思是"黑发"）的搭配，预示了第五句诗中头发

① 见第 103—104 页。

② 见第二部分，第 227 页。

的意象。在第四句诗中，“灰”进入了“心灰”（“心碎”）的搭配，从而延续着前面诗句中所含有的失意的爱情的意念；再有，这个“灰”同样指称灰色，它预告了第五句诗中头发颜色的改变。还是在第四句诗中，蜡炬的意象一方面照应第二句诗中东风的意象，另一方面， 112
照应第六句诗中月光的意象。月亮的意象则唤起了独自居住在月亮上的仙女嫦娥的形象；它证实了命中注定的分离只能在长生不老岛（蓬山即在那里），也即在死亡的彼岸找到出路。有了这番提示，再重读全诗，我们会注意到第二句诗里隐含的爱的行为，在接下去的诗句里如何由一个变易中的空间–时间充分承托。首先是空间，一个不停扩展，直至达到无法企及的区域的空间，因为确实，花、蚕和蜡烛（指称蜡烛的“蜡”字包含昆虫“蜜蜂”的形旁“虫”）的意象，这些熟悉的、“贴近地面”的意象，全都转化成了天上的现象：云、月，最后还有仙山和神鸟。至于时间，第二句诗中宣告的暮春，在接下去的四句诗的进展中，进入时日和季节的交替，直到抵达将会战胜死亡、由青鸟所体现的新生之梦。穿越空间–时间（其间人的情感与承托它的环境相互依存），这未完成的爱情悲剧，由于以宇宙为见证，从而成为宇宙的悲剧。

李商隐的第二首律诗题为《锦瑟》[①]：

① 见第二部分，第230页。

首（1）锦瑟无端五十弦，
（2）一弦一柱思华年。
颔（3）庄生晓梦迷蝴蝶，
（4）望帝春心托杜鹃。
颈（5）沧海月明珠有泪，
（6）蓝田日暖玉生烟。
尾（7）此情可待成追忆，
（8）只是当时已惘然。

这首文笔“精练”的诗的主题是对一段爱情的回忆。首联诗落
113 笔便将诗置于一个暧昧的平面。诗人从一件既是真实的又是传奇的物品出发，给出他的初始主题。这是一张锦瑟，一件饰有锦纹的有五十根弦的乐器。但通常一张锦瑟只有二十五根弦。的确，一个传奇故事讲到过，在原初——中国上古时代——这种乐器确实拥有五十根弦，但是在一次演奏中，周代的一位帝王，由于承受不住他的一位宠妃弹奏的过于强烈的音乐，下令将琴弦的数目减去一半。读首联时，我们并不怀疑诗人面对的是一件真实的物品（一位所爱慕的女子留下的纪念物？），但是我们会思忖，他是否同时在幻想着一件想象中的物品，通过它，他可以自比为古代某位悲痛欲绝的情郎。无论如何，瑟的意象使诗人避免以“我”自称：它显示为一个演变的场所。这五十根弦也许铭记着诗人所度过的岁月（有些诠释者设想诗人是在五十岁时写下这首诗）。不过，这些岁月汇聚成一个

挥之不去的意象：一朵花（锦纹的意象也在暗喻它），它不是一件单纯的饰物，而是暗示了一重掩抑的未曾满足的欲念。因为琴弦和琴柱的意象带有艳情寓意：在道家传统中，人们用“琴弦”指称女性生殖器，而用“玉柱”（汉语中“柱子”和琴码——又称“雁柱”——用同一个“柱”字表示）指称男性生殖器。因此，这张以突兀的方式起始全诗的瑟，以多重暗喻及其弹奏的乐曲的回声，提出了一连串充满暧昧的问题：亲身经历还是梦幻？自我写照还是双重人格？对失落的爱情的求索，还是对他者无尽的寻觅？

这些问题，诗人从未以明确的方式提出。他中断了首联中的口语和叙事的语调，不加过渡地在接下去的两联（颔联和颈联）——对仗的两联——中引入空间的符号组织，这一空间组织建立在可逆对等（颔联）和循环连缀（颈联）基础上。幸亏有了这些结构，并且无需任何评论，意象自行表意，它们互相吸引并互相结合，形成一个错综复杂的拥有内在逻辑的网络。通过这些意象，我们捕捉到这样一些主题：对一段记忆的追寻、一场亲身经历的或者梦想的爱情、在生活进程中的寻觅——生活随着循环往复的时间发生着转化，而这循环往复的时间，可能会使情人们再度相逢。

这两联是这样衔接的：颔联将诗提升到隐喻的平面，并且由此 114
出发，敞开了诗人在颈联中开发的“换喻场”，这一联本身则由一连串互相孕育而生的意象构成。下面首先是附丽在颔联中出现的意象上的象征含义：

庄生/蝴蝶：道家哲学家庄子梦见自己变成了蝴蝶，醒来时，他自问，究竟是他梦见自己是蝴蝶，还是蝴蝶梦见它成了庄子。（他是作为庄子醒来，抑或他只是被一只蝴蝶梦见的人？）哲学家在此形象地说明了触及生活的幻象与生存者的同一性的道家观念。

望帝/杜鹃：相传蜀国的望帝因宠妃去世悲痛不已，放弃王位并死去。随后他的灵魂化为“杜鹃”，叫声类似于啼哭。据说，这只杜鹃在歌唱时吐出血来，而血又转化成鲜红的花，这种花在蜀乡随处可见，并且也叫同样的名字。因此杜鹃象征了短暂的爱情，它以演化的形式得以延续。值得指出的还有，“庄生-蝴蝶”与“望帝-杜鹃”一样，都有性别的改变：蝴蝶和杜鹃在李商隐的诗中总是拥有女性寓意。

诗人自比庄生和望帝，而这两个人分别与蝴蝶和杜鹃对等。这一连串对等的设立，得到这两个句子的语法结构的强调。这两句诗由于对仗而具有相同的结构：两个生灵（A和B），被一个动词连接起来。这两个动词，“迷”和“托”，在通常的用法中是及物动词，此处由于省略了动词后置成分（如介词“于”或“在”）而成为“中立的”。结果，句子的发展不是单向的A→B，而变成了可逆的A⇆B。这样一来，比如第二句诗就可以读作“帝心托杜鹃”，或者相反，读作“杜鹃托帝心”。诗人通过这种句法诀窍，将人伦现象和自然现象
115 放在了一个可逆的平面，以表达这样一种意思，如果他所经历的爱情和他未得满足的欲念变成了其他事物，那么他便怀有重新找回它们的希望。另一方面，由于这两句诗是对仗的，“晓梦”和“春心”、“蝴蝶”和“杜鹃”两两相对并形成对比；一边是梦幻、遗忘和无忧

无虑；另一边则是爱欲、记忆和不幸的爱情。由这不可调和的两极再现的诗人的心碎，得到诗作之形式组织的突显。

建立在对等模式之上的这联诗，有着隐喻性质（换喻结构暗中支撑着它：梦–蝴蝶、心–杜鹃）。它在不同种类的生灵（以及不同的界域）之间建立起类比联系：首先是在诗人与两个人物（庄生和望帝）之间；其次是在这两个人物与属于动物界的蝴蝶和杜鹃之间。最后，动物界的意象引入由花代表的植物界的意象。所有这些建起的联系，造成互换性和转化的思想，并敞开一个广阔的换喻场，诗人在下一联诗中对它进行了开发。

实际上，颈联诗由一连串彼此具有毗邻联系的隐喻构成。两句诗分别由海和田的意象起始，两者合在一起，在汉语中意味着转化[①]。因此诗人的寻觅超出了动物界和植物界而走得更远；它触到了由珍珠和玉石所代表的矿物界。有必要明确一下这两句诗中包含了哪些神话。

诗句（5）：在南海，满月之夜有鲛人出现；她们洒落的眼泪变成了珍珠。

诗句（6）：在蓝田（现在的陕西省，以玉著称），当人们远远望去（只有远望时），阳光会在玉石上造成给人以奇妙幻觉的烟光。另一则神话讲述的是一位老者撒下一个陌生的路人为报答他的慷慨赠给他的种子。种子发芽时变成一块块美玉，老者靠这些美玉娶到了

① 沧海桑田，意味着大海有一天可以变成耕地，反之亦然。

他所渴求的年轻姑娘。

甚至一位不了解这些传说的读者，也能够切实捕捉到联结这些意象的换喻联系。比如第五句诗中，在海与月之间（交互作用），月与珠之间（光亮和浑圆），珠与泪之间；还有最后，由于泪的意象是
116 流体的意象（因为语言中也存在着“泪海”的搭配），它与海的意象相衔接。因此两句诗各自形成一个环：

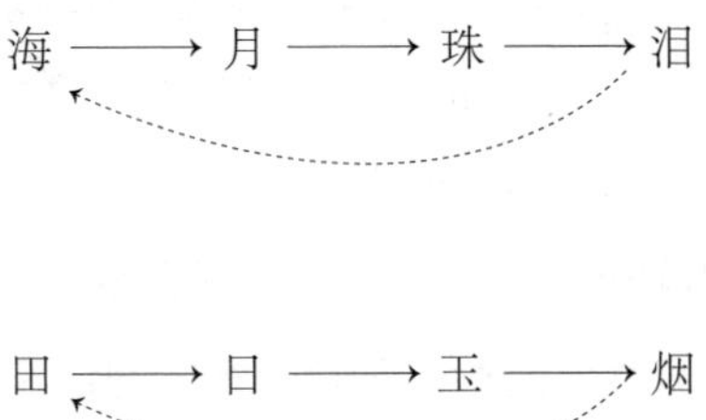

值得提醒的是，除了“泪海”这一搭配，语言中也存在着“烟海”的搭配，因而第二句诗的结尾与第一句诗的开头相衔接。两个结合在一起的环可以由下面的图形再现（我们曾经用它示意对仗的形式）：

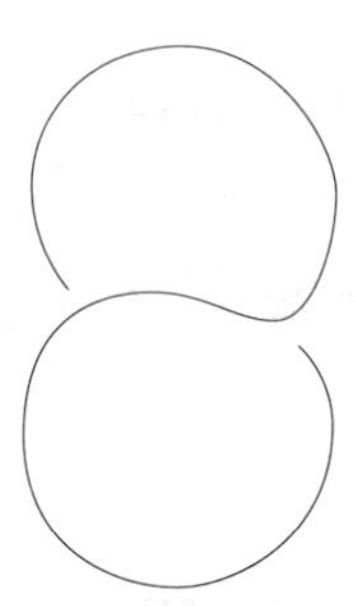

结合在一起的双环无论多么连贯，圈起的却是一片虚白、一重缺席。在颔联的动物界和颈联的矿物界之间，始终有一朵花的意象；这朵花，首联中点到了它，并且“蝴蝶-烟”和“杜鹃-泪”暗示了它。这朵不在场的花（所思慕的女子），恰恰是诗人寻觅的对象。可是，鉴于颈联中的两个传说（皆与一位女子的显现相连），鉴于附丽在月、海浪、珠和玉（在汉语中，大量建立在这些意象基础上的语词，均用以描述女性之美：女人的身姿、眼神、头发、面庞）这些意象上的特殊含义，我们真切感到——越过不在场——那位被歌声的神奇魅力唤醒的心爱女子栩栩如生的到场。由这双环所代表的循环连缀，117
还暗示了诗人相信在来世存在着重逢的可能性。

诗人穿越时间和诸界的寻觅，得到线性连缀的有力突显，不过我们并未忘记，正像在前一联中，这两句诗（第五和第六句）是对仗的。两句诗中两两相对的词语，通过彼此间的结合，引发了其他含义：

海-田：宇宙转化、人类生活的变迁；

日-月：宇宙运动、时间流逝（日夜、日月）、永恒；

珠-玉：传统上大量语词将它们联系在一起：珠光宝气、珠联璧合、珠圆玉润。“玉碎珠沉”则指美女之死。

泪-烟：悲剧性的爱情、徒劳的爱情。

还有其他可能的表意组合：“海-日”=再生，“海枯石烂”=不可摧毁的爱情。除了这些联结两句诗的二项式，还需指出的是，整体来看，两句诗一句显示出阴（月、海）的特征，另一句显示出阳（日、烟）的特征。将两句诗加以对仗，它们唤起交合（阳阴：男女）的意象。通过肉体关系，男人和女人不停地散失与重聚。

于是，在颈联中，在句段轴上，前一联中开始的梦的主题继续深化；而在范式轴上，在两句诗之间，欲望的主题得到发展。了解所有这些意象的象征含义的读者，当他按照节奏的顿挫吟咏这两句诗时，他确实感到，越过直接的语言（“在一切中，日日夜夜，我寻找你，思念你。来我这里吧，让我们紧紧拥抱，我们将再生……”），从表意行为的深处，涌现出一场未完成的热烈爱情的形象和姿态。[①]

118 的确，我们刚刚分析的三联诗处于一种持续不断的孕育过程，它们并没有被一种指称语言的过于凝滞的成分固定在一种唯一的含义中。在所有这些既结构严整同时又碎裂开来的意象后面，我们可以猜测到深藏着的“我”和“你”，是他们保证了诗作的统一性。他们两人均未被提及，因为他们都只是通过这场寻觅重新找到自己的存在；而这场从作为具体物品的瑟出发的寻觅，借助

① 实际上，翻译和我们的分析不应给人这样一种印象，这首诗是由一些意象的简单集合构成的。这里涉及的是这样一支歌，其中没有直接表达情感的词语，反使它的语调更加凄恻。在中国人听起来，这些诗句与莎士比亚的爱丽儿之歌同样悦耳：

你的父亲长眠海底，珊瑚生成他的骨，珍珠是他的双眸；他的一切都不会消逝，而大海却承受了变化，变得丰富而神奇。

与莫里斯·塞夫的悲歌同样“富有表现力”：

你虽不在这里，我却活在你身上；我虽身在此处，却心同死灰。无论多么遥远，你却无时不在近旁；我虽近在眼前，却恍若隔世……

由它发出的咒语般的音乐，最终使得“我”一步步接近——甚至成为——“你”：

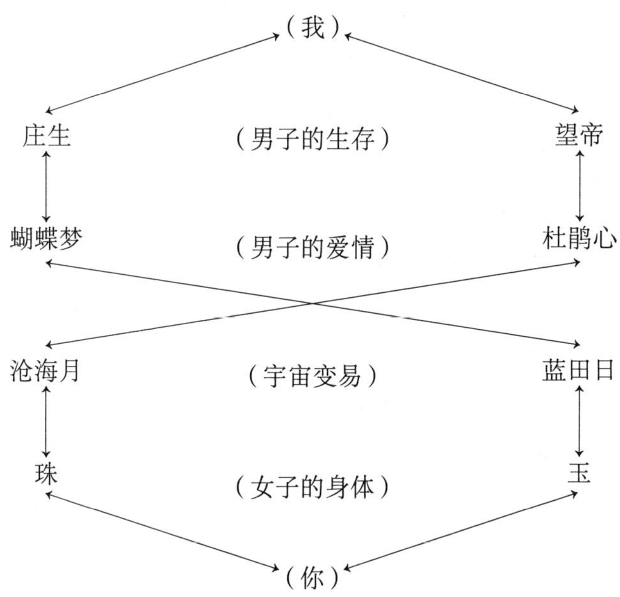

尾联舍弃对仗结构的语言，重新引入由首联开始的线性歌吟。第七句诗可以理解为祈求或者询问（在汉语里为同一种句式）：这场热烈的爱情或许能够延续吧，如同那张留存下来的瑟？如果我们反复演奏，将能够寻回原初的那支歌吧？这一联含有三个带竖心旁“忄”的字（第一个开始这联诗，第三个结束它），它们应答着诗的其余部分中唯一的“心”字：第四句诗中的“春心”。它们的出现似乎意味着，这场艳遇是内心的。这几个字是：“情”“忆”和最后一个 119

“惘”字，这个结束全诗的字，它的发音与望帝的“望”相同；它使他的形象再度出现，并促使整首诗前后呼应。这个非常形象化的字，既表示“被缠绕”（心被网住），也表示“怅然失去”（难以把持的虚空，缺失）。通过这个充满暧昧和表面自相矛盾的字，诗的结尾处于这样一种境地：任何的在场都立足于不在场；所经历的热烈爱情的时间与寻觅的时间，仍混融在一起。

我们以分析李白的一首五言古绝作为结束；这首诗代表一种极端的情形，尽管最终在中国诗中这种情形还是比较常见的。我们要考察的内容是，在一首描述成分被减至极限的诗中，象征意象如何形成一个同质的范式，并创造出这样一种空间秩序，在其中，这些象征意象在形成对比的同时，转化成一些可以互换的单位。通过这个既碎裂开去又带来统一的结构（如同星座），这个以简练打动人的结构，一种隐喻语言得以清晰地显露；在这种语言中，主体和客体、外部和内部、远处和近处，成为一部不停放射光芒的棱镜的多个镜面：

玉阶怨

玉阶生白露，
夜久侵罗袜。
却下水晶帘，
玲珑望秋月。

这首诗[1]的主题是，一位女子夜间在门前台阶上伫立等待，一场漫长而最终落空的等待：她的情郎最终也没有来。出于幽怨，也由于夜的清凉，她回到内室。在那里，透过垂落的水晶帘，她还在迟疑，将她的遗憾和心愿托寄给月亮，月亮那么亲近（通过她的光照），又那么遥远。

我们刚刚给出了对这首诗的一重解释。但是，诗中的叙事成分由几个中性的行为动词构成，而那些用来描写情感的词，诸如孤独、失意、幽怨、遗憾、重聚的愿望等，一概没有出现。如同诗歌传统所要求的，人称主语被省略了。是谁在讲话？一个“她”还是一个 120
“我”？读者被邀请从“内心”体验人物的情感；但这些情感仅仅由一些动作和几件物品暗示出来。

诗作以一连串意象的形式呈现：玉阶、白露、罗袜、水晶帘、玲珑、秋月。了解中国诗歌象征体系的读者可以毫无困难地捕捉到其引申寓意：

玉阶：女子的居所。另外玉还令人联想到女子润泽细嫩的皮肤。

白露：清凉的夜，孤独的时辰，泪水。也有性意味。

罗袜：女子的身体。

水晶帘：闺房。

玲珑：出现在第四句诗中的这个词，具有非常丰富的含义；起

① 见第二部分，第158页。

初它模拟玉耳珰发出的清脆的玎玲声；随后，它用来形容熠熠生辉的珍贵物品，还有女子或者孩子的面庞。此处可以有两重解释：望月的女子以及照亮了女子面庞的月亮。从声韵的角度看，这个双声词回应着前面诗句中所包含的一连串词，这些词都以 l- 音起始，并指称闪亮的或透明的物品：lu（露）、luo（罗）、lian（水晶帘）。

秋月：遥远的在场和重聚的愿望（分离的情人可以仰望同一个月亮；另外，满月象征了爱人的重聚）。

通过这一连串意象，诗人创造了一个结构严整的世界。线性进展得以在隐喻层维持。这些意象的共同之处在于，它们都再现了闪亮的或透明的物品。它们给人一种按照有规律的秩序彼此孕育而生的印象。这种有规律的印象，在句法层得到相同类型的句子的规律性的确认。构成诗作的四个句子都可以这样来分析：

状语 + 动词 + 宾语

121 这样一种规律性使诗作染上了一种无情的秩序的色调：在四句的每一句中，置于中间的动词都由一个状语限定，并达到一个宾语。由于去掉了人称主语，诗作显示为处于这样一种过程当中：事物自相连缀，并且一个意象孕育另一个意象，从第一个直至最后一个意象：

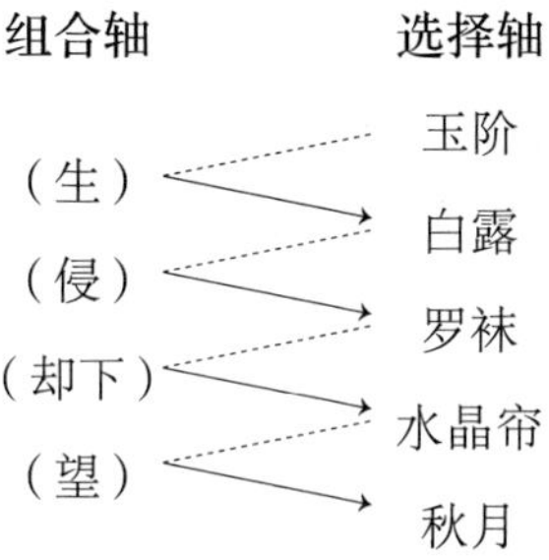

这一简图暗示出一种单向的线性进展。但是如果我们重新置于想象的视角，便可以经由所有其他意象，联结起最后一个意象（秋月）和第一个意象（玉阶）。

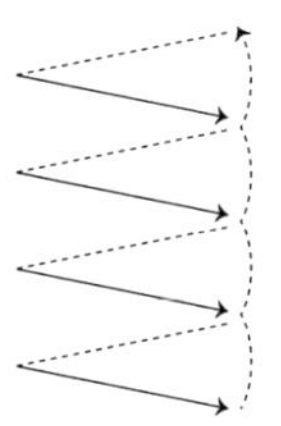

因为透明的或水晶的物品，全靠月光才会闪亮，这最后时刻出现的月光，“重新穿越”诗作，仿佛为了赋予每个意象其朗照，或者更确切地说，赋予其饱满的含义。这重新照在空寂的玉阶上的月亮烘托了遗憾；整体的月光有效地衬托出前面诸事物所显示的碎裂身心，122
环形的运动则强调了一种不断回返的挥之不去的思绪。

这一处于线性发展核心的范式织体，使我们得以在意象的层面核实R.雅可布森定义的诗歌语言的主要特征：选择轴投射在组合轴上。诗人通过在时序中引入空间维度，微妙地使语言碎裂。意象通过互相对比，仿佛“自然而然地”激发含义：

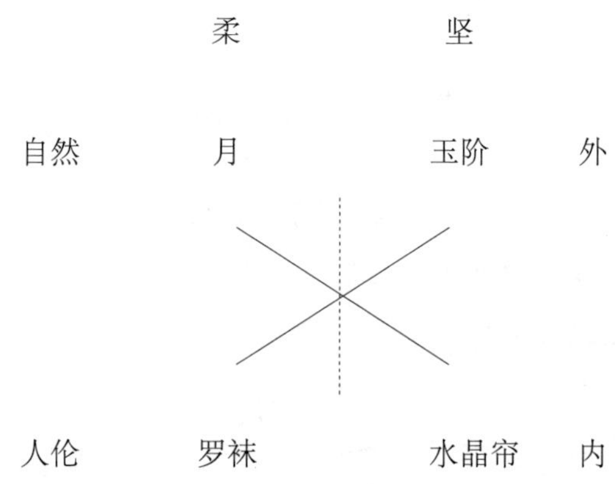

这种让意象充分“游戏”的方式，正是结构简练的条件，这个结构集内外、远近，更有主客体于一身。内部世界投射到外部，外部世界则成为内部世界的符号。这玉，同时是台阶和女子的肌肤；这露珠，同时是夜的清凉和女子的欲望；这玲珑，同时是望月的女子的脸庞和透过水晶帘看见的明月。而这明月，同时是遥远的在场和私密的情感，她在与物品的每次相遇中激发出新的含义。

如果同样采用一种隐喻语言，我们也许可以说，在“贴近地面”的叙述之上，耸起一顶苍穹，上面翱翔着一些熠熠生辉的形象，它们形成了一个星座。这些由换喻联系结合、将偶然转化为必然的形象，在彼此的关系中确立自己的位置，它们互相吸引，并以交错的光焰互相照亮。在它们中间，闪耀着一颗亮度非凡的星体：月亮。所有其他星辰，朝着她汇聚；是她，满载着人类的欲望，最终将众星照亮。这明月，作为中国古典诗人采用的一个基本象征，本质上具有“夜的”感性，她借助带有初始的韵律节奏的符号，揭示了一个神话与交融之夜的无限奥秘。

第二部分　唐诗选

引　言

这部诗选呈现了唐代流行的主要诗歌形式：一方面是近体诗，分为绝句和律诗；另一方面是古体诗。后者由于较少拘束，诗人可以充分满足吟咏情性和铺陈叙事的需要。

选集由五首词结束。这一新体裁产生于唐朝中晚期，它的产生部分起因于音乐的发展：诗人在精通音乐的歌伎陪伴下，按照歌曲的节拍进行创作。与诗不同，词的句子长短不一，并服从于更为线性的发展。所选的几首词显示了这一体裁的萌发状态，当时的诗人开始摆脱明晰和工整的风格，而更趋于描述性和口语化的风格。语言的这种变化实际上传达出更深的危机。唐朝由于受到外忧内患的威胁，其统一和秩序的美梦眼看破灭。诗人同样受到震动，于是将他们的思念寄予一种节奏更为纤巧、松散，如同破碎的歌。

对于每一首诗，我们给出原文、逐字对译和意译。

绝句

王之涣

登鹳雀楼[①]　**Du haut du pavillon des Cigognes** 129

白日依山尽，　*Soleil blanc / longer montagne cesser*
黄河入海流。　*Fleuve Jaune / pénétrer mer couler*
欲穷千里目，　*Vouloir épuiser / mille stades vue*
更上一层楼。[②]　*Encore monter / un degré étage*

Le soleil blanc s'efface par-delà les montagnes
Le fleuve Jaune se rue vers la mer
Vaste pays qu'on voudrait d'un regard embrasser :
Montons encore d'un étage

① 鹳雀楼，位于山西省东南部黄河转弯处，以楼上美妙的全景视角著称。

② 在第二章论及对仗时对整首诗做了分析。见第 70 页。

陈子昂

130 登幽州台歌 | DU HAUT DE LA TERRASSE DE YOU-ZHOU

前不见古人，	*Devant ne pas voir / homme ancien*
后不见来者。	*Derrière ne pas voir / homme à venir*
念天地之悠悠，	*Penser ciel-terre / lointain-lointain*
独怆然而涕下。	*Seul affligé / fondre en larmes*

Derrière, je ne vois pas l'homme passé
Devant, je ne vois pas l'homme à venir①
Songeant au ciel-terre vaste et sans fin
Solitaire, amer, je fonds en larmes

① 读者可能会注意到，就词语的对应而言，我们颠倒了"前"和"后"的秩序，这是为了符合西方人的眼光。因为他们将过去的人看成在自己身后，将来的人看成在自己前面。中国人则本能地置身于人类大世系；因此他们将先于他的人看成在自己前面，自己身后则跟随着即将到来的人。我们以这个注释来说明关于翻译的一点思考：从一种语言过渡到另一种语言时，应当如何重新调整时间、空间和与事物之关系的观念。

孟浩然

宿建德江 **PASSANT LA NUIT SUR LE FLEUVE JIAN-DE** 131

移舟泊烟渚， *Déplacer barque / accoster brumeux îlot*
日暮客愁新。 *Soleil couchant / voyageur tristesse ravivée*
野旷天低树， *Plaine immense / ciel s'abaisser arbres*
江清月近人。 *Fleuve limpide / lune s'approcher hommes*

Dans les brumes, près de l'île, on amarre la barque
Au crépuscule renaît la nostalgie du voyageur
Plaine immense : le ciel s'abaisse vers les arbres
Fleuve limpide : la lune s'approche des humains

孟浩然

132 春晓[①]　　**AUBE DE PRINTEMPS**

春眠不觉晓，　*Sommeil printanier / ignorer aube*
处处闻啼鸟。　*Tout autour / ouïr chanter oiseaux*
夜来风雨声，　*Nuit passée / vent-pluie bruissement*
花落知多少。　*Fleurs tombées / qui sait combien…*

① 这首诗的意译从略，第一章论及人称代词的省略时对其做了分析。见第 41 页。

孟浩然

送朱大入秦　**Pour Zhu Da qui se rend au Qin** 133

游人五陵去，　*Errant homme / Cinq-tumulus partir*
宝剑值千金。　*Trésor-épée / valoir mille ors*
分手脱相赠，　*Se séparer / ôter pour offrir*
平生一片心。　*Une vie / un entier cœur*

À toi, errant, en partance pour Cinq-tumulus
Que puis-je offrir sinon cette épée que j'ôte
De mon flanc – plus que l'or elle vaut –
Un cœur droit y bat, fidèle marque d'une vie

王维

134 竹里馆[①]　　LA GLORIETTE-AUX-BAMBOUS

独坐幽篁里，　*Seul assis / reclus bambous dedans*
弹琴复长啸。　*Pincer luth / encore longtemps siffler*
深林人不知，　*Profond bois / hommes ne point savoir*
明月来相照。　*Brillante lune / venir avec éclairer*

Seul assis au milieu des bambous
Je joue du luth et siffle à mesure
Ignoré de tous au cœur du bois
La lune s'est approchée : clarté

① 竹里馆，位于终南山脚下的辋川附近，乃王维晚年的隐居地。以下四首诗均与这一带景致有关。

王维

辛夷坞　　LE TALUS-AUX-HIBISCUS 135

木末芙蓉花，①　　*Branches extrémité / magnolias fleurs*
山中发红萼。　　*Montagne milieu / dégager rouges corolles*
涧户寂无人，②　　*Torrent logis / calme nulle personne*
纷纷开且落。③　　*Pêle-mêle / éclore de plus échoir*

Au bout des branches, fleurs de magnolia
Dans la montagne ouvrent leurs rouges corolles
– Un logis, près du torrent, calme et vide
Pêle-mêle, les unes éclosent, d'autres tombent

① 我们在“导论”中辨析了第一句诗字形和形象化的特征，见第 17—18 页。

② 这首诗的主题是人以内在的方式体验开花的过程。为了获得这一体验，他必须倾空自己。第三句以一种看似不协调的方式引入诗中，它巧妙地暗示出，实际上，人是在场的，因为只有他正在静观这些花；但与此同时，他又仿佛是不在场的，因为他“全神贯注”于花的身影。

③ 第四句：语调不含悲哀而是泰然接受。诗人想要表达的是：与宇宙大化结合并顺应之。

王维

136 鹿柴① Le Clos-aux-Cerfs

空山不见人，	*Montagne vide / ne percevoir personne*
但闻人语响。	*Seulement entendre / voix humaine résonner*
返景②入深林，	*Ombre-retournée / pénétrer bois profond*
复照青苔上。	*Encore éclairer / mousse verte dessus*

Montagne déserte. Plus personne en vue
Seuls résonnent quelques échos de voix
Un rayon du couchant pénétrant le fond
Du bois : ultime éclat de la mousse, vert

① 在第一章论及人称代词的省略时分析了整首诗。见第 40 页。

② 返景 = 落日的光辉。

王维

山中①	DANS LA MONTAGNE 137
荆溪白石出，	*Ruisseau Jing / blancs rochers émerger*
天寒红叶稀。	*Ciel froid / rouges feuilles clairsemées*
山路元无雨，	*Montagne sentier / être sans pluie*
空翠湿人衣。	*Vide azur / mouiller homme habit*

Rochers blancs surgissant des eaux de Jing
Feuilles rouges, çà et là, dans le ciel froid
Il n'a pas plu sur le sentier de montagne :
Seul l'azur du vide mouille nos habits

① 我们知道，王维也以山水画著称。关于他的一幅画——上面题有这首诗——宋代大诗人苏东坡说道：“味摩诘之诗，诗中有画；观摩诘之画，画中有诗。”

王维

138 木兰柴 Clos-aux-Mu-lan

秋山敛余照，	*Automne mont / amasser reste de couchant*
飞鸟逐前侣。	*Volant oiseau / poursuivre devant compagne*
彩翠时分明，	*Chatoyant vert-bleu / parfois étinceler*
夕岚无处所。	*Soir brume / ne pas avoir gîte*

Le mont d'automne recueille le reste du couchant
Un oiseau vole à la poursuite de sa compagne
Par intermittence chatoie le vert-bleu
La brume du soir, elle, est sans lieu

王维

鸟鸣涧 Le Torrent-au-Chant-d'Oiseaux 139

人闲桂花落， *Homme au repos / fleurs de cannelier tomber*
夜静春山空。① *Nuit silencieuse / printemps montagne vide*
月出惊山鸟， *Lune surgir / effrayer oiseau de montagne*
时鸣春涧中。 *Parfois crier / printemps torrent milieu*

Repos de l'homme. Chute des fleurs du cannelier
Nuit calme, de mars, dans la montagne déserte
Surgit la lune ; effrayé, l'oiseau crie :
Échos des cascades printanières...

① 第一和第二句：在第二章论及停顿时做了分析。见第 62 页。

王维

140 鸬鹚堰 La Digue-aux-Cormorans

乍向红莲没，　*À peine vers / rouges lotus disparaître*
复出清浦飏。　*Ré-apparaître / claire berge voleter*
独立何褵褷，　*Seul debout / combien tendre plumage*
衔鱼古查上。　*Poisson au bec / vieux bois dessus*

À peine plongé entre les lotus rouges
Le voilà qui survole la berge claire
Soudain, poisson au bec, plumes tendres
Seul sur une branche, là, flottant

王维

欹湖　　*Le lac Yi* 141

吹箫临极浦，　　*Souffler flûte / atteindre extrême berge*
日暮送夫君。　　*Soir tardif / accompagner mari-seigneur*
湖上一回首，　　*Lac dessus / un instant se retourner*
青山卷白云。①　　*Vert mont / entourer blanc nuage*

Soufflant dans ma flûte face au couchant
J'accompagne mon seigneur jusqu'à la rive
Sur le lac un instant se retourner :
Mont vert entouré de nuage blanc

① 第三和第四句：在第三章论及隐喻时做了分析。见第 100 页。

王维

142 临高台送黎拾遗

SUR LA HAUTE TERRASSE

相送临高台，	*Dire adieu / sur la Haute Terrasse*
川原杳何极。	*Fleuve-plaine / obscur sans limites*
日暮飞鸟还，	*Jour tardif / oiseaux volants revenir*
行人去不息。	*Voyageur / s'en aller sans répit*

Du haut de la terrasse, pour dire adieu :
Fleuve et plaine perdus dans le crépuscule
Sous le couchant reviennent les oiseaux
L'homme, lui, chemine, toujours plus loin

王翰

凉州[1]词 CHANSON DE LIANG-ZHOU 143

葡萄美酒夜光杯，	*Raisins beau vin / nocturne-clarté coupe*
欲饮琵琶马上催。	*Vouloir boire pi-pa / cheval dessus presser*
醉卧沙场君莫笑，	*Ivre étendu sable champ / ne riez point*
古来征战几人回。[2]	*Depuis jadis guerre d'expédition / combien revenir*

Beau vin de raisin dans la coupe de clarté-nocturne

J'allais en boire, le cistre des cavaliers m'appelle

Si je tombe ivre sur le sable, ne riez pas de moi !

Depuis le temps combien sont-ils revenus des guerres

---

① 凉州，中国西北边塞要隘，位于甘肃省。

② 这首诗以及接下去的四首诗都属于“边塞诗”，是唐诗的重要题材，因为当时中国的西北边塞常常需要对“胡人”的袭击进行自卫。这些诗描写了出发上前线、沙漠地区的艰辛生活、战斗场面，以及发生在那里的人间悲剧：分离、死而无人掩埋等等。有时，正像在这首诗里，在一种浪漫主义的激励下，人们歌唱对“异域”事物的发现，比如葡萄美酒、琵琶（起源于中亚的乐器）等。

卢纶

144 塞下曲　　**Chant de frontière**

月黑雁飞高，　*Lune noire / oies sauvages voler haut*
单于夜遁逃。　*Chef barbare / nuit en cachette s'enfuir*
欲将轻骑逐，　*Prêt à lancer / cavalerie légère poursuivre*
大雪满弓刀。　*Forte neige / recouvrir arcs et sabres*

Sous la lune sombre s'envole l'oie sauvage
Le chef barbare à la nuit s'est enfui
Prête à bondir, la cavalerie légère :
Arcs et sabres tout scintillants de neige

陈陶

陇西①行 **Ballade de Long-xi** 145

誓扫匈奴不顾身，
五千貂锦②丧胡尘。
可怜无定河③边骨，
犹是春闺梦里人。

Jurer exterminer les Huns / sans se soucier corps
Cinq mille zibelines-brocarts / périr poussières barbares
Quelle pitié rivière Errance / deux rives ossements
Être encore printemps gynécées / rêves dedans hommes

Ils ont juré d'exterminer les Huns au prix de leur vie
Cinq mille zibelines couvrent les poussières barbares
Pitié pour ces ossements au bord de la rivière Errance :
Hommes de chair encore dans les rêves des gynécées !

① 陇西，西北边塞地区，位于陕西、甘肃省。

② "貂锦"，指中国将士身穿的外衣。

③ 无定河，位于陕西北部的河流，因经常改道而得名；此处也暗喻无人掩埋的死者的游魂。

金昌绪

146 春怨 | COMPLAINTE DE PRINTEMPS

打起黄莺儿，　*Chasser alors / petit loriot jaune*
莫叫枝上啼。　*Ne pas laisser / branche dessus chanter*
啼时惊妾梦，　*Chanter moment / interrompre mon rêve*
不得到辽西[①]。　*Sans pouvoir / atteindre Liao-xi*

Chasse donc ce loriot jaune
Qu'il cesse de chanter sur la branche !
Son chant interrompt mon rêve
Jamais je n'atteindrai Liao-xi !

① 辽西，辽河以西的边防要塞，位于辽宁省，年轻女子的丈夫出发去了那里；在梦中，一瞬间她以为自己前去与他相聚。

李益

从军北征	**Expédition au Nord** 147
天山雪后海风寒，	*Mont Céleste après neige / vent marin froid*
横笛偏吹行路难[1]。	*Flûte traversière pourtant souffler / dure est la marche*
碛里征人三十万，	*Sables milieu soldats d'expédition / trois cent mille*
一时回首月中看。	*Un instant se retourner / lune dedans regarder*

Le vent glace la neige sur le mont Céleste
Quelle flûte fait entendre « Dure est la marche » ...
Au milieu des sables, trois cent mille soldats
En même temps se retournent : la lune

① “行路难”，古乐府曲调名。它唤起听者悲伤和思念之情。

李益

148 江南曲 | CHANSON DU SUD-DU-FLEUVE

嫁得瞿塘[①]贾，	*Mariée à / Qu-tang marchant*
朝朝误妾期。	*Matin-matin / manquer femme attente*
早知潮有信，	*Si savoir / marée tenir parole*
嫁与弄潮儿[②]。	*Marier avec / joueur de vagues*

Mariée jeune à un marchand-voyageur
Jour après jour attendre en vain son retour
Si j'avais su combien fidèle était la marée
J'aurais épousé, pour sûr, un joueur de vagues !

---

① 瞿塘（峡），位于长江上游，那里有重要商旅港口。

② “弄潮儿”，在南方江河的入海口，尤其是钱塘江入海口，在满月的夜里，人群聚集起来观赏年轻的弄潮儿在上涨的潮水中踏浪翻波的游戏。再有，值得注意的是在“朝朝”（第二句）和“潮”（第三句）之间，建立在音韵和字形联系基础上的文字游戏：“朝”（日子或早晨）字与“潮”（潮水）谐音；而且，从字形来看，后一个字由前一个字加水字旁“氵”构成。值得注意的还有“潮”和“弄潮儿”意象的性爱寓意。

张九龄

自君之出矣[①] *Depuis que vous êtes parti* 149

自君之出矣， *Depuis seigneur / être parti hélas*
不复理残机。 *Ne plus / ranger ouvrage délaissé*
思君如满月， *Penser seigneur / pareil à pleine lune*
夜夜减清辉。[②] *Nuit nuit / diminuer pure clarté*

Depuis que vous êtes parti seigneur
À l'ouvrage je n'ai plus le cœur
Mon être à la pleine lune est pareil
Dont nuit après nuit décroît l'éclat

① “自君之出矣”，张九龄之前已有几位诗人用过这个标题；整首诗是对一个古老主题的变奏。

② 在第三章论及“比”的手法时，曾以这首诗为例。见第 93 页。

王昌龄

150 闺怨

闺中少妇不知愁，
春日凝妆上翠楼。
忽见陌头杨柳①色，
悔教夫婿觅封侯。②

Complainte du gynécée

Gynécée dedans jeune femme / ne pas connaître chagrin
Jour de printemps se parer / monter pavillon bleu
Soudain voir bord de chemin / tiges de saule teinte
Regretter laisser époux / chercher titre nobiliaire

Jeune femme en son gynécée ignorant les chagrins
Jour de printemps, parée, elle monte sur la tour
Éblouie par la teinte des saules le long du chemin
Regret soudain : de son époux parti chercher les honneurs

① 杨柳，以柔嫩的色彩和婀娜的枝条，象征了春天和青春。另外，“杨柳”一词进入了很多表达缠绵爱情的语句中。

② 第三和第四句：在第三章论及象征意象时做了分析。见第 102 页。

王昌龄

题僧房 **DANS LA CHAMBRE D'UN BONZE** 151

棕榈花满院，	*Palmiers / fleurs emplir cour*
苔藓入闲房。	*Mousse-lichen / pénétrer oisive chambre*
彼此名言绝，	*L'un l'autre / élevés propos cesser*
空中闻异香。	*Vide milieu / sentir étrange parfum*

Une cour emplie de fleurs de palmier
Les mousses pénétrant la chambre oisive
De l'un à l'autre la parole a cessé
Dans l'air flotte un étrange parfum

李白

152 下江陵[①] — EN DESCENDANT LE FLEUVE VERS JIANG-LING

朝辞白帝彩云间，	*Aube quitter Empereur Blanc / colorés nuages milieu*
千里江陵一日还。	*Mille stades Jiang-ling / en un jour retourner*
两岸猿声啼不住，	*Deux rives singes cris / résonner sans arrêt*
轻舟已过万重山。	*Légère barque déjà passer / dix mille rangées montagne*

Quitter à l'aube la cité de l'Empereur Blanc
  aux nuages irisés
Descendre le fleuve jusqu'à Jiang-ling
  mille li en un jour
Des deux rives, sur les hautes falaises
  sans répit crient les singes
Mais d'une traite, mon esquif brise
  dix mille chaînes de montagnes !

① 这首诗的主题是穿越长江著名的峡谷，它绵延近两百公里（从位于四川峡谷入口处的白帝城，直到中游的湖北江陵）。对于所有穿越者，这场飞速的、充满险情的体验，都会构成难忘的回忆。李白至少两度穿越三峡：年轻时代离开故乡四川之际，以及很晚时，在他被放逐后（759 年）。

李白

山中问答 | À UN AMI QUI M'INTERROGE 153

问余何意栖碧山，	*Demander moi quel dessein / se percher vert mont*
笑而不答心自闲。	*Sourire ne point répondre / cœur en soi serein*
桃花流水窅然去，	*Pêcher fleurs couler eau / nulle trace s'en aller*
别有天地非人间。	*Autre y avoir ciel-terre / non humain monde*

Pourquoi vivre au cœur de ces vertes montagnes ?
Je souris, sans répondre, l'esprit tout serein
Tombent les fleurs, coule l'eau, mystérieuse voie...
L'autre monde est là, non celui des humains

李白

154 山中对酌 BUVANT DU VIN AVEC UN AMI

两人对酌山花开，	*Deux hommes se verser vin / mont fleurs s'ouvrir*
一杯一杯复一杯。	*Une coupe autre coupe / encore autre coupe*
我醉欲眠卿且去，	*Moi ivre vouloir dormir / toi pouvoir partir*
明朝有意抱琴来。	*Demain aube avoir envie / porter cithare venir*

Face à face nous buvons ; s'ouvrent les fleurs du mont
Une coupe vidée, une autre, et une autre encore...
Ivre, las, je vais dormir ; tu peux t'en aller
Reviens demain, si tu veux, avec ta cithare !

李白

铜官山醉后绝句 Le mont Cuivre 155

我爱铜官乐， *Moi aimer / mont Cuivre joie*
千年未拟还。 *Mille années / non encore penser revenir*
要须回舞袖， *Vouloir alors / tournoyer dansantes manches*
拂尽五松山。 *Frôler d'un coup / cinq-pins colline*

J'aime le mont Cuivre
  c'est ma joie
Mille ans j'y resterais
  sans retour
Je danse à ma guise :
  ma manche flottante
Frôle, d'un seul coup
  tous les pins des cimes !

李白

156 敬亭独坐 | LE MONT JING-TING

众鸟高飞尽，*Multiples oiseaux / haut voler disparaître*
孤云独去闲。*Solitaire nuage / à part s'en aller oisif*
相看两不厌，*Se contempler / à deux sans se lasser*
只有敬亭山。*Ne demeurer que / mont Jing-ting*

Les oiseaux s'envolent, disparaissent
Un dernier nuage, oisif, se dissipe
À se contempler infiniment l'un l'autre
Il ne reste que le mont Révérence①

① 我们有意以“违背常情”的方式翻译最后一句诗：“只剩下敬亭山”；而要使之可以理解，本应说：“只剩下敬亭山和我。”但是在汉语文本里，“和我”没有出现；诗人似乎以此表明，由于长久观看那座山，他最终与它化为一体。

李白

陌上赠美人

白马骄行踏落花，
垂鞭直拂五云车。
美人一笑褰珠箔，
遥指红楼是妾家。

À UNE BEAUTÉ RENCONTRÉE EN CHEMIN 157

Cheval blanc fièrement avancer / fouler fleurs tombées
Cravache pendue droit frôler / cinq-nuages carrosse
Belle femme un sourire / soulever rideau de perles
Au loin indiquer pavillon rouge / être ma demeure

Le cheval blanc, altier, foule les fleurs tombées
Ma cravache pendante frôle le carrosse aux cinq-nuages
De la dame. Soulevant le rideau de perles, d'un sourire
Elle montre, au loin, la maison rouge : « C'est là. »

李白

158 玉阶怨 ①　　COMPLAINTE DU PERRON DE JADE

玉阶生白露，	*Perron de jade / naître rosée blanche*
夜久侵罗袜。	*Nuit tardive / pénétrer bas de soie*
却下水晶帘，	*Cependant baisser / store de cristal*
玲珑望秋月。	*Par transparence / regarder lune d'automne*

① 这首诗的意译从略，在第二章论及音乐效果，以及第三章论及意象时对其做了分析。见第 66 页和第 119—122 页。

李白

秋浦歌之一 CHANSON DU LAC QIU-PU 159

白发三千丈， *Cheveux blancs / trois mille aunes*
缘愁似个长。 *Car tristesse / tout aussi longue*
不知明镜里， *Ne pas savoir / miroir clair dedans*
何处得秋霜。 *Quel lieu / attraper givres d'automne*

Cheveux blancs longs de trois mille aunes
Aussi longs : tristesse et chagrins
Dans l'éclat du miroir, d'où viennent
Ces traces givrées de l'automne ?

李白

160 题峰顶寺 AU TEMPLE-DU-SOMMET

夜宿峰顶寺，	*Passer nuit / Temple-du-Sommet*
举手扪星辰。	*Lever main / caresser astres-étoiles*
不敢高声语，	*Ne pas oser / à haute voix parler*
恐惊天上人[①]。	*Crainte d'effrayer / ciel dessus êtres*

Nuit au Temple-du-Sommet
Lever la main et caresser les étoiles
Mais chut ! Baissons la voix :
Ne réveillons pas les habitants du ciel

① 李白生前即有“天上谪仙人”的称号。他在一生当中不停地表达对天的思念，正像在下面这首诗中：

海客乘天风，将船远行役。
譬如云中鸟，一去无踪迹。

杜甫

江畔独步寻花七绝句[①]

EN ADMIRANT SEUL LES FLEURS AU BORD DE LA RIVIÈRE 161

江上被花恼不彻，
无处告诉只颠狂。
走觅南邻爱酒伴，
经旬出饮独空床。

Bord de rivière par les fleurs / être troublé sans fin
Nulle part se confier / seulement devenir fou
Aller chercher voisin du sud / aimer vin compagnon
Dix jours partir boire / solitaire lit vide

Au bord du fleuve, miracle des fleurs, sans fin
À qui donc se confier ? On en deviendrait fou !
Je vais chez le voisin, mon compagnon de vin
Il est parti boire : dix jours déjà, son lit vide...

① 相对而言，杜甫绝句写得不多，我们只介绍其中两首（它们属于一组诗，共七首），都是杜甫在西部城市四川成都写下的，经历了颠沛流离和痛苦不堪的生活后，诗人在那里安居数年。临近老年，他却迷恋上了春天。他以一种洒脱的语调，有时带着幽默，歌唱一种重获青春的欢乐。

杜甫

162 江畔独步寻花七绝句

EN ADMIRANT SEUL LES FLEURS AU BORD DE LA RIVIÈRE

不是爱花即欲死，	*Non pas aimer fleurs / aussitôt vouloir mourir*
只恐花尽老相催。	*Seulement craindre fleurs mourir / vieillesse se presser*
繁枝容易纷纷落，	*Branches chargées trop facilement / pêle-mêle tomber*
嫩叶商量细细开。[①]	*Feuilles tendres se consulter / en douceur s'ouvrir*

Non pas que j'aime les fleurs au point d'en mourir
Ce que je crains : beauté éteinte, vieillesse proche !
Branches trop chargées : chute des fleurs en grappes
Tendres bourgeons se consultent et s'ouvrent en douceur

① 最后两句诗也与诗人对自己的创作的某种忧虑有关。他寻求从令他痛苦的“过实”（“繁枝”）的折磨当中解脱，以达到语言上的更高度的单纯（“嫩叶细细开”）。

玄觉

永嘉证道歌之一[①]

CANTIQUE DE LA VOIE I 163

狮子吼，无畏说，
百兽闻之皆脑裂。
香象奔波失却威，
天龙寂听生欣悦。

Lion rugissement / sans peur parole
Cent animaux entendre cela / tous crâne éclater
Éléphant parfumé détaler / perdre majesté
Dragon céleste écouter / connaître joie

Rugissement du lion, parole sans peur
Les animaux en ont le crâne éclaté
Et perd sa majesté l'éléphant en fuite
Seuls les dragons prêtent l'oreille, ravis...

① 对于非常丰富的禅诗，我们在此只介绍四首，它们均选自《永嘉证道歌》，由生活于 8 世纪的唐代玄觉禅师所作。

玄觉

164 永嘉证道歌之二 | CANTIQUE DE LA VOIE II

心镜明，鉴无碍，
廓然莹彻周沙界。
万象森罗影现中，
一颗圆光非内外。

Cœur miroir clair / refléter sans entrave
Vaste vide éclairer à fond / innombrables mondes
Dix mille phénomènes présents / apparaître milieu
Une perle rayonnante / annuler dedans-dehors

Pur miroir du cœur, reflet infini
Éclairant le vide aux mondes sans nombre
En lui toutes choses se montrent, ombres, lumières
Perle irradiante : ni dedans ni dehors

玄觉

永嘉证道歌之三　CANTIQUE DE LA VOIE III 165

一月普现一切水，　*Une lune omniprésente / en toutes eaux*
一切水月一月摄。　*Toutes lunes des eaux / unique lune saisir*
诸佛法身①入我性，　*Dharmakaya des bouddhas / pénétrer ma nature*
我性还共如来②合。　*Ma nature dépendant avec / Tathagata s'unir*

Une même lune reflétée dans toutes les eaux
Les lunes des eaux renvoient à la même lune.
Le Dharmakaya de tous les bouddhas me pénètre
Mon être avec Tathagata n'en fait qu'un

① 法身，佛之真身。
② 如来，佛陀的名号之一。

玄觉

166 永嘉证道歌之四 | CANTIQUE DE LA VOIE IV

从他谤，任他非， *Laisser eux calomnier / laisser eux dénigrer*
把火烧天徒自疲。 *Allumer feu brûler ciel / en vain se fatiguer*
我闻恰似饮甘露， *Moi écouter tout comme / boire rosée pure*
销融顿入不思议。 *Fondre-purifier soudain entrer / non-concevoir*

Qu'ils calomnient, qu'ils médisent
Qu'ils brûlent le ciel, peine perdue
Je bois leurs cris comme de la rosée claire
Soudain, purifié, je fonds dans l'impensé

韦应物

滁州西涧[①] La rivière de l'Ouest à Chu-zhou 167

独怜幽草涧边生， *Seul chérir herbes cachées / torrent bord pousser*
上有黄鹂深树鸣。 *Dessus y avoir loriot / arbres profonds chanter*
春潮带雨晚来急， *Marée de printemps amenant pluie / soir se précipiter*
野渡无人舟自横。 *Embarcadère sans personne / barque seule en travers*

Au bord de l'eau, seul à chérir ces herbes cachées
Un loriot jaune chante là-haut au fond des feuillages
Chargée de pluie, monte au soir la crue printanière
Embarcadère désert : flottant de travers, une barque...

---

① 这首诗以一个孤寂和清幽的世界为框架。前两句诗暗示了诗人与大自然之间可能的亲密关系，第三句则展示了对人的命运漠不关心的生机勃勃的大自然（而春潮反映了诗人欲望的“涌动”）。最后一句在烘托思念和放任自流的感觉的同时，拒绝得出任何结论（漂浮的小船即将抵达彼岸，抑或随波逐流？）我们建议将这首诗与兰波的一首诗做平行阅读：“远离飞鸟、兽群、乡民……”（《地狱一季》）尤为有趣的是，注意一下语言方面的差异：在此，一种看似无人称和简洁的表达；在那里，一种不断探问的叙述。

韦应物

168 秋夜寄丘员外 | ENVOI À MON AMI QIU UNE NUIT D'AUTOMNE

怀君属秋夜， *Penser toi / durant automne nuit*
散步咏凉天。 *Déambuler / psalmodier frais ciel*
空山松子落， *Vide montagne / pommes de pin tomber*
幽人应未眠。 *Reclus homme / devoir ne pas s'endormir*

Nuit d'automne. Ma pensée tendue vers toi
Je déambule, psalmodiant sous un ciel frais
Chute de pommes de pin dans la montagne vide
Toi aussi, en cet instant, hors sommeil, tout ouïe

韦应物

同越琅琊山

SUR LE MONT LANG-YA 169

石门有雪无行迹，
松壑凝烟满众香。
馀食施庭寒鸟下，
破衣挂树老僧亡。

Portail Rocheux y avoir neige / sans trace de pas
Pins ravin brume figée / empli de multiples encens
Restes d'un repas poser cour / oiseau froid descendre
Haillons accrocher à arbre / vieux bonze mourir

Au Portail Rocheux, nulle trace sur la neige
Seul l'encens se mêle aux brumes montant du ravin
Restes du repas dans la cour : un oiseau descend
Haillons accrochés au pin : le vieux bonze est mort

刘禹锡

170 石头城[①] La Ville-de-Pierres

山围故国周遭在，	*Montagnes entourer ancien pays / tout autour rester*
潮打空城寂寞回。	*Marées frapper vide muraille / solitairement retourner*
淮水东边旧时月，	*Rivière Huai côté est / autrefois lune*
夜深还过女墙来。	*Nuit tardive encore passer / créneaux venir*

Pays ancien entouré de montagnes qui demeurent
Vagues frappant les murailles, retournant sans écho
À l'est de la rivière Huai, la lune d'autrefois
Seule, franchit encore, à minuit, les créneaux

① “石头城”，现在的南京，六朝期间曾是非常繁华的都城；唐朝时衰落，唐定都北方的长安。

刘禹锡

竹枝词[①]

山桃红花满上头，
蜀江春水拍山流。
花红易衰似郎意，
水流无限似侬愁。[②]

CHANSONS-DES-TIGES-DE-BAMBOU 171

Pêcher de montagne fleurs rouges / plein là-haut
Fleuve Shu eau printanière / tapoter mont couler
Fleur rouge facilement se faner / comme ton amour
Eau couler sans fin / comme mon chagrin

Les rouges fleurs de pêcher couvrent le mont
L'eau printanière caresse les rochers
Comme ton amour les fleurs s'ouvrent et se fanent
Le fleuve, lui, coule sans fin, comme mon chagrin

① 诗人在中国西南逗留期间，写下一系列受到当地民歌启发的情诗，因而对“新乐府”这一体裁的产生做出了贡献。一些大诗人非常擅长于这一体裁，如白居易和元稹。
② 诗中的意象影射了性行为，在这一地区，它常常在大自然中进行。

王驾

172 社日 | Jour du sacrifice de printemps

鹅湖山下稻粱肥， *Lac aux oies montagne dessous / riz-sorghos gras*
豚栅鸡栖半掩扉。 *Porcheries poulaillers / à moitié closes portes*
桑柘影斜春社散， *Mûriers ombres obliques / printemps sacrifices terminer*
家家扶得醉人归。 *Foyer-foyer se soutenir / hommes ivres retourner*

Au bord du lac aux Oies, riz et sorghos poussent drus
Poulaillers et porcheries ont leurs portes entrouvertes
L'ombre des mûriers s'allonge ; la fête prend fin
Saouls, on rentre, les uns les autres se soutenant !

王驾

春晴 | Éclaircie au printemps 173

雨前初见花间蕊，
雨后全无叶底花。
蜂蝶纷纷过墙去，
却疑春色在邻家。

Pluie avant début voir / fleurs milieu pistils
Pluie après plus rien / feuilles dessous fleurs
Abeilles papillons pêle-mêle / passer mur aller
Se demander printemps couleur / rester voisin logis

Avant la pluie les fleurs ont leurs corolles à peine ouvertes
Après la pluie les pétales sous les feuilles ont disparu
Papillons et abeilles passent de l'autre côté du mur
Le printemps envolé demeurerait-il chez le voisin ?

钱起

174 题崔逸人山亭 Dédié à l'ermite Cui

药径深红藓，	*Simples sentier / couvert de rouge mousse*
山窗满翠薇。	*Montagne fenêtre / emplie de vertes plantes*
羡君花下酒，	*Envier seigneur / fleurs dessous vin*
蝴蝶梦中飞。	*Papillons / rêve dedans voltiger*

Sentier aux simples, tapis de mousse rouge
Fenêtre en montagne, regorgeant de verdure
J'envie ton vin au milieu des fleurs
Les papillons qui voltigent dans ton rêve

贾岛

寻隐者不遇①	Visite à un ermite sans le trouver 175
松下问童子，	*Sapin dessous / interroger jeune disciple*
言师采药去。	*Dire maître / cueillir simples partir*
只在此山中，	*Seulement être / cette montagne milieu*
云深不知处。	*Nuages profonds / ne point savoir où*

Sous le sapin, j'interroge le disciple :
« Le maître est parti chercher des simples
Par là, au fond de cette montagne
Nuages épais: on ne sait plus où... »

① 这是中国诗歌的一个重要主题。寻访常常是一场精神体验的时机；隐士的缺席在某种意义上迫使寻访者在精神上与他相会。这四行包含了年轻弟子提供的消息（越来越模糊）的诗句，实际上标志着师父精神上升的四个阶段：第一句：一处住所；第二句：一条路径或道路；第三句：与自然深切交融；第四句：超尘脱俗。

贾岛

176 **宿村家亭子**

床头枕是溪中石，
井底泉通竹下池。
宿客未眠过夜半，
独听山雨到来时。[①]

NUIT PASSÉE DANS UN KIOSQUE DE MONTAGNE

Lit tête oreiller être / ruisseau dedans pierre
Puits fond source rejoindre / bambous dessous étang
Voyageur non endormi / dépasser minuit
Seul entendre pluie de montagne / parvenir moment

Son oreiller : une pierre ramassée dans le ruisseau
L'eau du puits rejoint l'étang sous les bambous
Voyageur de passage, sans sommeil, à minuit
Seul il entend l'arrivée de la pluie de montagne

① 这最后一句诗被列入禅宗传统中引证“觉悟”的诗句。一个事件、一个现象或者一个符号从外面来临，与倾听之人或期待之人的内心状态恰相吻合。在此，即将来临的雨，在孤独的旅人的感受中如同一个吉兆。雨自远方来，它滋补地上的水域，并以此重建天地间的循环运动。

柳宗元

江雪 NEIGE SUR LE FLEUVE 177

千山鸟飞绝， *Mille montagnes / vol d’oiseau s’arrêter*
万径人踪灭。 *Dix mille sentiers / traces d’hommes s’effacer*
孤舟蓑笠翁， *Barque solitaire / manteau de paille vieillard*
独钓寒江雪。 *Seul pêcher / froid fleuve neige*

Sur mille montagnes, aucun vol d’oiseau
Sur dix mille sentiers, nulle trace d’homme
Barque solitaire : sous son manteau de paille
Un vieillard pêche, du fleuve figé, la neige

李端

178 听筝 **Jeu de cithare**

鸣筝金粟柱，	*Résonner cithare / grains d'or chevilles*
素手玉房前。	*Blanche main / chambre de jade devant*
欲得周郎[①]顾，	*Désirer obtenir / Zhou-lang regard*
时时误拂弦。	*De temps à autre / manquer frôler cordes*

Devant la chambre de jade, sons de cithare :
Sa main caresse les chevilles aux grains d'or
Désirant attirer le regard de Zhou-lang
Par instants à dessein elle se trompe de cordes

① 周郎，暗指三国（3 世纪）时的年轻将领周瑜，周瑜以其仪表和智慧，以及在赤壁之战中打败曹操的战绩著称。他也是一位细腻的音乐家；尚在孩提时代，当他听人奏乐，乐师最细微的失误都会引起他的注意，遇到他不以为然的目光。

王建

新嫁娘　La nouvelle mariée 179

三日入厨下，　*Troisième jour / à la cuisine descendre*
洗手作羹汤。　*Se laver mains / préparer bouillon*
未谙姑食性，　*Non encore connaître / belle-mère goûts*
先遣小姑尝。　*D'abord inviter / belle-sœur goûter*

Au troisième jour, elle va à la cuisine
Se lave les mains et prépare le bouillon
Ignorant tout des goûts de sa belle-mère
Elle prie sa belle-sœur d'y goûter, d'abord

张祜

180 赠内人[①]

À UNE DAME DE LA COUR

禁门宫树月痕过，
媚眼唯看宿鹭窠。
斜拔玉钗灯影畔，
剔开红焰救飞蛾。

Interdite porte palais arbre / lune trace passer
Beaux yeux furtif regard / dormantes aigrettes nid
Oblique arracher jade épingle / lampe ombre côté
Pincer écarter rouge flamme / sauver papillon de nuit

Palais interdit : la lune se glisse entre les branches
Son beau regard s'attarde sur un nid d'aigrettes
De son épingle de jade, elle pince la mèche
Pour sauver de la flamme un papillon de nuit

① "她"是一位宫中的夫人，对她而言，中选当然意味着荣幸，但往往更是意味着终身囚禁和被遗弃的痛苦。由于她们人数众多，能够荣升"宠妃"的非常稀少；她们中的大部分人都受到冷落且从未得到过情爱，因而过着寂寞的生活。这首诗中展现的夫人，竟至羡慕同巢共眠的鹭鸟的命运，救出飞蛾表达了她本人从金色牢笼中解脱的愿望。

杜牧

遣怀 | **Aveu** 181

落魄江湖载酒行，   *Âme noyée fleuve-lac / porter vin balader*
楚腰肠断掌中轻。[①]   *Taille de Chu entrailles brisées / paume milieu légère*
十年一觉扬州梦，   *Dix années un sommeil / Yang-zhou rêve*
赢得青楼薄幸名。[②]   *Obtenir pavillon vert / sans cœur renom*

Fleuves-lacs, flots de vin, et l’âme en perdition
Brisés d’amour, légers leurs corps entre mes mains
Ô sommeil de dix ans, ô rêve de Yang-zhou
Un nom gagné aux pavillons verts : l’homme sans cœur !

---

① 第一和第二句，在第三章论及意象时做了分析。见第 101 页。

② 人们一定会注意到诗人的怀念和清醒的语调。当我们想到在古代中国，文人的理想在于以值得称颂的文章或功德名垂千古，最后一句诗便具有了全部的讽刺意味。在第一句诗中，诗人让我们看到一重虽受挫折却不无成功可能的命运（让人想到屈原或杜甫，他们都曾经历放逐和流浪），在诗结尾处，他却只能自夸毕竟在青楼（歌伎院）留下了名字，一个没有心肠的男子的名字。

杜牧

182 寄扬州[1]韩绰判官 | Envoi au juge Han, à Yang-zhou

青山隐隐水迢迢，	*Bleus monts cachés-cachés / eau lontaine-lointaine*
秋尽江南草未凋。	*Automne finir fleuve sud / herbe non encore fanée*
二十四桥明月夜，	*Ville aux vingt-quatre ponts / claire lune nuit*
玉人[2]何处教吹箫。	*Être de jade quel lieu / apprendre souffler flûte*

Le bleu des monts, le vert des eaux s'estompent, lointains
Sud du fleuve, fin de l'automne : l'herbe n'est pas fanée
Ville aux vingt-quatre ponts, nuit inondée de lune :
Où est ton chant de flûte ? Près de quel être de jade ?

① 扬州，位于长江与京杭大运河交汇处，是一座多桥的水城。杜牧曾在这座城市度过快乐的岁月。见前一首诗。

② “玉人”=美丽女子。

杜牧

江南春

千里莺啼绿映红，
水村山郭酒旗[1]风。
南朝四百八十寺，
多少楼台烟雨[2]中。

PRINTEMPS AU SUD-DU-FLEUVE 183

Mille stades rossignol chanter / vert miroiter rouge
Eau villages montagne remparts / vin bannières vent
Dynasties du Sud quatre cent / quatre-vingts monastères
Combien pavillons-terrasses / brume-pluie milieu

Mille li à l'entour, chants de loriots
  vert pays parsemé de rouge
Hameaux bordés d'eau, remparts de montagne
  bannières de vin flottant au vent
Les quatre cent quatre-vingts monastères
  d'anciennes dynasties du Sud
Combien de pavillons combien de terrasses
  noyés de brume, de pluie...

① 酒旗，指的是用作酒商和酒店招牌的旗子。

② 烟雨，春天的气氛。这首诗展现了典型的江南风光，此处指南京一带，南京曾是南朝（5—6 世纪）的都城，当时佛教兴盛。

杜牧

184 赠别二首之一 | Poème d'adieu

多情却似总无情，
唯觉樽前笑不成。
蜡烛有心还惜别，
替人垂泪到天明。

Grande passion pourtant ressembler à / toujours indifférence
Seulement sentir coupe devant / sourire ne pas devenir
Bougie y avoir cœur / encore regretter séparation
À la place verser larmes / jusqu'à jour clair

Une grande passion ressemble à l'indifférence
Devant la coupe nul sourire ne vient aux lèvres
C'est la bougie qui brûle les affres des adieux :
Jusqu'au jour, pour nous, elle verse des larmes

杜牧

南陵道中 — Sur le fleuve Nan-ling 185

南陵水面漫悠悠，	*Nan-ling eau surface / s'écouler lointain-lointain*
风紧云轻欲变秋。	*Vent serré nuage léger / presque devenir automne*
正是客心孤迥处，	*Justement voyageur cœur / seul perdu moment*
谁家红袖凭江楼。	*De qui rouge manche / s'appuyer eau pavillon*

La barque flotte au gré des eaux de Nan-ling
Souffle le vent, glisse le nuage, voici l'automne
Au moment même où, éloigné, l'homme se retourne
En haut du pavillon, s'appuyant, une manche rouge...

杜牧

186 斑竹[①]筒簟 | **Oreiller en bambou tacheté**

血染斑斑成锦纹， *Sang teindre tacheté / devenir sillons fleuris*
千年遗恨至今存。 *Mille ans laisser regret / jusqu'à présent conserver*
分明知是湘妃泣， *Clairement savoir être / Déesse du Xiang pleurs*
何忍将身卧泪痕。 *Comment supporter s'étendre / entre traces de larmes*

Traînées de sang, veines fleuries
Larmes de la Déesse du Xiang
Douleur que mille ans point n'effacent :
Regret divin, sommeil des hommes

① 传说舜帝去世后，他的两位妃子在舜帝距洞庭湖不远的坟墓上哭泣。她们挥洒的眼泪在当地生长的竹子上留下斑痕，由此产生了斑竹。相传二妃投入湘江而亡，成为湘水女神。

杜牧

金谷园[1]

繁华事散逐香尘，
流水无情草自春。
日暮东风怨啼鸟，
落花犹似坠楼人[2]。

LE PARC DU VAL D'OR 187

Splendeurs se disperser / poursuivre poussière parfumée
Eau coulante sans sentiment / herbe en soi printanière
Jour tardif vent d'est / se plaindre oiseaux chanteurs
Fleurs tombées encore évoquer / tomber tour personne

Splendeurs d'antan dispersées en poussières parfumées
Rivière sans égards. Seule l'herbe fête encore ce printemps
Dans le vent, le jour décline : plaintes d'oiseaux chanteurs
Tombée des fleurs : la fille qui se jeta jadis de la tour

① 金谷园，这座花园别墅由晋代著名富豪石崇建造，他在园中过着极尽奢华的生活。

② 坠楼人，暗指绿珠，石崇美丽的侍妾，权贵孙秀觊觎绿珠的美貌，想霸占她并使她的主人罹难。绿珠宁愿坠楼而死。

杜牧

188 山行 VOYAGE EN MONTAGNE

远上寒山石径斜，	*Lointain monter froid mont / pierreux sentier oblique*
白云生处有人家。	*Blanc nuage naître endroit / y avoir humain logis*
停车坐爱枫林晚，	*Arrêter char s'asseoir aimer / forêt d'érables soir*
霜叶红于二月花。	*Givrées feuilles plus rouges / deuxième mois fleurs*

Sentier pierreux serpentant dans la montagne froide
Là où s'amassent de blancs nuages, une chaumière...
J'arrête le char et aspire la forêt d'érables au soir
Feuilles givrées : plus rouges que les fleurs du printemps

李商隐

乐游原[1] **Le plateau Le-you** 189

向晚意不适， *Vers soir / esprit mal à l'aise*
驱车登古原。 *Conduire carrosse / monter antique plateau*
夕阳无限好， *Soleil couchant / infiniment bon*
只是近黄昏。 *Seulement être / proche jaune-obscur*

Vers le soir, quand vient la mélancolie
En carrosse sur l'antique plateau
Rayons du couchant infiniment beaux
Trop brefs hélas, si proches de la nuit

① 乐游原，风景十分优美，位于唐代都城长安城外的一块高地上。

李商隐

190 天涯 À L'HORIZON

春日在天涯，	*Printemps jour / être à l'horizon*
天涯日又斜。	*À l'horizon / soleil déjà s'incliner*
莺①啼如有泪，	*Rossignol chanter / comme y avoir larmes*
为湿最高花。	*Ainsi mouiller / plus haute fleur*

Soleil de printemps à l'horizon
À l'horizon déjà il décline
Un rossignol crie : et ses pleurs
Humectent la plus haute fleur

① 莺，此处指一种候鸟，它的来临和歌声宣告春天结束。

李商隐

嫦娥[1]	CHANG-E 191
云母屏风烛影深，	*Mica paravent / chandelle ombre s'obscurcir*
长河渐落晓星沉。	*Long fleuve peu à peu tomber / étoile du matin sombrer*
嫦娥应悔偷灵药，	*Chang-e devoir regretter / voler drogue d'immortalité*
碧海青天夜夜心。[2]	*Émeraude mer azur ciel / nuit nuit cœur*

Lueurs obscurcies des chandelles
près du paravent de mica
S'incline la Voie lactée
sombrent les astres avant l'aube
Vol du nectar immortel
éternel regret de Chang-e ?
Ciel d'azur mer d'émeraude
nuit après nuit ce cœur qui brûle

① 嫦娥偷食了丈夫后羿从西王母那里求得的长生不老药，随后逃往月宫；她被判永世居住在那里。此处可能暗喻一位隐居的女子（宫女或女道士），诗人可能与她有受禁的爱情。

② 第四句在第一章论及由名词构成的诗句时做了分析。见第 52 页。

唐温如

192 题龙阳县青草湖[1]

LE LAC-AUX-HERBES-VERTES DANS LA PRÉFECTURE DE LONG-YANG

西风吹老洞庭波，
一夜湘君[2]白发多。
醉后不知天在水，
满船清梦压星河[3]。

Ouest vent souffler vieillir / Dong-ting onde
En une nuit fée du Xiang / cheveux blancs abonder
Ivre après ne plus savoir / ciel être dans eau
Pleine barque clairs rêves / presser sidéral fleuve

Le vent d'ouest creuse les rides de l'onde de Dong-ting
L'homme du Xiang en une nuit a les cheveux blanchis
Après le vin, on ne distingue plus l'eau du ciel :
La barque au rêve clair glisse sur le fleuve sidéral

---

① 湘江流经的青草湖，在北面与洞庭湖相连。

② 湘君，既可指一位男子，也可指“湘水女神”，即舜帝的两位妃子，丈夫去世后她们投入湘江并成为湘水之神。（见第 186 页杜牧的绝句。）

③ 星河，映现在水中的银河。

律诗

王勃	
咏风	LE VENT 195
肃肃凉景生，	*Su-su / fraîches ombres naître*
加我林壑清。	*Accroître en moi / bois-vallon pureté*
驱烟寻涧户，	*Chassant fumée / chercher torrent logis*
卷雾出山楹。	*Roulant brume / franchir montagne piliers*
去来固无迹，	*Aller-venir / toujours sans trace*
动息如有情。	*Se mouvoir-s'arrêter / comme y avoir sentiment*
日落山水静，	*Soleil couchant / mont-fleuve calme*
为君起松声。	*Pour vous / susciter pins bruissement*

Susurre le vent : ombres, fraîcheurs
Purifiant pour moi vallons et bois
Il fouille, près du torrent, la fumée d'un logis
Et porte la brume hors des piliers de montagne

Allant, venant, sans jamais laisser de traces
S'élève, s'apaise, comme mû par un désir
Face au couchant, fleuve et mont se calment :
Pour vous, il éveille le chant des pins

崔颢

196 黄鹤楼[①] **LE PAVILLON DE LA GRUE JAUNE**

昔人已乘黄鹤去， *Les Anciens déjà chevaucher / Jaune Grue partir*
此地空余黄鹤楼。 *Ce lieu en vain rester / Jaune Grue pavillon*
黄鹤一去不复返， *Jaune Grue une fois partie / ne plus revenir*
白云千载空悠悠。 *Blancs nuages mille années / planer lointain-lointain*
晴川历历汉阳树， *Ensoleillé fleuve, distinct-distinct / Han-yang arbres*
芳草萋萋鹦鹉洲。 *Parfumée herbe dense-dense / Perroquets île*
日暮乡关何处是， *Soleil couchant pays natal / quel lieu être*
烟波江上使人愁。 *Brumeux flots fleuve dessus / noyer homme triste*

Les Anciens sont partis, chevauchant la Grue Jaune
Ici demeure en vain l'antique pavillon
La Grue Jaune disparue jamais ne reviendra
Les nuages mille ans durant à l'infini s'étendent

Rivière ensoleillée, arbres verts de Han-yang
Herbe fraîche, foisonnante, île aux Perroquets
Où est-il, le pays, par-delà le couchant ?
Vagues noyées de brume, homme de mélancolie

---

① 在第二章论及律诗的形式时对这首诗做了分析。见第 79 页。

王维

终南别业	**MON REFUGE AU PIED DE ZHONG-NAN**	197
中岁颇好道，	*Milieu âge / bien aimer Voie*	
晚家南山陲。	*Tard habiter / mont du sud pied*	
兴来每独往，	*Désir venir / souvent seul aller*	
胜事空自知。	*Choses riches / vide en soi connaître*	
行到水穷处，	*Marcher atteindre / eau épuiser endroit*	
坐看云起时。①	*S'asseoir regarder / nuage monter moment*	
偶然值林叟，	*Par hasard / rencontrer forêt vieillard*	
谈笑无还期。	*Parler-rire / sans retour date*	

Au milieu de l' âge, épris de la Voie
Sous le Zhong-nan, j'ai choisi mon logis
Quand le désir me prend, seul je m'y rends
Seul aussi à connaître d'ineffables vues...

Marcher jusqu'au lieu où tarit la source
Et attendre, assis, que montent les nuages
Parfois, errant, je rencontre un ermite :
On parle, on rit, sans souci du retour

① 第五和第六句在第二章论及对仗时做了分析。见第 69 页。

王维

198 终南山① LE MONT ZHONG-NAN

太乙近天都，	*Suprême faîte / proche de céleste cité*
连山到海隅。	*Reliant monts / jusqu'à mer bordure*
白云回望合，	*Nuages blancs / se retourner contempler s'unir*
青霭入看无。	*Rayons verts / pénétrer chercher s'annuler*
分野中峰变，	*Divisant étoiles / milieu pic se changer*
阴阳众壑殊。	*Sombres-clairs / multiples ravins varier*
欲投人处宿，	*Vouloir descendre / hommes lieu demeurer*
隔水问樵夫。	*Par-dessus eau / s'adresser à bûcheron*

Faîte-suprême, proche de la Cité-céleste
De mont en mont s'étend jusqu'au bord de la mer
Contemplés, les nuages blancs se révèlent indivis
Pénétrés, les rayons verts soudain invisibles...

---

① 第一和第六句：其中包含了具有双重含义的词语。在第一句中，"太乙"既是道教神名（源于中国古代的"太一"信仰），也是终南山的别名；"天都"是一颗星的名称，同时也指唐朝的都城（诗人吟哺的终南山实际上在都城长安边上）。在第六句诗中，"阴阳"一词既指阴阳对子，也指山的阴（北）面和阳（南）面。

第三和第四句：在第一章论及人称代词的省略时做了分析。见第 40 页。

由于好几个词具有双重含义，以及某些诗句在句法上存在有意为之的暧昧，诗从头至尾混合着两种秩序：天上的秩序（太乙、天都、阴阳等）和人间的秩序（终南山、都城长安、山的阳面和阴面等）。读者可以感到诗作讲述的不仅是诗人在山中的一次单纯的散步，更是一位神灵对人间的造访，他从山顶走下，缓缓步入山谷，最终通过向樵夫问路找到了一处凡人的居所。

Entraînant les étoiles, tourne le pic central
Épousant le yin-yang, se déploient les vallées
Ah, descendre et chercher un gîte pour la nuit :
Par-dessus le ruisseau, parlons au bûcheron

王维

199 山居秋暝 | SOIR D'AUTOMNE EN MONTAGNE

空山新雨后，　*Vide montagne / nouvelle pluie après*
天气晚来秋。　*Ciel air / soir venir automne*
明月松间照，　*Claire lune / pins milieu briller*
清泉石上流。[①]　*Pure source / rochers dessus couler*
竹喧归浣女，　*Bambous bruire / retourner laver femmes*
莲动下渔舟。　*Lotus s'agiter / descendre pêcher barques*
随意春芳歇，　*Sans façon / printemps fragrance se poser*
王孙自可留。[②]　*Noble seigneur / en soi pouvoir rester*

Pluie nouvelle dans la montagne déserte
Air du soir empli de fraîcheur d'automne
Aux rayons de lune s'ouvrent les branches de pin
Une source limpide caresse de blancs rochers

Frôlant les lotus passent quelques barques de pêcheurs
Rires entre les bambous : c'est le retour des laveuses
Ici et là rôde encore le parfum du printemps
Que ne demeures-tu, toi aussi, noble ami ?

---

① 第三和第四句在第二章论及对仗时做了分析。见第 69 页。
② 第八句也可理解为：王孙懂得将春芳保存在自己身上。

王维

使至塞上①	EN MISSION À LA FRONTIÈRE 200
单车欲问边，	*Seul char / vouloir aborder frontière*
属国过居延②。	*Dépendant pays / dépasser Ju-yan*
征蓬③出汉塞，	*Errante herbe / sortir Han murailles*
归雁入胡天。	*Rentrantes oies / pénétrer barbare ciel*
大漠孤烟直，	*Vaste désert / solitaire fumée droite*
长河落日圆。④	*Long fleuve / sombrant soleil rond*
萧关逢候骑，	*Passe de Xiao / rencontrer patrouilles*
都护在燕然。	*Quartier général / se trouver Yan-ran*

Char solitaire sur les routes frontalières
Long-jour passé, voici les pays soumis
Herbe errante hors des murailles des Han
Oie sauvage égarée dans le ciel barbare

Vaste désert où s'élève, droite, une fumée
Long fleuve où se pose le disque du couchant
À la passe Désolée enfin une patrouille
Le quartier général ? Au mont Hirondelles !

---

① 王维在 737 年作为监察御史执行了出塞的使命。

② 居延，匈奴的地盘，为汉人所夺得。

③ 征蓬，隐喻用法，指漂泊的旅人。

④ 第五和第六句在第二章论及对仗时做了分析。见第 69 页。

王维

201 观猎 | En assistant à une chasse

风劲角弓鸣，	*Vent vigoureux / tendus arcs siffler*
将军猎渭城。	*Général d'armée / chasser Wei-cheng*
草枯鹰眼疾，	*Herbe fanée / aigles œil rapide*
雪尽马蹄轻。	*Neige fondue / chevaux pattes légères*
忽过新丰市，	*Soudain passer / nouvelle-abondance marché*
还归细柳营。	*Déjà regagner / fins saules casernes*
回看射雕处，	*Se retourner regarder / tirer vautours lieu*
千里暮云平。	*Mille stades / soir nuages s'étaler*

Vibrent les cordes des arcs dans le vent
Le général chasse l'entour de Wei-cheng
Herbes rares : œil des aigles plus perçant
Neige fondue : pattes de cheval plus lestes

Passant au galop le marché de l'Abondance
On regagne, joyeux, le camp de Saules Fins
À l'horizon où sont tombés les vautours
Sur mille li s'étendent les nuages du soir

王维

过香积寺　　EN PASSANT PAR LE TEMPLE DU PARFUM CONSERVÉ 202

不知香积寺，	*Ne pas connaître / Parfum conservé temple*
数里入云峰。	*Plusieurs stades / pénétrer nuage pic*
古木无人径，	*Antique bois / nul homme sente*
深山何处钟。①	*Profonde montagne / quel lieu cloche*
泉声咽危石，	*Source bruit / sangloter dressés rochers*
日色冷青松。②	*Soleil teinte / fraîchir verts pins*
薄暮空潭曲，	*Vers le soir / vide étang méandre*
安禅制毒龙。③	*Concentrer Chan / dompter venimeux dragon*

Qui connaît le temple du Parfum conservé ?
Un trajet de plusieurs li jusqu'au pic nuageux
Sentier à travers la forêt ancienne : nulle trace
Au cœur du mont, sons de cloche, venant d'où ?

Bruit de source : sanglots de rocs dressés
Teinte de soleil fraîchie entre les pins
Le soir, au creux de l'étang vide, dans la paix
Du Chan, quelqu'un dompte le dragon venimeux

---

① 第三和第四句：在第一章论及虚词的用法时做了分析。见第 54 页。

② 第五和第六句：以句法结构（一个动词连接两个名词）显示出一重暧昧：在第五句中，是泉还是石呜咽？同样，在第六句中，是日还是青松变冷？我们的意译希望保留这种交互关系（或者感应）的思想。

③ 第八句："禅"是佛教术语 dhyana（禅那）的汉语音译之略，它的意思是"静虑－凝神专注观境"；这也是一个中国佛教宗派的名称。毒龙代表有害的激情。

王维

203 酬张少府 | À MONSIEUR LE CONSEILLER ZHANG

晚年唯好静，	*Tard âge / seulement aimer quiétude*
万事不关心。	*Mille choses / ne pas préoccuper cœur*
自顾无长策，	*Se considérer / manquer longue ressource*
空知返旧林。	*En vain savoir / retourner ancienne forêt*
松风吹解带，	*Pins brise / souffler dénouer ceinture*
山月照弹琴。	*Mont lune / éclairer jouer cithare*
君问穷通理，	*Seigneur demander / tout saisir vérité*
渔歌入浦深。	*Pêcheur chant / pénétrer roseaux profonds*

Sur le tard, je n'aime que la quiétude
Loin de mon esprit la vanité des choses

Dénué de ressources, il me reste la joie
De hanter encore ma forêt ancienne

La brise des pins me dénoue la ceinture
La lune caresse les sons de ma cithare

Quelle est, demandez-vous, l'ultime vérité ?
– Chant de pêcheur, dans les roseaux, qui s'éloigne

孟浩然

题大禹寺义公禅房 | **Logis de Yi-gong dans le temple Da-yu** 204

义公习禅处，
结宇依空林。
户外一峰秀，
阶前众壑深。
夕阳连雨足，
空翠落庭荫。
看取莲花净，
方知不染心。

Yi-gong / pratiquer Chan endroit
Bâtir logis / côtoyer vide forêt
Porte dehors / unique pic gracieux
Perron devant / multiples ravins profonds
Soleil couchant / relier pluie pied
Vide émeraude / tomber cour ombrage
Regarder saisir / fleur de lotus pur
Alors savoir / ne pas entacher cœur

Le Maître Juste, pratiquant du Chan
À sa demeure sur un mont boisé
Volets ouverts : le haut pic s'élance
Au bas du seuil se creusent les ravins

À l'heure du couchant nimbé de pluie
L'ombre verte descend sur la cour
Épouser la pureté d'un lotus :
Son âme que nulle boue n'entache

孟浩然

205 过故人庄 | **Chez un vieil ami**

故人具鸡黍，	*Ancien ami / muni de poulets-millets*
邀我至田家。	*Inviter moi / aller à champêtre maison*
绿树村边合，	*Verts arbres / village bordure clôturer*
青山郭外斜。	*Bleu mont / remparts dehors s'incliner*
开轩面场圃，	*Ouvrir fenêtre / face à cour potager*
把酒话桑麻[1]。	*Tenir coupe / parler de mûriers-chanvres*
待到重阳日[2]，	*Attendre jusqu'à / Double-Neuf jour*
还来就菊花。	*Encore venir / profiter de chrysanthèmes*

Mon vieil ami m'invite dans sa campagne
Où sont disposés poulets et millets
Paravent d'arbres clôturant le village
Par-delà les remparts s'incline le mont Bleu

La table est mise devant la cour ouverte
Coupe à la main, on cause mûriers et chanvres
C'est entendu : à la fête du Double-Neuf
Je reviendrai pour jouir des chrysanthèmes

① "话桑麻"，是一个现成用语，指乡民之间友好而无忧无虑的交谈。

② 秋季的节日，指农历九月初九。根据传统，这一天人们要登高宴饮，赏菊插萸，以更好地感时应岁，与自然的蓬勃生机融为一体。

孟浩然

耶溪泛舟 En barque sur la rivière Ye 206

落景余清辉，	*Déclinante ombre / rester pure clarté*
轻桡弄溪渚。	*Légère rame / toucher rivière îlots*
澄明爱水物，	*Limpide claire / aimer eau créatures*
临泛何容与。	*En barque / combien aisé paisible*
白首垂钓翁，	*Blanche tête / tenir ligne pêcheur*
新妆浣纱女。	*Neuf habit / laver soie femme*
相看未相识，	*Se regarder / non encore se connaître*
脉脉不得语。	*Sentiment caché / ne pas pouvoir dire*

Le soleil déclinant envoie un reste de sa clarté
La rame de la barque frôle les îlots dans la rivière
Quelle merveille toutes choses portées par l'eau limpide
Et c'est pur délice que de se perdre parmi elles

Portant cheveux blancs, le vieux pêcheur à la ligne
En habit neuf, la jeune lavandière sur la rive
Leurs regards se croisent – il leur semble se connaître –
Dans le pudique silence que de paroles échangées !

李白

207 送友人 À UN AMI QUI PART

青山横北郭，	*Bleu mont / s'étaler nord rempart*
白水绕东城。	*Blanche eau / entourer est muraille*
此地一为别，	*Cet endroit / une fois être séparés*
孤蓬万里征。	*Orpheline herbe / dix mille stades voyager*
浮云游子意，	*Flottant nuage / errant homme humeur*
落日故人情。①	*Sombrant soleil / ancien ami sentiment*
挥手自兹去，	*Agiter mains / depuis cet instant aller*
萧萧班马鸣。	*Xiao-xiao / partants chevaux hennir*

Mont bleu côtoyant les remparts du nord
Eau claire entourant la muraille à l'est
En ce lieu nous allons nous séparer
Tu seras herbe, sur dix mille li, errante

Nuage flottant : humeur du vagabond
Soleil mourant : appel du vieil ami
Adieu que disent les mains. Ultime instant :
On n'entend que les chevaux qui hennissent

① 第五和第六句：在第一章论及省略表示比较的词时做了分析。见第 51 页。

李白

寻雍尊师隐居 CHERCHANT L'ERMITAGE DU MAÎTRE YONG 208

群峭碧摩天，	*Multiples pics / émeraude caresser ciel*
逍遥不记年。	*Insouciants / ne pas se rappeler année*
拨云寻古道，	*Écarter nuage / chercher antique voie*
倚树听流泉。	*Adosser arbre / écouter coulante source*
花暖青牛卧，	*Fleurs chaudes / noir buffle s'accroupir*
松高白鹤眠。	*Pins hauts / blanche grue s'endormir*
语来江色暮，	*Parole passer / fleuve couleur crépuscule*
独自下寒烟。	*Solitaire / descendre froide fumée*

Les hauts pics caressent le ciel de leur émeraude
Hors du monde, oublieux des ans qui passent

Écartant les nuages je cherche la sente ancienne
Adossé à un arbre j'écoute chanter la source

Près des fleurs un buffle accroupi se chauffe au soleil
Sur la cime des pins s'est endormie la blanche grue

Paroles dites : le fleuve en bas est crépusculaire
Tout seul je descendrai vers la froide fumée

杜甫

209 望岳[①]	EN CONTEMPLANT LE MONT
岱宗夫如何?[②]	*Dai-zong / alors comment est-ce*
齐鲁青未了。	*Qi-lu / verdure sans fin*
造化钟神秀,	*Création / concentrer divine grâce*
阴阳割昏晓。	*Yin-yang / découper crépuscule-aube*
荡胸生层云,	*Dilatée poitrine / naître étagés nuages*
决眦入归鸟。	*Tendus yeux / pénétrer rentrants oiseaux*
会当凌绝顶,	*Pour sûr / atteindre extrême sommet*
一览众山小。[③]	*Un regard / multiples monts s'amoindrir*

Voici le mont des monts
ah, comment le dire ?
Dominant Qi-lu, verdure
à perte de vue
La Création y concentre
sa grâce divine
L'ubac-adret départage
aube et crépuscule

---

① 泰山，居五岳（五大名山，传为众神所居）之首，将山东分为齐和鲁两部分。其另一名称岱宗，意思可以是群山之祖、五岳之宗。

② 第一句：诗人运用一种直接的和口语的语调，表达他终于面对这座名山时的激动。

③ 最后两句诗参照孟子的话，他说：“孔子登泰山而小天下。”（《尽心上》）这首诗写于 736 年，当时杜甫 24 岁。

Poitrine dilatée
　où naissent les nuages
Œil tendu où s'introduit
　l'oiseau de retour[①]
Que n'atteint-on un jour
　le dernier sommet
D'un regard tous les monts
　soudain amoindris !

① 第五和第六句：我们的翻译试图保留原诗句的暧昧：由于没有人称代词，人们不禁会询问，“荡胸”“决眦”者，是诗人还是人格化了的山？实际上，诗人寻求的恰恰是暗示登山者与山“融为一体”，并从内心体验山的视野。

杜甫

210 房兵曹胡马 CHEVAUX BARBARES DE L'OFFICIER FANG

胡马大宛名，	*Barbares chevaux / Da-yuan renom*
锋棱瘦骨成。	*Tranchants angles / maigres os former*
竹批双耳峻，	*Bambous taillés / deux oreilles abruptes*
风入四蹄轻。	*Vent pénétrer / quatre pattes légères*
所向无空阔，	*Où aller / ignorer vide espace*
真堪托死生。	*Vraiment mériter / confier mort-vie*
骁腾有如此，	*Superbe coursier / y avoir telle espèce*
万里可横行。	*Dix mille stades / pouvoir de travers courir*

Cheval de Ferghana, barbare :
Souple ossature aux angles tranchants
Oreilles dressées en bambous taillés
Pattes légères que soulève la brise...
Là où tu vas, rien ne t'arrête
Ma vie te confierais et ma mort !
Haut coursier. Notre rêve partagé
Sur mille li fendre l'espace ouvert

杜甫	
春望①	PRINTEMPS CAPTIF 211
国破山河在，②	*Pays briser / mont-fleuve demeurer*
城春草木深。	*Ville printemps / herbes-plantes foisonner*
感时花溅泪，	*Regretter temps / fleurs verser larmes*
恨别鸟惊心。③	*Maudire séparation / oiseaux effrayer cœur*
烽火连三月，	*Feu d'alarme / continuer trois mois*
家书抵万金。	*Famille lettre / valoir dix mille ors*
白头搔更短，	*Blancs cheveux / gratter plus rares*
浑欲不胜簪。④	*À tel point / ne plus supporter épingle*

Pays brisé
　fleuves et monts demeurent
Ville au printemps
　arbres et plantes foisonnent
Le mal présent
　arrache aux fleurs des larmes

---

① 杜甫于757年写下这首诗，当时是在安史之乱期间，他被叛军扣押在都城长安。

② 第一句：在第二章论及停顿时做了分析。见第99页。

③ 第三和第四句：由于极其简洁，可做两种解释。"通常的"解释可以是："因不幸的时世而心伤，我的泪水洒落在我所观看的花上；以及，因分离而痛苦，我的心惊悸不已，当我看见鸟儿自由飞翔。"但从字面上看，这两句诗也可表示，连鲜花都以落泪参与人间悲剧，鸟儿则为人所遭受的摧残而惊恐。这两句诗的丰富含义难以道尽。

④ 结束诗的发簪的意象（它暗示了对逝去的青春的怀念）具有反讽色彩，它与诗开头处茂盛的自然的意象形成对照。

Aux séparés
  l’oiseau libre blesse le cœur
Flammes de guerre
  sans trêve depuis trois mois
Mille onces d’or
  prix d’une lettre de famille
Rongés d’exil
  les cheveux blancs se font rares
Bientôt l’épingle
  ne les retiendra plus

杜甫

月夜[1]　　*Nuit de lune* 212

今夜鄜州月，　*Cette nuit / Fu-zhou lune*
闺中只独看。　*Gynécée milieu / seule à regarder*
遥怜小儿女，　*De loin chérir / jeunes fils-filles*
未解忆长安。[2]　*Ne pas savoir / se rappeler Chang-an*
香雾云鬟湿，　*Parfumée brume / nuage-chignon mouiller*
清辉玉臂寒。[3]　*Limpide clarté / jade-bras fraîchir*
何时倚虚幌，　*Quel moment / s'appuyer contre rideau*
双照泪痕干。　*À deux éclairer / larmes traces sécher*

Cette nuit, la lune sur Fu-zhou
Tu seras seule à la contempler
De loin, je pense à nos enfants
Trop jeunes pour se rappeler Longue paix
Chignon de nuage, au parfum de brume
Bras de jade à la pure clarté...
Quelle nuit, près du rideau, la lune
Séchera nos larmes enfin mêlées ?

---

① 被囚拘于长安的诗人，给夫人写下这首诗，她和孩子们在陕西北部叛军占领区之外的鄜州。

② 第四句：唐朝都城的名字“长安”的含义是“长久平安”。因此这句诗有双重含义：“孩子们由于太小，不记得他们曾生活过的长安”以及“孩子们由于在战争中长大，不知道什么是和平”。

③ 第五和第六句：在第三章论及隐喻的意象时做了分析。见第 96 页。

杜甫

213 闻官军收河南河北[①]

EN APPRENANT QUE L'ARMÉE IMPÉRIALE A REPRIS LE HE-NAN ET LE HE-BEI

剑外忽传收蓟北，[②]	*Épée dehors soudain rapporter / récupérer Ji-bei*
初闻涕泪满衣裳。	*Début entendre flots de larmes / inonder vêtement-habit*
却看妻子愁何在，	*Cependant regarder femme-enfants / tristesse où demeurer*
漫卷诗书喜欲狂。	*Au hasard enrouler poèmes-écrits / joie à rendre fou*
白日放歌须纵酒，	*Clair jour librement chanter / devoir sans frein boire*
青春作伴好还乡。	*Vert printemps se tenir compagnie / convenir retourner pays*
即从巴峡穿巫峡，	*Alors depuis Ba gorges / enfiler Wu gorges*
便下襄阳向洛阳。[③]	*Ensuite descendre Xiang-yang / vers Luo-yang*

De la porte de l'Épée viennent les nouvelles :
　Ji-bei est repris !
Les larmes aussitôt coulent à flots
　mouillant mes habits
Je regarde alors ma femme, mes enfants

① 763 年，杜甫在四川得知政府军收复了中原和北方的省份。始于八年前的安史之乱至此结束。

② 第一句：在第三章论及专有名词唤起的意象时做了分析。见第 99 页。

③ 第七和第八句：在第二章论及对仗时做了分析。见第 76 页。值得提醒的是，与律诗的规则（它要求最后一联诗不对仗）相反，这里的两句诗构成了对仗的一联，仿佛诗人寻求延续前面对仗的两联描写的这一欢欣状态。值得注意的还有两句诗之间的声韵对照：在第七句诗中，强化了迫压意念的“窄”音系列（ji，cong，xia，xia），与第八句诗中开口大的 -ang 韵母系列的对照——韵母 -ang 暗示了激昂、解放。

où est leur tristesse ?
Fébrile, j'enroule poèmes et écrits
la joie me rend fou !
Journée claire : que faire sinon chanter
et boire tout son soûl ?
Printemps vert : comme il sera bon
de rentrer au pays !
Partons : enfilant les gorges de Ba
puis celles de Wu
Nous descendrons le fleuve vers Xiang-yang
en route pour Luo-yang !

杜甫

214 前出塞之一 BALLADE DES FRONTIÈRES

挽弓当挽强，	*Tendre arc / devoir tendre fort*
用箭当用长。	*User flèche / devoir user longue*
射人先射马，	*Viser homme / d'abord viser cheval*
擒贼先擒王。①	*Saisir ennemi / d'abord saisir chef*
杀人亦有限，	*Tuer homme / aussi y avoir limite*
列国自有疆。	*Tous pays / chacun y avoir frontières*
苟能制侵陵，	*Seulement pouvoir / dominer envahissement*
岂在多杀伤。	*Comment résider / abondamment tuer-blesser*

Quand on tend son arc
faut le tendre fort !
Quand on prend sa flèche
faut la choisir longue !
Avant d'attaquer
visons le cheval
S'il faut des captifs
saisissons le chef
Dans la tuerie
il y a une limite

① 从语音的角度来看，值得注意的是，第一节（第一至第四句诗）在汉语中的“铿锵有力”的语感，要归功于相同的声母和韵母的交替出现。

À chaque pays
   ses propres frontières :
Pourvu qu'on repousse
   les envahisseurs !
À quoi bon alors
   massacrer sans fin ?

杜甫

215 **白帝**[①] **Bai-di**

白帝城中云出门，	*Bai-di ville dedans / nuages sortir porte*
白帝城下雨翻盆。	*Bai-di ville dessus / pluie renverser cuvette*
高江急峡雷霆斗，	*Haut fleuve rapides gorges / tonnerre-éclair se battre*
翠木苍藤日月昏。	*Verts arbres grises lianes / soleil-lune s'assombrir*
戎马不如归马逸，	*Guerroyants chevaux ne pas valoir / rentrants chevaux aisés*
千家今有百家存。	*Mille foyers encore y avoir / cent foyers subsister*
哀哀寡妇诛求尽，	*Affligée-affligée seule femme / impôts-corvées finir*
恸哭秋原何处村。	*Crier pleurer automne plaine / quel lieu village*

Dans Bai-di, les nuages franchissent les portiques
Sous Bai-di, la pluie tombe à faire crouler le ciel
Haut fleuve, gorge étroite : éclair et tonnerre se combattent
Arbres verts, sombres lianes : soleil et lune s'éclipsent
Chevaux de guerre plus inquiets que chevaux de paix
Sur mille foyers, il n'en reste qu'une centaine
Dépouillée jusqu'aux os, une femme crie sa peine
Dans quel village perdu, sur la plaine d'automne ?

① 白帝，地势很高的城市，俯瞰长江峡谷。

杜甫

客至[①]	À MON HÔTE 216
舍南舍北皆春水，	*Logis sud logis nord / partout printanière eau*
但见群鸥日日来。	*Toujours voir groupes mouettes / jour-jour venir*
花径不曾缘客扫，	*Fleurs sentier ne pas avoir / à cause de hôte balayer*
蓬门今始为君开。	*Broussailles porte à présent enfin / pour seigneur ouvrir*
盘飧市远无兼味，	*Assiette-plats marché loin / sans variée saveur*
樽酒家贫只旧醅[②]。	*Coupe-vin maison pauvre / seul ancien cru*
肯与邻翁相对饮，	*Consentir avec voisin vieux / face à face boire*
隔篱呼取尽余杯。	*Par-dessus haie appeler prendre / vider reste de verre*

Au sud au nord du logis : les eaux printanières
M’enchante tous les jours l’arrivée des mouettes
Le sentier fleuri n’a point été balayé
La porte de bois, pour vous, enfin, est ouverte

Loin du marché, la saveur des plats est pauvre
Dépourvu, je ne puis offrir que ce vin rude
Acceptez-vous d’en boire avec mon vieux voisin ?
Appelons-le, par la haie, pour en vider le reste !

---

① 这首和下一首诗可能写于 761 年前后，杜甫在四川成都刚刚建成了他的草堂。这是他一生中最幸福和宁静的时期。

② “旧醅”，暗指一种用古老而简陋的方法酿造的酒。

杜甫

217 **江村**　　**VILLAGE AU BORD DE L'EAU**

清江一曲抱村流，	*Claire rivière en méandres / entourer village couler*
长夏江村事事幽。	*Long été rivière village / chose-chose merveille*
自来自去双飞燕，	*De soi venir de soi aller / couple volantes hirondelles*
相亲相近水中鸥。	*Se chérir se serrer / eau milieu mouettes*
老妻画纸为棋局，	*Vieille épouse dessiner papier / en faire échiquier*
稚子敲针作钓钩。	*Jeune fils marteler aiguille / fabriquer pêcher-crochet*
多病所须唯药物，	*Souvent malade avoir besoin / seules médicinales plantes*
微躯此外更何求？	*Humble corps en dehors / encore quoi rechercher*

Eau claire entourant de ses bras le village
Longs jours d'été où tout n'est que poésie

Sans crainte vont et viennent les couples d'hirondelles
Dans l'étang, les unes contre les autres, les mouettes

Ma vieille épouse dessine un échiquier sur papier
Mon jeune fils fait d'une aiguille un hameçon

Souvent malade, je cherche les plantes qui guérissent
Est-il d'autre désir pour mon humble corps ?

杜甫

春夜喜雨① BONNE PLUIE, UNE NUIT DE PRINTEMPS 218

好雨知时节，	*Bonne pluie / savoir propice saison*
当春乃发生。	*Au printemps / alors favoriser vie*
随风潜入夜，	*Suivre vent / furtive pénétrer nuit*
润物细无声。	*Humecter choses / délicate sans bruit*
野径云俱黑，	*Sauvages sentiers / nuages tous noirs*
江船火独明。	*Fleuve bateau / fanal seul clair*
晓看红湿处，	*Aube regarder / rouge mouillé lieu*
花重锦官城。	*Fleurs alourdies / Brocart-mandarin-ville*

La bonne pluie tombe à la bonne saison
Amène le printemps, fait éclore la vie
Au gré du vent, se glissant dans la nuit
Silencieuse elle humecte toutes choses

Sentiers broussailleux noyés dans les nuages
Seul, sur le fleuve, le fanal d'une barque
L'aube éclaire le lieu rouge et trempé :
Fleurs alourdies sur Mandarin-en-pourpre !

---

① 杜甫在成都写下这首诗。当时他在一条小船上（行驶在通往城市的江面），那是个春夜，适逢一场喜雨来临。第二天，他惊喜地看到雨过天晴的场景：城市到处开遍湿漉漉的红花。在最后一句诗（正如我们在第三章中所分析的）中，诗人巧妙地用成都的另一个名字称呼它：锦官城，以暗示他自己——一位流亡文人——非常高兴能与这春天的节日联系在一起。见第 98 页。

杜甫

219 又呈吴郎[①]	SECOND ENVOI À WU-LANG
堂前扑枣任西邻，	*Chaumière devant secouer jujubier / laisser ouest voisine*
无食无儿一妇人。	*Sans nourriture sans enfant / une femme esseulée*
不为困穷宁有此，	*Si point de misère / pourquoi donc recourir à ceci*
只缘恐惧转须亲。	*À cause de honte / d'autant plus être bienveillant*
即防远客虽多事，	*Se méfier de hôte étranger / bien que superflu*
便插疏篱却甚真。	*Planter haie même clairsemée / néanmoins trop réel*
已诉征求贫到骨，	*Se plaindre corvées-impôts / dépouillée jusqu'aux os*
正思戎马泪盈巾。	*Penser ravages de guerre / larmes mouiller habit*

① 这首诗的意译从略，在第一章论及人称代词的省略时对其做了分析。见第 42 页。

杜甫

夜归 | RENTRANT NUITAMMENT À LA MAISON 220

夜半归来冲虎过，	*Nuit moitié rentrer venir / heurter tigre passer*
山黑家中已眠卧。	*Montagne noire maison dedans / déjà s'endormir*
傍见北斗向江低，	*À côté voir Grande Ourse / vers fleuve s'abaisser*
仰看明星当空大。	*En haut regarder clair astre / en plein ciel s'agrandir*
庭前把烛瞋两炬，	*Cour devant tenir bougie / gronder deux flammes*
峡口惊猿闻一个。	*Gorges bouche effrayer singe / entendre un cri*
白头老罢舞复歌，	*Blanche tête vieillir finir / danser encore chanter*
杖藜不睡谁能那[①]。	*Tenir canne ne pas dormir / qui pouvoir quoi*

Rentrant à minuit, j'ai échappé aux tigres...
Sous le mont noir, à la maison, tous dorment
La Grande Ourse, au loin, s'incline vers le fleuve
Là-haut, l'Étoile d'or, en plein ciel, s'agrandit

Tremble dans la cour, cette bougie à deux flammes
Je sursaute au cri du singe venu des gorges
Tête blanche, encore en vie, je chante, je danse
Sur ma canne, sans sommeil. Et puis, quoi ?

---

① 结束诗的短语“谁能那”是一种口语表达式，具有一种洒脱的挑战色彩。诗人有意运用它，以表达逃脱可怕的死亡后难以抑制的、近乎“孩子气”的欢乐。

杜甫

221 佐还山后寄三首之一①

Poème envoyé à Zuo après son retour à la montagne

白露黄粱熟，	*Blanche rosée / jaunes millets mûrs*
分张素有期。	*Diviser partager / jadis y avoir promesse*
已应舂得细，	*Déjà devoir / moudre obtenir fins*
颇觉寄来迟。	*Passablement sentir / envoyer venir tard*
味岂同金菊，	*Saveur comment / égaler or chrysanthèmes*
香宜配绿葵。	*Arômes néanmoins / assortir vertes mauves*
老人他日爱，	*Vieil homme / autrefois préférer*
正想滑流匙。	*Justement y penser / glisser eau de bouche*

Sous la rosée blanche, les millets sont mûrs
L'ancienne promesse fut de les partager
D'ores et déjà fauchés et moulus fin
Pourquoi tarde-t-on à me les envoyer

Si leur goût ne vaut pas les chrysanthèmes d'or
Leur parfum s'accorde avec le bouillon de mauves
Nourriture qu'aimait jadis le vieil homme
Tiens, à y penser, l'eau me monte à la bouche !

---

① 这首诗是诗人写给他的一个侄子的，后者曾答应寄给诗人一些黄粱。杜甫一生中不同时期都遭受过挨饿的痛苦——他的一个儿子是饿死的。逃难期间，为了活命，他曾以野果或遗落在田里的种子充饥。在生命的最后岁月，尤其是在四川，杜甫写下许多诗句，歌唱“地上的粮食”：带泥的藕、冰凉爽口的瓜、鲜美的江鱼，等等。

杜甫

咏怀古迹[1]	**Évocation du passé** 222
群山万壑赴荆门，	*Multiples monts dix mille-ravins / parvenir à Jing-men*
生长明妃尚有村。	*Naître grandir Dame Lumineuse / encore y avoir village*
一去紫台连朔漠，	*Une fois quitter Terrasse Pourpre / à même désert blanc*
独留青冢向黄昏。[2]	*Seulement rester Tombeau Vert / face à crépuscule jaune*
画图省识春风面，	*Tableau peint de près reconnaître / brise printanière visage*
环佩空归月夜魂。	*Amulettes de jade en vain retourner / nuit lunaire âme*
千载琵琶作胡语，	*Mille années pi-pa / émettre barbares accents*
分明怨恨曲中论。	*Clair-distinct grief-regret / chant milieu résonner*

① 这首诗的意译从略，在第二章论及律诗的形式时对其做了分析。见第 77 页。

② 第三和第四句：在第一章论及虚词代替动词的用法时做了分析。见第 54 页。

杜甫

223 江汉[1] **JIANG ET HAN**

江汉思归客， *Jiang-Han / penser retour voyageur*
乾坤一腐儒。 *Qian-Kun / un démuni lettré*
片云天共远， *Mince nuage / ciel en partage lointain*
永夜月同孤。[2] *Longue nuit / lune ensemble solitaire*
落日心犹壮， *Sombrant soleil / cœur encore vigoureux*
秋风病欲苏。 *Automne vent / maladie presque guérie*
古来存老马， *Ancien temps / conserver vieux cheval*
不必取长途。[3] *Pas nécessaire / mériter longue route*

Sur le Jiang et la Han, l'exilé rêve du retour
– Un lettré démuni perdu au cœur de l'univers

Frêle nuage : toujours plus loin, en compagnie du ciel
Longue nuit : toujours plus seul aux côtés de la lune

Face au soleil couchant, un cœur qui brûle encore
Dans le vent automnal, d'anciens maux presque guéris

Au temps jadis, on ne tuait pas le vieux cheval :
Il avait d'autres dons que de parcourir les routes !

---

① 江，长江；汉，长江的一条支流。
② 第三和第四句：在第一章论及虚词的用法时做了分析。见第 54 页。
③ 第七和第八句：尽管诗人年迈体弱，他仍怀着有所作为的心愿。

杜甫

旅夜书怀①	Pensée d'une nuit en voyage	224
细草微风岸，	*Menues herbes / légère brise rive*	
危樯独夜舟。	*Vacillant mât / solitaire nuit barque*	
星垂平野阔，	*Étoiles suspendre / plate plaine s'élargir*	
月涌大江流。②	*Lune jaillir / grand fleuve s'écouler*	
名岂文章著，	*Renom comment / œuvres écrites s'imposer*	
官应老病休。③	*Mandarin devoir / vieux malade se retirer*	
飘飘何所似，	*Flottant-flottant / à quoi ressembler*	
天地一沙鸥。	*Ciel-terre / une mouette de sable*	

Rive aux herbes menues. Brise légère

Barque au mât vacillant, seule dans la nuit

S'ouvre la plaine aux étoiles qui descendent

Surgit la lune, soulevant les flots du fleuve

---

① 这首诗写于诗人晚年（也许在 767 年），当时他在长江上游乘船旅行；他从夔州离开四川，准备下江陵。在这次旅行的尽头，杜甫孤独地死在船上。

② 第三和第四句：在第一章论及介词的省略时做了分析；星月的意象当然代表了宇宙光彩夺目的现象，但也象征了人类精神之显现；因为在中国，不朽之作被喻为日、月、星。见第 47 页。

③ 尽管杜甫在第五和第六句中表达了疑惑和苦涩，他对诗歌的力量仍怀有信心。在另一首诗中，他强烈地表示：

但觉高歌有鬼神，
焉知饿死填沟壑！

L'homme laisse-t-il un nom par ses seuls écrits ?
Vieux et malade, que le mandarin s'efface !
Errant, errant, à quoi puis-je ressembler
– Une mouette des sables entre terre et ciel

韦应物

燕居即事	VIE RECLUSE 225
萧条竹林院，	*Humble cour / entourer droits bambous*
风雨丛兰折。	*Vent-pluie / casser orchidées tiges*
幽鸟林上啼，	*Ombrage profond / entendre chantant oiseau*
青苔人迹绝。	*Mousse verte / nulle humaine trace*
燕居日已永，	*Hirondelle séjour / blanche journée durable*
夏木纷成结。	*Été arbres / suspendre mûrs fruits*
几阁积群书，	*Table dessus / s'empiler précieux livres*
时来北窗阅。	*Clair volet / parfois feuilleter lire*

Une humble cour entourée de bambous dépouillés
Les orchidées aux tiges cassées après le vent-pluie
Au profond des feuillages chantent les oiseaux
Sur les mousses vertes nulle trace humaine

Au pavillon Hirondelles durable est le jour
Les arbres sont lourds de fruits en été
Sur ma table s'accumulent des livres rares
Je m'y plonge à l'heure claire près d'une croisée

白居易

226 赋得古原草送别 | Herbes sur la plaine antique

离离原上草，	*Tendres-tendres / plaine dessus herbes*
一岁一枯荣。	*Chaque année / une fois se faner prospérer*
野火烧不尽，	*Sauvage feu / brûler ne pas exterminer*
春风吹又生。	*Printanier vent / souffler à nouveau naître*
远芳侵古道，	*Lointaine fragrance / envahir antique voie*
晴翠接荒城。	*Claire émeraude / toucher déserte muraille*
又送王孙去，	*Encore accompagner / seigneur en partance*
萋萋满别情。	*Touffues-touffues / emplies de séparation sentiment*

Herbes tendres à travers toute la plaine
Chaque année se fanent puis prospèrent
Le feu sauvage n’en vient point à bout
Au moindre souffle printanier elles renaissent

Leurs teintes illuminent les ruines anciennes
L’antique voie se parfume de leur senteur
Agitées, et frémissantes de nostalgie
Elles disent adieu au seigneur qui s’en va

李商隐

无题[①]	SANS TITRE 227
相见时难别亦难，	*Se voir moment difficile / se séparer tout aussi*
东风无力百花残。	*Vent d'est sans force / cent fleurs se faner*
春蚕到死丝方尽，	*Vers à soie atteindre mort / soies alors cesser*
蜡炬成灰泪始干。	*Flamme de bougie devenir cendre / larme alors sécher*
晓镜但愁云鬓改，	*Matin miroir seulement s'attrister / nuage tempes changer*
夜吟应觉月光寒。	*Nuit psalmodie devoir ressentir / lune clarté froidir*
蓬山此去无多路，	*Mont Peng d'ici aller / sans longue route*
青鸟殷勤为探看。	*Oiseau Vert sans relâche / pour explorer-veiller*

Les rencontres – difficiles
  les adieux – plus encore
Le vent d'est a faibli
  les cent fleurs se fanent
Le ver à soie, tant qu'il vit
  déroulera sans cesse son fil
La bougie ne tarira ses pleurs
  que brûlée et réduite en cendres
Miroir du matin où pâlit
  le nuage des cheveux
Chant de la nuit : écho glacé

① 在第三章论及意象时对这首诗做了分析，见第 111 页。

dans la fraîcheur lunaire
D'ici jusqu'aux îles immortelles
la route n'est plus longue
Persévérant Oiseau Vert
veille sur notre voyage !

李商隐

无题	SANS TITRE 228
凤尾香罗薄几重，	*Phénix queue parfumée soie / mince combien couches*
碧文圆顶夜深缝。①	*Émeraude rayures rond dais / nuit tardive coudre*
扇裁月魄羞难掩，	*Éventail tailler lune âme / honte difficile à cacher*
车走雷声语未通。	*Carrosse rouler tonnerre bruit / parole impossible à passer*
曾是寂寥金烬暗，	*Depuis lors silencieux solitaire / flamme d'or s'assombrir*
断无消息石榴红。	*Entre-temps sans nouvelles / fruit de grenadier rougir*
斑骓只系垂杨柳，	*Cheval pie seul s'attacher / penchés saules pleureurs*
何处西南任好风。②	*Quel lieu ouest-sud / se donner bon vent*

Queue de phénix, soie parfumée en maintes couches fines
Rayures d'émeraude, dais rond cousu dans la nuit

L'éventail à l'âme lunaire cache à peine la honte
Le carrosse au fracas de tonnerre étouffe les mots

① 第一和第二句：描写婚床上用的圆顶纱帐。整首诗可能涉及对一位孤独的心爱女子的思念。

② 第六至第八句：某些意象有着浓厚的性爱内涵："石榴红"，除了它所暗示的绽裂的欲望的意念，还可以指婚宴上饮用的红石榴酒；"垂杨柳"象征女子袅娜的身体。再有，"折柳"意味着看望一位歌伎。"西南风"：性爱的欲望。参见曹植（192—232）的诗句：

愿为西南风，长逝入君怀。

Longue veillée où s'assombrissent les bougies d'or
Nouvelles interrompues : éclat rouge des grenades

Aux saules pleureurs est attaché le cheval pie :
Brise du sud, en quel lieu, se donnant libre cours ?

李商隐

马嵬[①] **Ma-wei** 229

海外徒闻更九州， *Outre-mer apprendre en vain / Neuf Contrées changer*
他生未卜此生休。 *L'autre vie non prédite / cette vie achevée*
空闻虎旅传宵柝， *Pour rien entendre gardes-tigres / battre cloches de bois*
无复鸡人报晓筹。 *Plus jamais voir homme-coq / annoncer point du jour*
此日六军同驻马， *Aujourd'hui Six Armées / toutes arrêter chevaux*
当时七夕笑牵牛。 *L'autre nuit Double-Sept / rire de Bouvier Tisserande*
如何四纪为天子， *Pourquoi donc quatre décades / être fils du Ciel*
不及卢家有莫愁。 *Ne pas valoir seigneur Lu / posséder Sans Souci*

① 这首诗的意译从略，在第一章论及时间状语时对其做了分析。见第 49—51 页。

李商隐

230 锦瑟[①]	CITHARE ORNÉE DE BROCART
锦瑟无端五十弦，	*Cithare ornée pur hasard / avec cinquante cordes*
一弦一柱思华年。	*Chaque corde chaque chevalet / penser années fleuries*
庄生晓梦迷蝴蝶，	*Lettré Zhuang rêve matinal / s'égarer papillon*
望帝春心托杜鹃。	*Empereur Wang cœur printanier / se confier tourterelle*
沧海月明珠有泪，	*Mer vaste lune claire / perle avoir larme*
蓝田日暖玉生烟。	*Champ Bleu soleil chaud / jade naître fumées*
此情可待成追忆，	*Cette passion pouvoir durer / devenir poursuite-mémoire*
只是当时已惘然。	*Seulement instant même / déjà dé-possédé*

① 这首诗的意译从略，在第一章和第三章论及意象时对其做了分析。见第 43 页和第 92—93 页。

将这首诗与热拉尔·德·奈瓦尔的诗《不幸者》(El Desdichado) 做平行阅读饶有趣味。

常建

破山寺后禅院	Au monastère de Po-shan 231
清晨入古寺，	*Clair matin / pénétrer antique temple*
初日照高林。	*Début soleil / éclairer hauts arbres*
曲径通幽处，	*Sinueux sentiers / accéder secret lieu*
禅房花木深。	*Chan chambre / fleurs-plantes profondes*
山光悦鸟性，	*Montagne lumière / s'enchanter oiseau nature*
潭影空人心。①	*Étang ombre / se vider homme cœur*
万籁此俱寂，	*Dix mille bruits / ici ensemble silencieux*
但余钟磬音。	*Seulement rester / cloche-pierre sons*

L'aube claire pénètre dans le temple ancien
Le soleil naissant dore la cime des arbres
Une sente sinueuse mène aux lieux reclus
Noyée de plantes, de fleurs, la chambre de Chan

Lumière du mont – s'enchanter – cris d'oiseaux
Ombre de l'étang – s'épurer – cœur de l'homme
Voici que se taisent dix mille bruissements
Seul résonne l'écho de cloche et de pierre

① 第五和第六句：在第一章论及介词的省略时做了分析。见第 46 页。

刘长卿

寻南溪常道士[①]	CHERCHANT LE MOINE TAOÏSTE CHANG, DE NAN- 232 QI
一路经行处，	*Le long du chemin / traverser maints endroits*
莓苔见屐痕。	*Lichen-mousse / percevoir sabots traces*
白云依静渚，	*Blanc nuage / côtoyer paisible îlot*
芳草闭闲门。	*Parfumée herbe / enfermer oisive porte*
过雨看松色，	*Passer pluie / regarder pins couleur*
随山到水源。	*Suivre mont / atteindre eau source*
溪花与禅意，	*Ruisseau fleur / accorder Chan esprit*
相对亦忘言[②]。	*Face à face / déjà hors parole*

---

① 我们在“导论”中曾以第四句诗为例，说明形象化的字形，另外，在第一章论及人称代词的省略时对整首诗做了分析。见第 19 页和第 41 页。

② “忘言”一词，出自庄子。此诗之前，曾有其他“忘言”诗；最早的一首为陶渊明（365—427）的名诗《饮酒》：

结庐在人境，而无车马喧。
问君何能尔？心远地自偏。
采菊东篱下，悠然见南山。
山气日夕佳，飞鸟相与还。
此中有真意，欲辨已忘言。

值得注意的是，两首诗中的“忘言”均在诗尾才出现；这表明诗人一方面向望通过与自然交融而超越言语，一方面他又知道，这一超越只能通过语言获得。诗作的整个进程，正是诗人寻求借助符号达到与自然的交融。因此，两首诗不是“描述性的”，它们本身就是通过言语实现无言的体验。尚应特别指出的是，在此，陶渊明诗表现主体与客体交融的过程中，“悠然见南山”一句为关键性的转机。由于动词“见”在古代另有“见者现也”之义，全句因有两读可能而显示了巧妙的契合、交会：诗人悠然抬头见到南山时，南山正悠然自雾中出现而进入诗人眼帘。这里，主“观”之见化入客“观”之现，使“忘言”之境成为可能。

Le long du chemin, en maints lieux traversés :
Trace de sabots sur le tapis de mousse…

De blancs nuages entourent l'îlot paisible
Derrière les herbes folles, une porte oisive

Contempler, après la pluie, la couleur des pins
Puis atteindre, au-delà du mont, la source

Une fleur dans l'eau éveille l'esprit du Chan
Face à face : déjà hors de la parole

张籍

233 夜到渔家	ARRIVANT LA NUIT DEVANT LE LOGIS D'UN PÊCHEUR
渔家在江口，	*Pêcheur logis / se trouver fleuve embouchure*
潮水入柴扉。	*Lac eau / pénétrer broussailles porte*
行客欲投宿，	*Voyageur de passage / vouloir passer nuit*
主人犹未归。	*Maître de maison / non encore rentrer*
竹深村路远，	*Bambous profonds / village chemin lointain*
月出钓船稀。	*Lune surgir / pêcher barques rares*
遥见寻沙岸，	*De loin voir / chercher sable berge*
春风动草衣。	*Printanier vent / agiter herbe habit*

À l'entrée du fleuve, un logis de pêcheur
L'eau du lac effleure la porte de bois
Le voyageur frappe pour la nuit, nulle réponse :
Le maître n'est pas encore de retour

Un sentier se perd au profond des bambous
Surgit la lune, éclairant peu de barques...
Soudain, sous son manteau de jonc mû par la brise
Là-bas, le pêcheur qui cherche la berge de sable

杜荀鹤

送人游吴	À UN AMI QUI PART POUR LE WU 234
君到姑苏[1]见,	*Seigneur parvenir à / Gu-su voir*
人家尽枕河。	*Hommes habitations / toutes border rivière*
古宫闲地少,	*Ancien palais / oisifs lieux rares*
水港小桥多。	*Eau port / petits ponts nombreux*
夜市卖菱藕,	*Nuit marché / vendre fruit racine de lotus*
春船载绮罗[2]。	*Printemps bateaux / transporter soies-satins*
遥知未眠月,	*De loin savoir / non dormir lune*
相思在渔歌。	*Mutuelle pensée / se trouver pêcheur chant*

Au sud du fleuve, dans la ville de Gu-su
Les maisons, toutes, sont bordées d'eau
Près de l'ancien palais, peu de lieux délaissés
Dans le quartier du port, que de ponts minuscules...

Au marché de nuit on vend fruits et racines de lotus
Les barques de printemps transportent soies et satins
Loin de toi, sous la même lune qui veille
Je te rejoindrai dans le chant d'un pêcheur

---

① 姑苏，现在的苏州，地处江南中心，气候温和，景色秀润多姿，习俗精致细腻。根据一句谚语，苏州和杭州（两座水城）是天堂在地上的影像：上有天堂，下有苏杭。

② 身穿绮罗的游客。

温庭筠

235 商山早行　　Départ à l'aube sur le mont Shang

晨起动征铎，	*Aube se lever / agiter expédition clochettes*
客行悲故乡。	*Voyageurs marcher / regretter pays natal*
鸡声茅店月，	*Coq chant / chaumes auberge lune*
人迹板桥霜。①	*Homme traces / planche pont givre*
槲叶落山路，	*Feuilles de hu / tomber montagne route*
枳花明驿墙。	*Fleurs de zhi / briller relais mur*
因思杜陵梦，	*À cause de penser / Du-ling rêve*
凫雁满回塘。②	*Oies sauvages / emplir méandres étang*

Départ avant l'aube : les clochettes qui tintent
Ravivent la nostalgie des voyageurs
Gîte de chaume sous la lune : chant d'un coq
Pont de bois couvert de givre : traces de pas

Tombent les feuilles sur la route de montagne
Quelques fleurs éclairent les murs du relais
Rêvant encore au pays de Du-ling
Les oies sauvages, près de l'étang, s'attardent

---

① 第三和第四句：在第一章论及动词的省略时做了分析。见第 53 页。

② 第七和第八句：这两句诗含有一重暧昧。从字面上看，让人感觉是凫雁梦见了杜陵，但我们能够理解，实际上是诗人由于清晨便要出发而从杜陵梦中醒来，并且留恋地望着池塘中迟迟不去的凫雁。杜陵是都城长安边上的一处著名景点，诗人曾在长安生活。

温庭筠

利州[1]南渡	EMBARCADÈRE DU SUD, À LI-ZHOU 236
澹然空水对斜晖，	*Mouvante étendue vacante eau / face à oblique lumière*
曲岛苍茫接翠微。	*En méandre îlots estompés / rejoindre verdure lointaine*
波上马嘶看棹去，	*Vagues dessus chevaux hennir / regarder rames s'éloigner*
柳边人歇待船归。	*Saules côté hommes rester / attendre barque revenir*
数丛沙草群鸥散，	*Quelques touffes sable-herbes / multiples mouettes se disperser*
万顷江田一鹭飞。	*Dix mille hectares fleuve-champs / unique aigrette s'envoler*
谁解乘舟寻范蠡[2]，	*Qui savoir conduire barque / rechercher Fan Li*
五湖[3]烟水独忘机。	*Cinq Lacs brume-eau / seul à oublier enjeu*

Mue par la brise une eau s'étale face au couchant
Éparpillant les îlots parmi les lointaines verdures
Là-bas sur l'onde, cris de chevaux ponctués de coups de rames
Ici sous les saules, attente insouciante du retour de la barque

Bancs de sable, touffes d'herbe, mille mouettes se dispersent
Champs et rizières à l'infini, une seule aigrette s'envole
Enfin partir ! Sur la trace du vieil errant, Fan Li
Se perdre dans l'oubli parmi les brumes des Cinq Lacs !

---

① 利州，在四川嘉陵江边上。

② 范蠡，春秋时期越国的相国，在帮助越王勾践报复吴国后，他辞去官职，在心爱的女子陪伴下，过上浪迹江湖的生活。

③ 五湖，在太湖地区。

古体诗

李白

月下独酌①	**Buvant seul sous la lune** 239
花间一壶酒，	*Fleurs milieu / un pichet vin*
独酌无相亲。	*Seul boire / ne pas avoir compagnie*
举杯邀明月，	*Lever coupe / inviter claire lune*
对影成三人。	*Face à ombre / former trois personnes*
月既不解饮，	*Lune puisque / ne pas savoir boire*
影徒随我身。	*Ombre en vain / suivre mon corps*
暂伴月将影，	*Un moment accompagner / lune et ombre*
行乐须及春。	*Prendre plaisir / devoir à même printemps*
我歌月徘徊，	*Moi chanter / lune aller-venir*
我舞影凌乱。	*Moi danser / ombre en désordre*
醒时同交欢，	*Réveil moment / ensemble partager joie*
醉后各分散。	*Ivresse après / chacun se séparer*
永结无情游，	*À jamais nouer / sans sentiment randonnée*
相期邈云汉。	*Se promettre / lointain nuage-fleuve*

Parmi les fleurs un pichet de vin

Seul à boire sans un compagnon

---

① 在第一章论及人称代词的省略时对这首诗做了分析。见第 43 页。
值得一提的是那则关于李白想要啜饮水中之月而溺水身亡的传说；让我们引用他的这首诗：

秋浦多白猿，超腾若飞雪。
牵引条上儿，饮弄水中月。

Levant ma coupe, je salue la lune :
Avec mon ombre, nous sommes trois
La lune pourtant ne sait point boire
C'est en vain que l'ombre me suit
Honorons cependant ombre et lune :
La joie ne dure qu'un printemps !
Je chante et la lune musarde
Je danse et mon ombre s'ébat
Éveillés, nous jouissons l'un de l'autre
Et ivres, chacun va son chemin...
Retrouvailles sur la Voie lactée :
À jamais, randonnée sans attaches !

李白

宣州谢朓①楼饯别校书叔云

Au pavillon de Xie Tiao : banquet d'adieu pour le réviseur Yun, mon oncle 240

弃我去者昨日之日不可留，
乱我心者今日之日多烦忧。
长风万里送秋雁，
对此可以酣高楼。
蓬莱文章建安②骨，
中间小谢又清发。
俱怀逸兴壮思飞，
欲上青天揽明月。
抽刀断水水更流，
举杯消愁愁更愁。
人生在世不称意，
明朝散发弄扁舟。

Ce qui me rejette / jour d'hier ne pas pouvoir retenir
Ce qui me trouble / jour d'hui nombreux tourments
Long vent dix mille stades / escorter automne oies
Face à ceci être capable / s'enivrer haut pavillon
Peng-lai textes composés / Jian-an os
Au milieu Petit Xie / de plus pureté éclore
Tous porter superbe esprit / forte pensée s'envoler
Vouloir gravir bleu ciel / remuer claire lune
Tirer épée rompre eau / eau plus encore couler
Lever coupe arroser chagrin / chagrin plus encore chagrin
Vie humaine au monde / ne pas être satisfaite
Demain éparpiller cheveux / manier petite barque

Le jour d'hier m'abandonne, jour que je ne puis retenir
Le jour d'hui me tourmente, jour trop chargé d'angoisses
Sur dix mille li, le vent escorte les oies sauvages
Face à l'ouvert, enivrons-nous dans le haut pavillon !
Comment oublier les nobles esprits, les génies de Jian-an
Et le poète Xie Tiao dont le pur chant hante ce lieu ?

---

① 谢朓楼，诗人谢朓（5 世纪）建造了这座楼，当时他在安徽宣州任太守。

② 建安时期（196—220）在汉代末期，是中国诗歌的一个兴盛时期。

Hommes libres, superbes, aux rêves sans limites :
Monter jusqu'au firmament, caresser soleil et lune !
Tirer l'épée, couper l'eau du fleuve : elle coule de plus belle
Remplir la coupe, y noyer les chagrins : ils remontent, plus vifs
Rien qui réponde à nos désirs en ce bas monde
À l'aube, cheveux au vent, en barque, nous voguerons !

李白

古风[①]二首之一	Air ancien	241
西上莲花山，	*Ouest gravir / mont du Lotus*	
迢迢见明星。	*Lointain-lointain / voir brillante étoile*	
素手把芙蓉，	*Blanche main / tenir fleur de lotus*	
虚步蹑太清。	*Aériens pas / fouler Grand Vide*	
霓裳曳广带，	*Robe arc-en-ciel / traîner larges rubans*	
飘拂升天行。	*Flottant frôlant / monter ciel marcher*	
邀我登云台，	*Inviter moi / gravir terrasse de nuage*	
高揖卫叔卿。	*Haut saluer / Wei Shu-qing*	
恍恍与之去，	*Vague-vague / en compagnie aller*	
驾鸿凌紫冥。	*Conduire oie / atteindre pourpre obscur*	
俯视洛阳川，	*Se pencher regarder / Luo-yang rivière*	
茫茫走胡兵。	*Vaste-vaste / marcher Barbares soldats*	
流血涂野草，	*Couler sang / barbouiller sauvages herbes*	
豺狼尽冠缨。[②]	*Chacals-loups / tous coiffes-glands*	

À l'Ouest, ascension du mont Sacré :

M'attire l'Étoile brillante, au loin

Une fleur de lotus dans sa main blanche

Aérienne, elle foule le Grand Vide

---

① 李白写过多首主题为在道家尊封的神山仙境中梦游的诗，其中最著名的是《梦游天姥吟留别》。

② 第十一至第十四句：诗人虽然逃离，却无法忘记遭受战争蹂躏、暴政肆虐的土地。

Sa robe arc-en-ciel aux larges ceintures
Flotte au vent frôlant les marches célestes
Elle m'invite, sur la terrasse des Nuées
À saluer l'immortel Wei Shu-qing
Éperdu, ravi, je la suis dans sa course
Sur le dos d'un cygne. Voici la Voûte pourpre
Regardant vers le bas : les eaux de Luo-yang
Troupes barbares aux files interminables
L'herbe sauvage, regorgeant de sang, fume encore :
Loups et chacals portent des coiffes d'hommes !

李白

长干[1]行	BALLADE DE CHANG-GAN 242
妾发初覆额，	*Moi cheveux / début couvrir front*
折花门前剧。	*Cueillir fleurs / porte devant jouer*
郎骑竹马来，	*Toi monter / bambou cheval venir*
绕床弄青梅。	*Autour lit / manier vertes prunes*
同居长干里，	*Ensemble habiter / Chang-gan-li*
两小无嫌猜。	*Deux petits / sans soupçon-secret*
十四为君妇，	*Quatorze ans / devenir seigneur femme*
羞颜未尝开。	*Timide face / ne jamais s'ouvrir*
低头向暗壁，	*Baisser tête / vers sombre mur*
千唤不一回。	*Mille appels / sans une réponse*
十五始展眉，	*Quinze ans / alors dégager sourcils*
愿同尘与灰。	*Vouloir partager / poussière et cendre*
常存抱柱[2]信，	*Toujours garder / serrer-pilier-serment*
岂上望夫台[3]。	*Qu'importe monter / guetter-mari-terrasse*
十六君远行，	*Seize ans / seigneur loin voyager*
瞿塘滟滪堆。	*Qu-tang / Yan-yu récifs*
五月不可触，	*Cinquième mois / ne pas devoir toucher*
猿声天上哀。	*Singes cris / ciel dessus désolés*
门前迟行迹，	*Porte devant / tardives marcher traces*
一一生绿苔。	*Une à une / naître vertes mousses*

① 长干，在江苏，离南京不远。

② 抱柱之信，传说中的人物尾生在桥下等待心爱的女子，女子没有来；他抱住一根桥柱，宁愿在上涨的水里淹死也不肯离去。

③ 望夫台，中国有几座山均以此命名，以纪念一位弃妇，她每天上山期盼丈夫归来。

苔深不能扫，	*Mousses profondes / ne pas pouvoir balayer*
落叶秋风早。	*Tombantes feuilles / automne vent tôt*
八月蝴蝶来，	*Huitième mois / papillons s'approcher*
双飞西园草。	*Par paire voler / ouest jardin herbes*
感此伤妾心，	*Regretter ceci / blesser moi cœur*
坐愁红颜老。	*Attendre s'attrister / rose visage vieillir*
早晚下三巴，	*Tôt-tard / descendre San-ba*
预将书报家。	*Par avance / lettre annoncer famille*
相迎不道远，	*Aller au-devant / sans route lointaine*
直到长风沙①。	*Droit atteindre / Chang-feng-sha*

Les mèches commençaient à m'ombrer le front
Devant la grande porte je cueillais des fleurs
Sur un cheval de bambou tu venais vers moi
Autour d'un lit de pierre on jouait aux prunes vertes
Habitant tous deux le village de Chang-gan
Tous deux, à l' âge tendre, innocents, candides...
À quatorze ans, je devenais ton épouse
Rougissante, timide, pas un seul sourire
Yeux baissés, je me cachais à l'ombre du mur

---

① 长风沙，在江边，离长干要走几天的路。

长江，从下游的江苏到上游的四川均可航行，沿江设有便利商旅经商的港口。唐诗的一个主题与这些商人的旅行和他们妻子的命运有关，她们往往长年累月留守空屋。（关于同一主题，见第 148 页李益的绝句《江南曲》。）

Cent fois tu m'appelais, je ne répondais pas !
À quinze ans, je me suis enfin déridée
Unie à toi comme poussières et cendres
Jurant fidélité, comme l'« Homme au Pilier »
Que m'importait de monter au « mont du Guet »
Quand j'eus seize ans, tu es parti très loin
Aux gorges Qu-tang où se dresse le Yan-yu
En mai, qui peut l'affronter sans périr ?
Les cris des singes déchirent le ciel !

Devant la maison, d'anciennes traces de pas
Une à une recouvertes de mousse épaisse
Si épaisse qu'on renonce à la balayer
Et ces feuilles tombées d'un automne précoce...
Huitième mois : les papillons d'or voltigent
Deux par deux dans l'herbe du jardin d'ouest
Le temps fuit : qui n'aurait le cœur serré
En voyant si vite se faner la beauté ?
Que vienne le jour où tu descendras San-ba
Par avance fais-nous parvenir la nouvelle !
Aller vers toi, y a-t-il distance qui compte ?
D'une traite j'irai aux Sables-du-long-vent !

李白

244 沐浴子 — LAVÉ ET PARFUMÉ

沐芳莫弹冠，	*Se laver fragrance / ne pas tapoter coiffe*
浴兰莫振衣。	*Se baigner orchidée / ne pas secouer habit*
处世忌太洁，	*Être dans le monde / éviter trop se nettoyer*
至人贵藏晖。	*Homme accompli / privilégier cacher lumière*
沧浪有钓叟[①]，	*Flots bleus / y avoir vieux pêcheur*
吾与尔同归。	*Moi et toi / en compagnie retourner*

Si tu te parfumes
    ne frotte pas ta coiffe
Et si tu te baignes
    ne secoue pas ta robe
Sache-le bien : le monde
    hait ce qui est pur
L'homme à l'esprit noble
    cachera son éclat
Au bord de la rivière
    est le vieux pêcheur :
« Toi, moi, à la source
    nous retournerons ! »

---

① 渔翁的形象常常代表超凡脱俗和返璞归真。此处暗喻屈原（战国时代的大诗人）与渔翁的相遇。在江边流浪的屈原向一位渔翁解释自己被放逐的原因：“举世皆浊，我独清；众人皆醉，我独醒……”渔翁离去时唱道：“沧浪之水清兮，可以濯吾缨；沧浪之水浊兮，可以濯吾足……”

杜甫

悲陈陶[①]	LAMENTATION SUR CHEN-TAO 245
孟冬十郡良家子，	*Dixième mois dix contrées / bon peuple fils*
血作陈陶泽中水。	*Sang devenir Chen-tao / marais dedans eau*
野旷天清无战声，	*Plaine vaste ciel clair / plus rien combat bruit*
四万义军同日死。	*Quarante mille volontaires / même jour mourir*
群胡归来血洗箭，	*Groupes Barbares revenir / sang laver flèches*
仍唱胡歌饮都市。	*Encore chanter Barbares chant / boire ville marché*
都人回面向北啼，	*Ville gens se tourner / vers nord pleurer*
日夜更望官军至。	*Jour-nuit toujours guetter / officielle armée arriver*

Le sang des jeunes venus des dix contrées
Emplit les froids marécages de Chen-tao
Longue plaine, ciel désert, les cris se sont tus :
Quarante mille volontaires péris en un jour

Les Tartares reviennent, flèches toutes saignantes
Ils boivent en hurlant sur la place du marché
Le peuple, vers le nord, les yeux brûlés de larmes
Jour et nuit, guette l'arrivée de l'armée

① 安史之乱期间，756 年陈陶一战，官军遭受惨败。

杜甫

246 梦李白[①]二首之一 En rêvant de Li Bo

死别已吞声，	*Mort séparer / déjà ravaler son*
生别常恻恻。	*Vie séparer / toujours désolé-désolé*
江南瘴疠地，	*Fleuve sud / miasme-peste lieu*
逐客无消息。	*Banni homme / ne pas avoir nouvelles*
故人入我梦，	*Ancien ami / pénétrer mien rêve*
明我长相忆。	*Comprendre moi / souvent me souvenir*
恐非平生魂，	*Craindre ne pas être / vraie vie âme*
路远不可测。	*Route lointaine / ne pas pouvoir mesurer*
魂来枫林青，	*Âme venir / érables forêt verte*
魂返关塞黑。	*Âme partir / passe-frontière noire*
君今在罗网，	*Seigneur à présent / être captif rets*
何以有羽翼?	*Comment donc / y avoir ailes*
落月满屋梁，	*Tombante lune / inonder maison poutres*
犹疑照颜色。[②]	*Encore soupçonner / éclairer visage teinte*
水深波浪阔，	*Eau profonde / flots-vagues immenses*
无使蛟龙得。	*Ne point laisser / dragons d'eau saisir*

---

① 我们知道杜甫与李白至少两度相遇，在此期间两位诗人结下深厚的友谊。757（或758）年，安史之乱期间，李白由于受到永王李璘案件牵涉而被判死罪，后流放夜郎——贵州的一个不洁的地区（流行“瘴疠”：恶性疟疾等传染病）。杜甫当时在四川，他为朋友的生命担忧。这首诗是杜甫为李白所写的十余首诗之一，在这些诗中，他除了表达对李白的友谊和欣赏，还表达了他的痛苦，眼看世人对天才恨之入骨，以及嫉妒的恶魔伺机陷害英才。

② 第十三和第十四句：杜甫从梦中醒来，仍看见月光下朋友的身影。

La mort me ravit un ami : je ravale mes sanglots 247
Si la vie m'en sépare, je le pleure sans cesse
Sud du fleuve : terre infestée de fièvres, de pestes
L'homme exilé n'envoie plus de nouvelles...

Tu es apparu dans mon rêve
Sachant combien je pense à toi !
L'âme est-elle vraiment vivante ?
Si longue la route, pleine de périls...

L'ombre surgit : sycomores verts
L'ombre repart : passes obscurcies
Oiseau pris dans un rets sans faille
Comment t'es-tu donc envolé ?

La lune errant entre les poutres
Éclaire encore une silhouette...
Sur le fleuve aux vagues puissantes
Prends bien garde aux monstres marins !

杜甫

248 彭衙行 **BALLADE DE PENG-YA**

忆昔避贼初， *Se rappeler / fuir Barbares début*
北走经险艰。 *Au nord marcher / traverser danger-obstacle*
夜深彭衙道， *Nuit profonde / Peng-ya route*
月照白水山。 *Lune brillante / Eau-pâle montagne*
尽室久徒步， *Entière famille / longtemps à pied*
逢人多厚颜。 *Rencontrer gens / souvent sans honte*
参差谷鸟吟， *Pêle-mêle / vallée oiseaux crier*
不见游子还。 *Ne pas voir / errants de retour*
痴女饥咬我， *Ignorante fille / de faim me mordre*
啼畏虎狼闻。 *Pleurer craindre / tigres loups entendre*
怀中掩其口， *Poitrine milieu / fermer sa bouche*
反侧声愈嗔。 *Se débattre / voix plus véhémente*
小儿强解事， *Jeune fils / se croire avoir raison*
故索苦李餐。 *Toujours réclamer / amères prunes se nourrir*
一旬半雷雨， *Dix jours / moitié tonnerre pluie*

À l'arrivée des Tartares, nous fuyions
Vers le nord, affrontant mille dangers
Nuit profonde sur la route de Peng-ya
La lune brillait sur les monts d'Eau pâle
Tous hagards, après une si longue marche
Oublieux de honte face aux gens rencontrés
Croassement des corbeaux au fond des ravins

Pas une âme allant en sens inverse...
De faim, ma plus jeune fille me mordait
Ses pleurs auraient pu éveiller tigres et loups
En vain l'étouffais-je contre ma poitrine
Se débattant, elle criait de plus belle !
Mon fils pourtant avait l'âge de raison
Il réclamait à croquer des prunes amères
Sur dix jours, cinq frappés d'orages

249 泥泞相牵攀。 *Boue-fange / mutuellement se tenir*
既无御雨备， *Déjà démunis / contre pluie outils*
径滑衣又寒。 *Sente glissante / habit encore glacial*
有时经契阔， *Parfois / traverser longue distance*
竟日数里间。 *Entiers jours / quelques stades limités*
野果充糇粮， *Sauvages fruits / en lieu de vivres*
卑枝成屋椽。 *Basses branches / en guise d'abris*
早行石上水， *Tôt marcher / rochers dessus eau*
暮宿天边烟。 *Tard dormir / ciel bordure fumée*
少留同家洼， *Brève halte / Tong-jia val*
欲出芦子关。 *Vouloir sortir / Lu-zi passe*
故人有孙宰， *Ancien ami / y avoir Sun Zai*
高义薄曾云。 *Haute bonté / frôler couches nuages*
延客已曛黑， *Accueillir visiteurs / déjà jour noirci*
张灯启重门。 *Accrocher lampes / ouvrir double porte*

Main dans la main, sans rien qui protège
Nous traînions nos pas dans la boue
Sentiers glissants, ténèbres glaciales
Souffrants, épuisés, nous parcourions
Moins de dix lieues en une journée
Fruits sauvages : nos seuls aliments
Branches basses : notre unique abri
Tôt le matin, heurtant les pierres sous l'eau
Tard le soir, cherchant une fumée à l'horizon

Après un arrêt au val des Logis
Nous allions affronter la passe des Roseaux
Fidèle entre tous, mon ami Sun Zai :
Sa haute bonté atteignait les nues
Au creux de la nuit il nous accueillit
On ralluma les lampes, on rouvrit les portes

暖汤濯我足，　*Chauffer eau / laver mes pieds*
剪纸招我魂。　*Couper papiers / rappeler mon âme*
从此出妻孥，　*Dès lors / sortir femme enfants*
相视涕阑干。　*Se regarder / larmes couler à flots*
众雏烂熳睡，　*Nombreux petits / profondément endormis*
唤起沾盘餐。　*Appeler se lever / ingurgiter assiette-mets*
誓将与夫子，　*Jurer vouloir / avec sage-lettré*
永结为弟昆。　*À jamais nouer / liens de frères*
遂空所坐堂，　*Alors vider / où s'asseoir salle*
安居奉我欢。　*En paix vivre / offrir moi joie*
谁肯艰难际，　*Qui consentir / obstacle-épreuve moment*
豁达露心肝。　*Sans réserves / révéler cœur-foie*
别来岁月周，　*Séparer depuis / année mois cycle*
胡羯仍构患。　*Barbares du Nord / toujours causer calamités*
何当有翅翎，　*Comment espérer / y avoir ailes-plumes*
飞去堕尔前。　*Voler partir / tomber toi devant*

On apporta de l'eau chaude pour les pieds
Et découpa des papiers pour les âmes errantes
Émue jusqu'aux larmes, la femme de Sun
Suivie de ses enfants venait vers nous
Je réveillai les miens, écrasés de sommeil
Nous mangeâmes, de bon cœur, le reste des plats
« En souvenir de cette nuit, nous dit Sun
Jurons d'être frères pour l'éternité »

On aménagea la salle où nous étions assis
Pour qu'à l'aise nous puissions y vivre
Qui eût pu, en ces temps de malheur
M'ouvrir ainsi, sans réserve, son cœur
Un an déjà : depuis notre séparation
Les Barbares ravagent toujours nos terres
Mon désir ? Avoir des ailes puissantes
M'envoler et m'abattre devant toi !

杜甫

251 朱凤①行 BALLADE DU PHÉNIX ROUGE

君不见潇湘之山衡山高，	*Ne voyez-vous pas Xiao-Xiang montagnes / mont Heng haut*
山巅朱凤声嗷嗷。	*Mont sommet phénix rouge / cris poignants-poignants*
侧身长顾求其群，	*Se tourner longuement scruter / en quête de semblables*
翅垂口噤心甚劳。	*Ailes rabattues bouche cousue / cœur en peine*
下愍百鸟在罗网，	*En bas avoir pitié cent oiseaux / être emprisonnés*
黄雀最小犹难逃。	*Moineaux plus petits / déjà improbable échappée*
愿分竹实及蝼蚁，	*Vouloir partager fruits rares / jusque avec fourmis*
尽使鸱枭相怒号。	*Entièrement laisser rapaces / de colère vociférer*

Regardez, dominant les monts du Xiang, le mont Heng !
Sur la cime, un phénix rouge aux cris déchirants
Longuement il scrute autour, cherchant ses semblables
Épuisé par la douleur, ailes rabattues, il se tait...
Tant de ses frères, en bas, sont pris dans les rets
Qui pourrait s'en libérer ? Pas même le petit moineau !
Son seul désir : partager ses fruits avec les humbles
Dût-il déchaîner la colère de tous les rapaces !

---

① 朱凤，传说中的神鸟，凤凰的意象常常萦绕着杜甫。在一首题为《凤凰台》的长诗中，杜甫将自己喻为这种鸟，此鸟以自己的血肉，安抚世间痛苦，其中有这样的诗句：

我能剖心出，饮啄慰孤愁。
心以当竹实，炯然无外求。
血以当醴泉，岂徒比清流。

杜甫

石壕吏[①]	Le recruteur de Shi-hao 252
暮投石壕村，	*Soir descendre / Shi hao village*
有吏夜捉人。	*Y avoir officier / nuitamment saisir gens*
老翁逾墙走，	*Vieil homme / escalader mur partir*
老妇出门看。	*Vieille femme / sortir porte regarder*
吏呼一何怒，	*Officier crier / une combien colère*
妇啼一何苦。	*Femme pleurer / une combien amertume*
听妇前致词，	*Écouter femme / avancer adresser parole*
三男邺城戍。	*Trois garçons / Ye-cheng défense*
一男附书至，	*Un garçon / joindre missive arriver*
二男新战死。	*Deux garçons / nouvellement combattre mourir*
存者且偷生，	*Vivant celui / en attendant voler vie*
死者长已矣。	*Mort celui / pour toujours ainsi*
室中更无人，	*Pièce dedans / de plus sans personne*
惟有乳下孙。	*Seulement y avoir / sein dessous petit-fils*
有孙母未去，	*Y avoir petit-fils / mère non encore partir*
出入无完裙。	*Sortir-entrer / sans entière jupe*
老妪力虽衰，	*Vieille femme / force bien que faible*
请从吏夜归。	*Prier suivre / officier nuitamment retourner*
急应河阳役，	*Vite répondre / He-yang corvée*
犹得备晨炊。	*Déjà pouvoir / préparer matin repas*
夜久语声绝，	*Nuit tardive / paroles sans cesser*
如闻泣幽咽。	*Comme entendre / pleurer secrets sanglots*
天明登前途，	*Jour poindre / monter future route*
独与老翁别。	*Seul avec / vieil homme se séparer*

① 在第二章，为了在与律诗的关系中阐明古体诗的形式，对这首诗做了分析。见第82页。

253 Je passe la nuit au village de Shi-hao
Un recruteur vient s'emparer des gens
Passant par le mur, le vieillard s'enfuit
Sa vieille épouse va ouvrir la porte
Cris de l'officier, combien coléreux
Pleurs de la femme, si pleins d'amertume
Elle parle enfin. Je prête l'oreille :
« Mes trois enfants sont partis pour Ye-cheng
L'un d'eux a fait parvenir une lettre
Ses frères viennent de mourir au combat
Le survivant tentera de survivre
Les morts hélas, jamais ne reviendront
Dans la maison il n'y a plus personne
À part le petit qu'on allaite encore
C'est pour lui que sa mère est restée
Pas une jupe entière pour se présenter...

Moi, je suis vieille, j'ai l'air faible
Je demande à vous suivre. Déjà
Aux corvées de He-yang, je pourrai
Préparer le repas du matin ! »
Au milieu de la nuit les bruits cessent
On entend comme un sanglot caché
Le jour point, je reprends ma route :
Au vieillard, seul, j'ai pu dire adieu

杜甫

观公孙大娘弟子舞剑器行①	DANSE À L'ÉPÉE EXÉCUTÉE PAR UNE DISCIPLE DE GONG-SUN LA GRANDE	254
昔有佳人公孙氏，	*Jadis y avoir beauté / Gong-sun clan*	
一舞剑器动四方。	*Dès que danser épée / émouvoir quatre orients*	
观者如山色沮丧，	*Spectateurs formant montagne / mine stupéfaite*	
天地为之久低昂。	*Ciel-terre en conséquence / longuement s'abaisser*	
燿如羿射九日落，	*Étincelante tel Archer Yi / tomber neuf soleils*	
矫如群帝骖龙翔。	*Superbe tels immortels / chevauchant dragons voler*	
来如雷霆收震怒，	*Venir tel éclair-tonnerre / amasser violent courroux*	
罢如江海凝清光。	*Cesser tel fleuve-mer / condenser pure clarté*	
绛唇珠袖两寂寞，	*Lèvre rouge manche perlée / toutes deux délaissées*	255
晚有弟子传芬芳。	*Tard posséder disciple / revivre fragrance*	
临颍美人在白帝，	*Lin-ying beauté / se trouver à Empereur-blanc*	
妙舞此曲神扬扬。	*À merveille danser musique / esprit tout exalté*	
与余问答既有以，	*Avec moi question-réponse / ainsi révéler origine*	
感时抚事增惋伤。	*Regretter temps rappeler événements / augmenter tristesses*	
先帝侍女八千人，	*Ex-empereur dames de cour / huit mille personnes*	
公孙剑器初第一。	*Gong-sun épée-danse / d'emblée place première*	

① 在这首诗的序里，诗人讲述了写诗的经过。767 年，杜甫在夔州观看了一场临颍李十二娘的“剑器”舞，并从她那里得知她是公孙大娘的女弟子，于是想起自己孩提时（717 年）曾获得观赏名舞伎公孙大娘表演的稀有良机。透过公孙氏的命运（与唐朝的命运相连），他重新认识自身的命运。诗的最后一个意象——老人独自在山里蹒跚而行——与前面描写的迅如闪电的舞蹈，形成具有反讽性的对照。

诗人在序中指出，大书法家张旭（675—750）受公孙大娘“剑器”舞的启发，领悟到书法艺术的奥秘；这既是为了显示同时代人对女舞蹈家的着迷，也为了暗示中国美学各门艺术互相呼应的重要思想。

五十年间似反掌，	*Cinquante années écoulées / comme retourner main*
风尘澒洞昏王室。	*Vent-poussière sans limites / enténébrer royale maison*
梨园弟子散如烟，	*Poiriers jardin disciples / se disperser comme fumée*
女乐余姿映寒日。	*Femme musicienne fanée beauté / refléter froid soleil*
金粟堆南木已拱，	*Millet d'Or tumulus sud / arbres déjà entourer*
瞿塘石城草萧瑟。	*Qu-tang pierre muraille / herbes xiao-se*
玳筵急管曲复终，	*Riche banquet presser instruments / chant à nouveau finir*
乐极哀来月东出。	*Joie extrémité tristesse surgir / lune à l'est sortir*
老夫不知其所往，	*Vieil homme ne pas savoir / vers où s'en aller*
足茧荒山转愁疾。	*Pieds cals déserte montagne / tourner chagrin vite*

Qui ne connaissait Gong-sun-la-Grande, beauté de jadis ?
L'épée en main, quand elle dansait, le monde était bouleversé
Les foules s'amassaient autour, pâles de stupeur
Ciel et terre s'abaissaient, en signe de révérence
Superbe : seigneurs célestes chevauchant dragons ailés
Éclatante : neuf soleils tombant sous le tir de Hou Yi
Un bond en avant : éclair-tonnerre chargé de courroux
Un brusque arrêt : océan serein en sa pure clarté

Sombrèrent dans l'oubli lèvres roses, manches brodées
Tard une disciple en fait revivre la fragrance
Venue de Lin-ying – à la cité d'Empereur Blanc
Elle danse à merveille au rythme d'un chant

Lorsqu'elle révèle les racines de son art
Resurgit en moi le regret des temps anciens
Huit mille dames dans la suite de l'Empereur Brillant
Gong-sun, par sa danse, s'affirma d'emblée première
Cinquante années s'envolèrent en un tour de main
Les guerres sans fin ravagèrent la maison royale
Dispersés les disciples du Jardin des Poiriers
Face au couchant l'ombre fanée d'une courtisane
Sur le mont aux Grains d'Or les arbres ont grandi
Ici aux gorges de Qu-tang, l'herbe frissonne au vent
Fête scintillante : la joyeuse musique prend fin
Au plaisir succède la douleur sous la lune
Le vieil homme, pieds durcis, ne sachant où aller
Promène son tourment dans la montagne déserte

钱起

256 雨中望海上，怀郁林观中道侣

CONTEMPLANT DU HAUT D'UN MONT LA MER SOUS LA PLUIE ET PENSANT AUX MOINES DU MONASTÈRE YU-LIN

山观海头雨，	*Montagne contempler / mer crête pluie*
悬沫动烟树。	*Suspendues écumes / ébranler fumées arbres*
只疑苍茫里，	*Seulement douter / immensité dedans*
郁岛欲飞去。	*Sombre île / au point de s'envoler*
大块怒天吴，	*Vaste cosmos / en colère céleste démon*
惊潮荡云路。	*Menaçante vague / pulvériser nuages route*
群真俨盈想，	*Hommes vrais / dignes remplir pensée*
一苇不可渡。	*Simple esquif / ne pas pouvoir traverser*
惆怅赤城期，	*Regretter / rouges murailles promesse*
愿假轻鸿驭。	*Vouloir emprunter / légère oie conduire*

Pluie sur la mer :
   Les écumes ébranlent les arbres embrumés
Au cœur du chaos
   Le sombre archipel est prêt à s'envoler...
Voies des nuages :
   Soudain démantelées par les vagues déchaînées
Pensées tendues :
   Vers le lointain des hommes véritables
Trop frêle, l'esquif :
   Comment donc réussir la traversée ?

Désir ardent

D’atteindre l’île aux Murailles pourpres

Oiseau géant

Comme j’épouse ton vol fulgurant !

孟郊

257 游子吟	CHANSON DU FILS QUI PART EN VOYAGE
慈母手中线，	*Aimante mère / main dedans fils*
游子身上衣。	*Errant fils / corps dessus habit*
临行密密缝，	*Proche départ / serré-serré coudre*
意恐迟迟归。	*Esprit craindre / tardif-tardif rentrer*
谁言寸草心，	*Qui dire / pouce herbe cœur*
报得三春晖[①]？	*Répondre à / trois printemps lumière*

Le fil entre les doigts de la mère qui coud
Sera habit sur le fils qui part en voyage
Plus proche est le départ plus serré est le point
Et plus serré encore un cœur qui craint l'absence
Comment croire que la couleur d'un brin d'herbe
Puisse compenser la chaude lumière du printemps ?

① 春晖 = 母爱。

白居易

卖炭翁	LE VIEUX CHARBONNIER 258
卖炭翁，	*Vendre charbon vieillard*
伐薪烧炭南山中。	*Couper bois brûler charbon / mont du Sud dedans*
满面尘灰烟火色，	*Plein visage poussières-cendres / fumée flamme couleur*
两鬓苍苍十指黑。	*Deux tempes grisonnantes-grisonnantes / dix doigts noirs*
卖炭得钱何所营，	*Vendre charbon obtenir argent / quel but viser*
身上衣裳口中食。	*Corps dessus vêtements / bouche dedans aliments*
可怜身上衣正单，	*Quelle pitié corps dessus / habit justement mince*
心忧炭贱愿天寒。	*Se soucier charbon sans valeur / souhaiter ciel froid*
夜来城外一尺雪，	*Nuit passée ville dessus / un pied neige*
晓驾炭车碾冰辙。	*Aube conduire charbon charrette / rouler glaciale ornière*
牛困人饥日已高，	*Bœuf fatigué homme affamé / soleil déjà haut*
市南门外泥中歇。	*Marché sud porte dehors / boue milieu se reposer*
翩翩两骑来是谁?	*Fringants-fringants deux cavaliers / venir être qui*
黄衣使者[1]白衫儿。	*Jaune habit messager / blanche chemise jeune*
手把文书口称敕，	*Main tenir écrit texte / bouche proclamer ordre*
回车叱牛牵向北。	*Retourner charrette huer bœuf / tirer vers nord*
一车炭重千余斤，	*Une charretée charbon poids / mille plus livres*
宫使驱将惜不得。	*Officiers chasser emporter / regretter sans obtenir*
半匹红纱一丈绫，[2]	*Moitié pièce rouge soie / dix pieds satin*
系向牛头充炭直。	*Attacher sur bœuf tête / pour charbon prix*

① 皇宫征用官。

② 不值一提的补贴，卖炭翁不知该派何用场。值得注意的还有闪亮的布料与卖炭翁被熏黑的面孔的对照。

259 Vieux charbonnier, au mont du Sud
Coupe du bois et puis le brûle...
Visage couleur de feu, de suie
Mains noircies, tempes grisonnantes
À quoi lui servirait le peu d'argent gagné
Un corps à couvrir, une bouche à nourrir
Quelle pitié ! si mince déjà son vêtement
Il souhaite un temps plus froid encore !
Cette nuit la neige enfin est tombée sur la ville
Dès l'aube, il pousse son chariot sur la route
À midi, le bœuf est las et l'homme affamé
Porte du sud : tous deux se reposent dans la boue
Qui sont ces cavaliers qui arrivent fringants ?
Un messager en jaune suivi d'un jeune en blanc
Un papier à la main : « Par ordre impérial ! »
Huant le bœuf, ils tournent le chariot vers le nord
Une charretée de charbon – plus de mille livres –
Prise par les gens du palais : à qui se plaindre ?
Une demi-pièce de gaze, dix pieds de soie légère
Attachés au bœuf : voilà le prix qu'ils te paient !

柳宗元

渔翁	LE VIEUX PÊCHEUR 260
渔翁夜傍西岩宿，	*Vieux pêcheur nuit côtoyer / ouest falaise dormir*
晓汲清湘燃楚竹。	*Aube puiser clair Xiang / brûler Chu bambou*
烟销日出不见人，	*Fumée se dissiper soleil sortir / ne pas voir homme*
欸乃一声山水绿。	*Ai-nai un son / montagne-eau verte*
回看天际下中流，	*Se retourner regarder ciel bord / descendre centre courant*
岩上无心云相逐。	*Falaise dessus sans souci / nuages se poursuivre*

Le vieux pêcheur passe la nuit sous les falaises de l'Ouest
À l'aube, brûlant des bambous, il chauffe l'eau du Xiang
Quand la fumée se dissipe, au soleil naissant, il disparaît
Seul l'écho de son chant éveille fleuve et mont d'émeraude
Soudain, au bord du ciel, on le voit descendre le courant
Au-dessus des falaises, insouciants, voguent sans fin les nuages

李贺

261 秋来　　VOICI L'AUTOMNE

桐风惊心壮士苦，
衰灯络纬[1]啼寒素。
谁看青简[2]一编书，
不遣花虫粉空蠹。
思牵今夜肠应直，
雨吟香魂吊书客。
秋坟鬼唱鲍家诗[3]，
恨血千年土中碧！

Platane vent effrayer cœur / homme brave s'affliger
Affaiblie lampe bruit de rouet / pleurer glacée soie
Qui lire verts bambous / ensemble reliés livre
Ne pas laisser vers rongeurs / poudrer vides trous
Pensées nouées cette nuit / entrailles devoir se tendre
Pluie psalmodier parfumée âme / consoler écrire homme
Tombe d'automne fantôme chanter / Bao Zhao poèmes
Rancœur sang mille ans / terre milieu jade

Vent de platanes : tressaille le cœur. L'homme mûr est affligé
Sous la pâleur d'une lampe les rouets chantent leur soie transie
Qui pourrait lire ce livre en bambous verts sans laisser
Les vers semer leurs poudres au travers des pages ?
Cette nuit, rongées de tourments, se dresseront mes entrailles
Une âme embaumée, sous la pluie, viendra consoler le poète
Sur la tombe d'automne les fantômes chantent les vers de Bao
Son sang de colère, mille ans après, sera jade sous la terre !

---

① 络纬，一种昆虫的隐喻名称，亦称纺织娘。
② 在 2 世纪蔡伦改进造纸术之前，书籍由编联成册的竹片（书写材料）制成。
③ 鲍照，5 世纪的诗人，他曾写下一首题为《代蒿里行》的诗，下面是其中的节选：

同尽无贵贱，殊愿有穷伸。
驰波催永夜，零露逼短晨。

李贺

公无出门	« Ne sortez pas, seigneur ! » 262
天迷迷，	*Ciel caché-caché*
地密密。	*Terre serrée-serrée*
熊虺①食人魂，	*Serpent à neuf têtes / manger homme âme*
雪霜断人骨。	*Neiges-givres / rompre hommes os*
嗾犬狺狺相索索，	*Lâcher chiens yan-yan / venir chercher chercher*
舐掌偏宜佩兰客②。	*Lécher pattes surtout priser / portant orchidée homme*
帝遣乘轩灾自息，	*Dieu envoyer monter char / fléau tout seul cesser*
玉星点剑黄金轭。	*Jade étoiles orner épée / jaune or joug*
我虽跨马不得还，	*Moi bien que à cheval / ne pas pouvoir revenir*
历阳③湖波大如山。	*Li-yang lac vagues / grosses comme montagnes*
毒虬相视振金环，	*Venimeux dragons aux aguets / secouer anneau d'or*
狻猊猰貐吐馋涎。	*Lions griffons fabuleux / cracher mâchoire bave*
鲍焦④一世披草眠，	*Bao Jiao entière vie / endosser herbes dormir*
颜回⑤廿九鬓毛斑。	*Yan Hui vingt-neuf / tempes poils blancs*
颜回非血衰，	*Yan Hui / non pas sang corrompre*
鲍焦不违天。	*Bao Jiao / ne point offenser ciel*
天畏遭衔啮，	*Ciel avoir peur / subir mordre ronger*
所以致之然。	*Ce pourquoi / en être ainsi*
分明犹惧公不信，	*En clair toujours craindre / seigneur ne pas croire*
公看呵壁书问天⑥。	*Seigneur voir gronder mur / écrire Questionner Ciel*

① 熊虺，九头蛇，参见《楚辞·招魂》。

② 佩兰客（= 君子），参见《楚辞·离骚》。

③ 历阳，安徽的一个郡，它在一夜间变成湖泊。参见《淮南子》。

④ 鲍焦，周代隐士，他因自己规定的行为准则而饿死。

⑤ 颜回，孔子所喜爱的弟子。与颜回一样，李贺很早白头，并早逝。

⑥ 屈原（约前 340—前 278），受到在楚国先王庙堂所见壁画的启发，写下《天问》。

263 Ciel impénétrable
Terre insaisissable
Le serpent à neuf têtes nous dévore l'âme
Givres et neiges rongent nos os
Les chiens lâchés sur nous reniflent, aboient
Se lèchent les pattes
Attirés par la chair de l'homme aux orchidées
Lorsque Dieu enverra son char – joug en or, sabre étoilé de jade –
Viendra la fin des calamités
J'avance à cheval sur le chemin sans retour
Plus hauts que les montagnes, les flots submergent Li-yang
Des dragons venimeux, secouant leurs anneaux, me fixent du regard
Lions et griffons crachent leur bave...
Bao Jiao a couché sur l'herbe toute sa vie
Yan Hui, à vingt-neuf ans, avait les cheveux jaunis...
Non que Yan Hui eût le sang corrompu
Ni que Bao Jiao eût offensé le Ciel
Mais le Ciel craignait les dents tranchantes
Il leur fut donc réservé ce sort
Et si vous doutez encore de l'évidence
Souvenez-vous de l'homme qui délirait devant le mur
Y inscrivant ses Questions au Ciel !

李贺

苦昼短	LAMENTATION SUR LA BRIÈVETÉ DU JOUR 264
飞光飞光，	*Volante lumière volante lumière*
劝尔一杯酒。	*Conseiller toi une coupe vin*
吾不识青天高，	*Moi ne pas connaître bleu ciel haut*
黄地厚。	*Jaune terre épaisse*
惟见月寒日暖，	*Seulement voir lune froide soleil chaud*
来煎人寿。	*Venir frire homme vie*
食熊则肥，	*Manger ours alors gros*
食蛙则瘦。	*Manger grenouilles alors maigres*
神君何在？	*Divine Dame où se trouver*
太一安有？	*Suprême Un comment y avoir*
天东有若木，	*Ciel à l'est y avoir Arbre Ruo*
下置衔烛龙，	*Dessous mettre tenir bougie dragon*
吾将斩龙足，	*Moi devoir couper dragon pattes*
嚼龙肉，	*Mâcher dragon chair*
使之朝不得回，	*Pour que jour ne pas pouvoir retourner*
夜不得伏。	*Nuit ne pas pouvoir demeurer*
自然老者不死，	*Naturellement vieux ne plus mourir*
少者不哭。	*Jeunes ne plus pleurer*
何为服黄金？	*Pourquoi donc absorber jaune or*
吞白玉？	*Avaler blanc jade*
谁是任公子，	*Qui être Ren Gong-zi*
云中骑白驴？	*Nuages milieu chevaucher blanc mulet*
刘彻茂陵多滞骨，	*Liu Che Mao-ling abonder tas d'os*

嬴政梓棺费鲍鱼。① *Ying Zheng catalpa cercueil gaspiller abalone*

Lumière volante, lumière...
Vidons cette coupe de vin !
Nous ignorons la hauteur du ciel
Et la profondeur de la terre
Ce que nous voyons : lune froide et soleil chaud
Rongeant sans fin les corps humains
Croquer des pattes d'ours fait grossir
Manger des grenouilles, c'est le contraire...
Où est la Dame Divine
Où le Suprême Un
À l'est se dresse l'Arbre immortel
Sous terre vit le dragon, torche à la bouche
Tranchons ses pattes
Mâchons sa chair
Plus jamais le jour ne reviendra
Ni ne se reposera la nuit
Les vieillards ne mourront plus

---

① 诗人以激越的言辞，喊出他对生命短暂的恼怒。他打算杀龙（日车的牵引者），随后人便能重新找到圆满与和平。不过他嘲笑那些误入歧途的寻求长生不老者，比如刘彻（汉武帝）和嬴政（秦始皇）。后者死于旅途中：为了将他的死讯保密，直至返回都城，同行的大臣让皇家马车后面跟随着装满干鲍鱼的灵车，以掩盖腐尸的气味。

Ni les jeunes ne pleureront
À quoi sert de se gaver d'or
Ou se nourrir de jade blanc
Ren Gong-zi, qui donc le connaît
Chevauchant un mulet, parmi les nuages
Liu Che, dans sa tombe de Mao-ling : os entassés
Ying Zheng, dans son coffre de catalpa : putride
Que d'abalones gaspillées !

李贺

266 秦王饮酒	LIBATION DU ROI DES QIN
秦王骑虎游八极，	*Qin roi chevaucher tigre / visiter Huit Pôles*
剑光照空天自碧。	*Epée lumière éclairer vide / ciel en soi bleu*
羲和[1]敲日玻璃声，	*Xi Ho frapper soleil / verre-cristal bruit*
劫[2]灰飞尽古今平。	*Kalpas cendres voler cesser / passé-présent paix*
龙头泻酒邀酒星，	*Dragon tête verser liqueur / inviter Étoile de vin*
金槽琵琶夜枨枨。	*Dorées rainures pi-pa / nuit sonore-sonore*
洞庭雨脚来吹笙，	*Dong-ting pluie pieds / venir souffler pipeau*
酒酣喝月使倒行。	*Vin ivre haranguer lune / faire à rebours marcher*
银云栉栉瑶殿明，	*Argentés nuages denses-denses / jaspe salle briller*
宫门掌事报一更。	*Palais portail garde de service / annoncer première veille*
花楼玉凤声娇狞，	*Fleurie tour jade phénix / voix suaves aiguës*
海绡红文香浅清，	*Marine soie rouges rayures / parfum clair pur*
黄鹅[3]跌舞千年觥。	*Jaunes oies chuter danser / mille ans coupe*
仙人烛树蜡烟轻，	*Immortels bougies-arbres / cire fumée légère*
清琴醉眼泪泓泓。	*Émeraude-luth ivres yeux / larmes à flots*

Le roi des Qin, chevauchant un tigre, parcourt les Huits Pôles
L'éclat de son épée ouvre l'espace, fend le bleu du ciel
Frappé par Xi Ho, le soleil résonne du bruit de verre cassé

① 羲和，日车的驾驭者。

② 劫，佛教中宇宙的周期。每一劫结束，宇宙便沦为灰烬。

③ 根据诗中"鹅"字的一种异文"娥"，黄鹅可以指"黄衣女郎"。

Les cendres des kalpas se dispersent. Le temps retrouve sa paix
Tête de dragon : source de nectar attirant l'Étoile du vin
Les échos des cithares d'or font vibrer la nuit...
Arrive la pluie du lac Dong-ting, au rythme des pipeaux
Hurlant d'ivresse, le roi ordonne à la lune de rebrousser chemin
Sous les nuages d'argent, scintille la salle de jaspes
Le gardien, à la porte du palais, annonce la première veille
D'une voix suave, chantent les phénix de la Tour fleurie
– Pur parfum de la soie marine toute striée de rouge
Les Oies jaunes, au pas de danse, sombrant dans la coupe millénaire
Près des arbres-bougies, les Immortels s'envolent en fumée
La déesse Luth d'Émeraude a les yeux inondés de larmes

李贺

267 春坊正字①剑子歌	CHANSON DE L'ÉPÉE DU COLLATEUR AU BUREAU DU PRINTEMPS
先辈匣中三尺水，	*Aîné coffre dedans / trois pieds eau*
曾入吴潭斩龙子。	*Jadis entrer lac Wu / tuer dragon fils*
隙月斜明刮露寒，	*Lune cachée reflet oblique / polir rosées glacées*
练带平铺吹不起。	*Écharpe de satin étalée / souffler ne pas soulever*
蛟胎皮老蒺藜刺，	*Peau de requin vieillie / ronces-ajoncs épines*
鸊鹈淬花白鹇尾。	*Oiseau de mer fleurs trempées / blanc faisan queue*
直是荆轲②一片心，	*Simplement être Jing Ko / morceau entier cœur*
莫教照见春坊字。	*Ne pas laisser éclairer / Office du printemps caractères*
挼丝团金悬簏簌，	*Soie nouée en turbine / suspendre poignée*
神光欲截蓝田玉。	*Divin éclat vouloir fendre / Champ Bleu jade*
提出西方白帝惊，	*Tirer sortir de l'ouest / Empereur Blanc s'effrayer*
嗷嗷鬼母秋郊哭。③	*Ao-ao démone mère / plaine d'automne pleurer*

Coffre de l'aîné : y dort une eau longue de trois pieds
Jadis elle plongea dans le lac Wu pour tuer le dragon
Filet de lune, reflet oblique polissant de froides rosées
Écharpe de satin étalée que ne ride point le vent

---

① 李贺有位表兄在"春坊"（相当于为太子服务的秘书处）任校勘典籍的官员。

② 荆轲，战国时的一位"游侠"，以试图刺杀秦王的勇敢行为著称。

③ 汉高祖刘邦曾在路上杀死一条大蛇。当晚，一位老妇人出现在他的梦中，为她的儿子——西方白帝——被杀而哭泣、悲伤。

Peau de requin vieillie, toute hérissée d'épines
Oiseau de mer, onguent fleuri, blanche queue de faisan
Cette épée, le cœur même du chevalier Jing Ko
Cachera toujours les caractères de l'Office du printemps
Sur sa poignée : fils de soie noués et or turbiné
Éclat magique qui pourfendrait le jade du Champ Bleu
À sa vue, l'Empereur Blanc de l'Ouest est terrassé
Et sa mère, la Démone, gémit sur la plaine d'automne

李贺

268 李凭箜篌[1]引	LE KONG-HOU DE LI PING
吴丝蜀桐张高秋，	*Soie de Wu platane de Shu / dresser automne haut*
空白凝云颓不流，	*Ciel vide nuages figés / tombant non pas flottants*
江娥啼竹素女愁，	*Déesse du fleuve pleurer bambous / Filles Blanches s'affliger*
李凭中国弹箜篌。	*Li Ping milieu du Pays / jouer kong-hou*
昆山玉碎凤凰叫，	*Mont Kun jades se briser / couple de phénix s'appeler*
芙蓉泣露香兰笑。	*Fleurs de lotus verser rosée / orchidée parfumée rire*
十二门前融冷光，	*Douze portiques par-devant / fondre lumière froide*
二十三丝动紫皇。	*Vingt-trois cordes de soie / émouvoir Empereur Pourpre*
女娲炼石补天处，	*Nü-wa affiner pierres / réparer céleste voûte*
石破天惊逗秋雨。	*Pierres fendues ciel éclaté / ramener pluie automnale*
梦入神山教神妪，	*Rêver pénétrer mont Magie / initier le chamane*
老鱼跳波瘦蛟舞。	*Poissons vieillis sauter vagues / maigre dragon danser*
吴质不眠倚桂树，	*Wu Zhi ne pas dormir / s'appuyer contre cannelier*
露脚斜飞湿寒兔。[2]	*Rosée ailée obliquement voler / mouiller lièvre transi*

① 箜篌，古代的一种拨弦乐器。

② 这首诗的意译从略，为了说明象征意象的运作，在第三章对其做了分析。见第107页。

词

白居易

花非花 HUA-FEI-HUA 271

花非花，	*Fleur non fleur*
雾非雾。	*Brume non brume*
夜半来，	*Minuit arriver*
天明去。	*Aurore s'en aller*
来如春梦不多时，	*Venir comme printemps rêve ne point durer*
去似朝云无觅处。	*Aller tel matin nuage sans trouver lieu*

Fleur. Est-ce une fleur ?
Brume. Est-ce la brume ?
Arrivant à minuit
S'en allant avant l'aube
Elle est là : douceur d'un printemps éphémère
Elle est partie : nuée du matin, nulle trace

李白

272 菩萨蛮 | Pu-sa-man

平林漠漠烟如织， *Plate forêt lointaine fondue / brume comme brodée*
寒山一带伤心碧。 *Froid mont une ceinture / crève-cœur émeraude*
暝色入高楼， *Crépuscule couleur / pénétrer pavillon*
有人楼上愁。 *Y avoir personne / tour dessus s'attrister*

玉阶空伫立， *Jade perron / en vain attendre debout*
宿鸟归飞急。 *Nichés oiseaux / revenir voler pressés*
何处是归程？ *Quel lieu / se trouver retour chemin*
长亭更短亭。 *Longs kiosques / encore brefs kiosques*

Ruban d'arbres, tissé de brumes diffuses
Ceinture de montagnes à l'émeraude nostalgie
Le soir pénètre le pavillon :
Quelqu'un s'attriste, là-haut

Vaine attente sur le perron
Les oiseaux se hâtent au retour
Est-il donc voie de retour pour les humains ?
Tant de kiosques le long des routes, de loin en loin...

韦庄

谒金门	YE-JIN-MEN 273
春雨足，	*Printemps pluie suffisante*
染就一溪新绿。	*Teindre toute une rivière nouveau vert*
柳外飞来双羽玉，	*Saules dehors voler venir paire de jades ailés*
弄晴相对浴。	*Jouer de lumière face à face se baigner*
楼外翠帘高轴，	*Pavillon dehors bleu rideau haut rouleau*
倚遍阑干几曲。	*S'appuyer contre balustrade combien méandres*
云淡水平烟树簇，	*Nuages légers eau étale fumée arbres mêlés*
寸心千里目。	*Un pouce cœur mille stades vue*

Pluie de printemps, abondante
Les berges sont teintes en vert tendre
Frôlant les saules arrive un couple de hérons
Bains et ébats dans la lumière nue...

Rideaux d'azur haut enroulés
Balustrade aux méandres sans fin
Nuages épars, eaux étales, arbres à la brume mêlés
Cœur minuscule, pensée infinie

韦庄

274 **菩萨蛮**　　PU-SA-MAN

人人尽说江南①好，	*Hommes tous célébrer / Jiang-nan beauté*
游人只合江南老。	*Voyageur seul convenir / Jiang-nan vieillir*
春水碧于天，	*Eaux printanières / vertes plus que ciel*
画船听雨眠。②	*Bateau peint / écouter pluie s'endormir*
垆边人似月，	*Fourneau côté / personne comme lune*
皓腕凝霜雪。	*Blanc poignet / se figer givre-neige*
未老莫还乡，	*Avant vieillesse / ne pas retourner pays*
还乡须断肠。	*Retourner pays / devoir briser entrailles*

Qui donc ne rêve du Jiang-nan ?
　Voir le Jiang-nan et mourir !
Eau printanière plus bleue que le ciel
　Au fond d'une barque peinte :
　　écouter la pluie et s'endormir

Près du chauffe-vin, une beauté à la clarté lunaire
　Ses bras : blancheur et tendresse de neige
Ne quitte point le Sud avant la vieillesse
　S'arrachant au Jiang-nan
　　on s'arrache les entrailles

---

① 诗人出生于北方；继许多诗人之后，他发现了江南的魅力。

② 第三和第四句：在第一章论及人称代词的省略时做了分析。见第 45 页。“画船”，指一种有彩绘装饰的富丽游船。

温庭筠

更漏子	GENG-LOU-ZI 275
柳丝长，	*Saules tiges longues*
春雨细，	*Printemps pluie fine*
花外漏声迢递。	*Fleurs dehors sons de clepsydre lointains*
惊塞雁，	*Effrayer frontière oies*
起城乌，	*Ébranler muraille corneilles*
画屏金鹧鸪[①]。	*Peint paravent dorés perdrix couple*
香雾薄，	*Parfumée brume légère*
透帘幕，	*Pénétrer rideau gaze*
惆怅谢家池阁。	*Regretter Xie maison étang-pavillon*
红烛背，	*Rouge bougie tourner*
绣帘垂，	*Brodé rideau baisser*
梦长君不知。	*Rêve long seigneur ne point savoir*

Longues tiges de saules
Fine pluie de printemps
Par-delà les fleurs, lointains échos de la clepsydre
Effrayées : oies sauvages hors des passes
Envolées : corneilles sur les remparts
Surgi du paravent peint, un couple de perdrix d'or

① 画在屏风上的鸟，对独处的女子而言，象征着不可企及的幸福。

Brume parfumée
Infiltrée dans la gaze
Pavillon sur l'eau où rôdent les plaisirs d'antan
Tourne la bougie rouge
Le rideau brodé est baissé
Long rêve de toi : tu ne le sais pas !

诗人生平简介

白居易（772—846） 祖籍山西。登进士[①]第后，进入官场，其间数度短暂被贬。先后在杭州和苏州任刺史（822—826），晚年在洛阳任要职（831—833）。早慧的诗人，唐代最流行的两首长诗《琵琶行》和《长恨歌》的作者（第一首由罗大冈在其《先是人，然后是诗人》中部分译出；第二首的译文见《中国古诗选》）。除了这些叙事诗，在张籍的影响下，他还写了很多具有"新乐府"风格的现实主义或讽喻诗作。其余作品均为抒情诗，引人注目的是其口语化的语调、平易的风格以及生动微妙的意象。他在日本和西方知名度很高（尤得益于阿瑟·韦利的英译本），被列入中国最伟大的诗人。

常　建（708—765） 性好修道。尽管登进士第，却远离红尘，过着隐士生活。

陈　陶（9世纪） 关于他的生平人们所知甚少。可能隐居江西（他的原籍）山区。精通道教、佛教，对炼丹和天文也很感兴趣。

陈子昂（656—698或661—702） 以文笔优雅、思想高超著称，被视为李白之前最优秀的唐代诗人。武后提拔他为麟台正字（秘书省官员，掌管校勘典籍）。

---

① 通过数科由中央政府主持的考试后获得的高等科第（对应于法国的博士或大、中学教师的学衔）。

崔　颢（704—754）　河南汴州人。726年进士及第。好蒱博、饮酒，喜爱美丽女子，他心灵十分自由，无法成为谨慎、服帖的官员。

杜　甫（712—770）　杜甫和李白——传统上所认为的中国最伟大的两位诗人——是同时代人。二人曾经相逢（744—745），并结下杜甫终生珍惜的友谊（有他为李白写下的多首诗为证）。但两人的性格和命运极为不同。与李白的狂放不羁和率性（酷爱道家自由）形成对照，杜甫虽不无敏锐的幽默感，但本质上是严肃、忧国忧民以及注重按照儒家理想入世的。李白纵情挑战现有秩序，轮番经历了异乎寻常的荣耀和放逐；杜甫在漫长的岁月中，徒劳地寻求通过科举考试。接连落第改变了他的性格。安史之乱期间，他还经受了流亡逃难、被俘关押和艰难困苦（他的一个孩子死于饥饿）的折磨。叛乱结束后，他在四川享受了很短暂的一段相对平静的时期；迫于养家糊口的需要，他重新开始漂泊的生活，并且孤独地死于长江中的一条小船上。与李白相比——李白首先寻求的是醉酒，与自然和宇宙天地交融的欢乐——杜甫则敞开了更为错综复杂的主题空间，在那里有着人类的悲剧。两位诗人的差异映现在他们的语言中：李白尤为擅长古体诗，形式上更为自由和率性，杜甫则是无可争议的律诗大师；在律诗中，杜甫对词句艺术和形式的探索达到罕至的高度。（不过值得提醒的是，在安史之乱期间和其后，杜甫写下一系列现实主义或自传性的长篇古体诗，也非常著名。）这两位看似相反、实则互补的异乎寻常的人物，体现了中国诗歌感性的两极。

杜　牧（803—852）　828年进士及第，他度过出色的官场生涯，并在一生中的最后岁月，担任中书舍人的要职。尽管有着高远的政治理念和变革愿望，却无能为力地目睹王朝走向衰落。他的诗，语调时而苦涩，时而清醒，吟咏着他的苦恼以及对一个已结束的黄金时代的怀念。绝句（以此著称）和长诗均驾驭自如。他是晚唐大诗人之一。他的才华为其赢得

“小杜”称号，这是与伟大的杜甫相比而言。

杜荀鹤（约 846—904） 祖籍安徽。四十岁上下登进士第。他的诗具有现实主义特征，在当时很受欣赏。

贾 岛（779—843） 出生于现在的北京附近。曾出家为僧；得韩愈赏识；多次应举，终生未第。他与同时代诗人孟郊并称“郊岛”。

金昌绪（8 世纪?） 人们只知道他曾一度生活在浙江杭州。

李 白（701—762） 与杜甫一道，被认为是中国最伟大的诗人。他以其精神自由和夸张脱略，以其诗才，成为中国文学史上最出色的人物之一。诗人贺知章第一次见到李白，便称他为“谪仙人”。作为一个嗜酒、性情豪放的道教信奉者，李白拒绝走寻常的仕途道路，大半生过着一种放荡不羁的流浪生活。25 岁时，他离开故乡四川，在南方和北方的不同省份漫游（他与一位富家少女的婚姻使他在洞庭湖畔逗留过一段时间）。742 年，他被引见到朝廷，受到极高的礼遇；但是他的狂放与豪迈以及敌对者对他的仇恨很快便毁坏了他的信誉。安史之乱期间，由于卷入永王李璘案，他被放逐贵州夜郎，中途遇赦。传说在一个醉酒之夜，他因尝试打捞长江中明月的影像而溺水身亡。

李 端（743—782） “大历（766—779）十才子”之一。

李 贺（790—816） 早慧的天才，身体纤瘦，性格神经质，死于 27 岁。参见第三章第 106—107 页对他的诗歌的介绍。

李商隐（约 813—858） 河南河内人。尽管颇有才华并取得科举考试成功（837 年），他的仕途却由于掌权的朋党之争而十分不顺。晚唐最著名的抒情诗人。他的情诗被归入中国诗歌最美的作品之列。

李 益（748—827） 甘肃姑臧人。770 年登进士第，曾在军中任职。乐师们喜爱吟咏他的七言绝句，这些诗作因此而著称。

刘长卿（约 709—785） 河北人。733 年登进士第，出任过几项重要文职和军职。曾受诬陷而入狱，后在朋友们帮助下获释。

刘禹锡（772—842） 高官与细腻的诗人。白居易的好友。曾数次因创作讽喻诗而遭贬谪。另外，他深受其贬谪地民歌的影响。

柳宗元（773—819） 他与韩愈共同倡导古文运动。与友人韩愈（他试图恢复儒家正统）不同，他维护佛教。他关心政治和社会问题。由于所卷入的王叔文政治革新失败，他的前程破碎。他死于远离故乡（山西）的柳州，在中国南端的省份广西。

卢 纶（739—799） 山西河中蒲县人。由于担任军事职务，十分了解边塞生活。

孟浩然（689—740） 科举落第，过着隐士生活，主要隐居在湖北鹿门山。他是王维和李白的好友，后者为他写下一首充满赞誉的五言律诗《赠孟浩然》。

孟 郊（751—814） 韩愈圈子中的优秀成员，贾岛也属于这个圈子。

钱 起（约722—780） 752年登进士第。“大历十才子”之一。

唐温如（8世纪末）。

王 勃（649—676） “唐初四杰”之一。他的才华引起高宗注意，但由于对朝廷风气过于大胆的讽刺而失宠。于是他漫游巴蜀，醉心诗酒。曾险些因杀死官奴而丧命，但遇赦。

王昌龄（698—756?） 他是一个诗人团体的优秀成员，高适和王之涣也参加了这个团体。个性豪放不羁，无法在官场感到自在，但颇有政绩。他因展现边塞场景的诗（绝句和歌谣）成名。安史之乱期间惨遭杀害。

王 翰（687—726）。

王 驾（9世纪） 山西河中人。890年登进士第。著名文学评论家司空图（837—908）的朋友。

王 建（768—830?） 曾任河南（其故乡）陕州司马，后因批评皇室失宠。

韩愈和张籍的朋友。

王　维（701—761）　唐朝最有天赋的艺术家之一。诗歌、绘画、音乐样样精通。721年登进士第，开始了看似前景灿烂的官场生涯（玄宗任命他为监察御史）；实际上，假如没有安史之乱，他的仕途本可以完美无缺；叛乱期间，王维被迫为叛军做事，这致使和平恢复后，他短期入狱。信奉禅宗，是位细腻的参禅悟道者。他将绘画和诗歌引向空灵静寂的境界。在终南山脚下的辋川别业，在朋友们（裴迪为其中之一）的陪伴下，他度过了吟诗作画的晚年。

王之涣（688—742）　山西并州人。他是包括王昌龄和高适在内的一个著名诗人团体的成员。他擅长短诗，歌伎们喜爱演唱他的作品。

韦　庄（约836—910）。

韦应物（736—791?）　京兆（都城长安附近）人。他先是充当玄宗侍卫，后在外省任职。他最后一个职位是苏州刺史，他在那里接待过不少著名诗人。酷爱洁净，传说他只有在焚香和令人打扫座位周围地面之后才肯入座。人们在他的诗作中可以感受到陶潜（365—427）和王维的影响。

温庭筠（818—872?）　山西太原人。与李商隐齐名，并称“温李”，代表了晚唐的精致风格，笔调细腻委婉，充满暗喻的细节。性情倜傥放荡，常与歌伎交往；由于这番经历，他步入词这一体裁，并成为“花间派”领袖人物，花间派预示了词在宋代的蓬勃发展。

张　祜（792—852?）。

张　籍（约768—830）　799年进士及第，张籍因患有眼疾，似乎过着一种简朴而贫困的生活。他在文学上的成功得益于韩愈的庇护（伟大的古文家和诗人），韩愈欣赏他的才华。他的诗歌以乐府风格（民歌）为主，揭露了社会不公。白居易受其影响。

张九龄（678—740）　生前作为诗人享有盛誉，他也是玄宗在位期间（713—

756）重要的朝廷官员。733年他升任宰相，曾提醒皇帝防备阴谋家，但无果。他不得已让位李林甫，李的独断专行将王朝引入灾难。张九龄强有力的人格对安史之乱之前那段幸福岁月里诗歌的繁荣起到促进作用。

参考书目

普通诗学

Barthes (R.)（巴尔特）, *Le Degré zéro de l'écriture*(《写作零度》), Paris, éd. du Seuil, 1953.

–, *Essais critiques*（《批评论著》）, Paris, éd. du Seuil, 1964.

Benveniste (É.)（本维尼斯特）, *Problèmes de linguistique générale*（《普通语言学问题》）, Paris, Gallimard, 1966.

Change, n° 6（《变》，第 6 期）, Paris, Seghers et Laffont.

Cohen (J.)（科恩）, *Structure du langage poétique*（《诗歌语言的结构》）, Paris, Flammarion, 1966.

Delos (D.) et Filliolet (J.)（德劳斯和菲伊奥莱）, *Linguistique et Poétique*（《语言学与诗学》）, Paris, Larousse, 1973.

Fonagy (I.)（弗纳基）, « Le langage poétique: forme et fonction », in *Problèmes du langage*（《语言问题》："诗歌语言：形式与功能"）, Paris, Gallimard, 1966.

Genette (G.)（热奈特）, *Figure III*（《修辞格之三》）, Paris, éd. du Seuil, 1972.

Greimas (A.-J.)（格雷马斯）, *Du sens*（《论意义》）, Paris, éd. du Seuil, 1970.

Henri (A.)（亨利）, *Métonymie et Métaphore*（《换喻与隐喻》）, Paris, Klincksieck, 1971.

Jakobson (R.)（雅可布森）, *Essais de linguistique générale*（《普通语言学论著》）, Pairs, éd. de Minuit, 1963.

–, *Questions de poétique*（《诗学问题》）, Paris, éd. du Seuil, 1973.

Kristeva (J.)（克里斯蒂娃）, *Semiotike, recherches pour une sémanalyse*（《符号学，符义解析研究》）, Paris, éd. du Seuil, 1969.

–, *La Révolution du langage poétique*（《诗歌语言革命》）, Paris, éd. du Seuil, 1974.

Levin (S.R.)（勒文）, « Poetry and grammaticalness », in *Proceedings of the Ninth International Congress of Linguistics*（《第九届国际语言学会议报告》："诗歌与语法性"）, La Haye, 1964.

Renard (J.-Cl.)（勒纳尔）, « Une situation particulière », in *Notes sur la foi*（《关于信仰的笔记》："一种特殊状况"）, Paris, Gallimard, 1973.

Ricœur (P.)（利科）, *La Métaphore vive*（《活隐喻》）, Paris, éd. du Seuil, 1975.

Riffaterre (M.)（里法泰尔）, *Essais de stylistique structural*（《结构文体学论著》）, Paris, Flammarion, 1971.

Ruwet (N.)（吕韦）, *Langage, musique, poésie*（《语言、音乐、诗歌》）, Paris, éd. du Seuil, 1972.

–, « Parallélisme et déviations en poésie », in *Langue, Discours, Société. Pour Émile Benveniste*（《语言、叙述、社会——为本维尼斯特而作》："诗歌中的排比与偏移"）, Paris, éd. du Seuil, 1975.

Todorov (T.)（托多罗夫）, « Poétique », in *Qu'est-ce que le structuralisme*（《什么是结构主义》："诗学"）, Paris, éd. du Seuil, 1968.

中国诗学①

Anthologie de la poésie chinoise classique（《中国古诗选》）, Paris, Gallimard, 1962.

① 这部著作也是为非汉学家的公众而写，因此我们限于列出西方读者能够读到的著作。

Cammann (S.)（凯曼）, « Types of Symbols in Chinese Art », in *Studies in Chinese Thought*（《中国思想研究》:“中国艺术中的象征类型”）, Chicago, The University of Chicago Press, 1967.

Cheng (F.)（程抱一）, *Analyse formelle de l'œuvre poétique d'un auteur des Tang: Zhang Ruo-xu*（《一位唐代作家诗歌作品的形式分析：张若虚》）, Paris, Mouton, 1970.

–, *Entre source et nuage, la poésie chinoise réinventée*（《泉与云之间，中国诗歌再造》）, Paris, Albin Michel, 1990.

Cooper (A.)（库柏）, *Li Po and Tu Fu*（《李白与杜甫》）, Londres, Penguins Classics, 1973.

Hervey Saint-Denys (marquis de)（埃尔维·圣－德尼侯爵）, *Poésie de l'époque des Thang*（《唐诗》）, Paris, Amyot, 1862.

Demiéville (P.)（戴密微）, « Introduction », in *Anthologie de la poésie chinoise classique*（《中国古诗选》:“导论”）, Paris, Gallimard, 1962.

–, *Choix d'études sinologiques*（《汉学论著选》）, Leiden, Brill, 1973.

Dieny (J.-P.)（桀溺）, *Aux origines de la poésie classique en Chine*（《中国古诗溯源》）, Leiden, Brill, 1968.

–, *Dix-Neuf Poèmes anciens*（《古诗十九首》）, Paris, Champ Libre, 1974.

Donath (A.)（多纳特）, *Bo Dschu-i: Gedichte*（《白居易诗歌》）, Wiesbaden, Tusel Verlag, 1960.

Downer (G.B.) et Graham (A.C.)（唐纳和葛瑞汉）, « Tone Patterns in Chinese Poetry », in *Bulletin of the School of Oriental and African Studies*, n° 26（《东方和非洲研究学院学刊》第26期:“中国诗歌的声调格式”）.

Fang (A.)（方志彤）, « Rhyme Prose on Literature: the Wen-fu of Lu Chi », in *Studies in Chinese Literature*（《中国文学研究》:“骈文论文学：陆机的《文赋》”）, Cambridge, Harvard University press, 1966.

Frodsham (J.D.)（弗罗德山姆）, *The Murmuring Stream: the Life and Works of Hsieh Ling-yun*

（《低吟的小溪：谢灵运的生活与作品》）, Kuala Lumpur, University of Malaya Press, 1967.

–, *Poems of Li Ho*（《李贺的诗》）, Oxford, Clarendon Press, 1972.

Graham (A.C.)（葛瑞汉）, *Poems of Late Tang*（《晚唐诗歌》）, Londres, Penguins Books, 1965.

Hawkes (D.)（霍克思）, *Ch'u Tzu*（《楚辞》）, Oxford, Clarendon Press, 1959.

–, *A little primer of Tu Fu*（《杜甫入门》）, Oxford, Clarendon Press, 1967.

Hervouet (Y.)（吴德明）, *Un poète de cour sous les Han: Sseu ma Siang-jou*（《一位汉代宫廷诗人：司马相如》）, Paris, PUF, 1964.

–, Articles sur Sseu ma Siang-jou, Sou Che et sur le Fu, in *Encyclopaedia Universalis*（《大百科全书》条目：司马相如、苏辙和赋）.

Hightower (J. R.)（海陶玮）, « Some Characteristics of Parallel prose », in *Studies in Chinese Literature*(《中国文学研究》:“骈体文的某些特征”), Cambridge, Harvard University press, 1966.

–, *The poetry of T'ao Ch'ien*（《陶潜的诗》）, Oxford, Clarendon Press, 1970.

Hu Pin-Ch'ing（胡品清）, *Li Ch'ing-chao*（《李清照》）, New York, Twayne Publishers, 1966.

Hung (W.)（洪业）, *Tu Fu, China's greatest poet*（《杜甫，中国最伟大的诗人》）, New York, Russell & Russell, 1969.

Hughes (E.R.)（休斯）, *Two Chinese Poets, Vignettes of Han Life and Thought*（《两位中国诗人：汉代生活与思想简述》）, Princeton University Press, 1960.

Jakobson (R.)（雅可布森）, « Le dessin prosodique dans le vers régulier chinois », in *Change*, n° 2（《变》，第 6 期：“中国格律诗的韵律图案”）, 1969.

Kaltenmark (M.) et Cheng (F.)（康德谟和程抱一）, « Littérature chinoise », in *Encyclopédie de la Pléiade*（《七星文库本百科全书》:“中国文学”）, Paris, Gallimard.

Kristeva (J.)（克里斯蒂娃）, « La contradiction et ses aspects chez un auteur des Tang », in *Tel*

Quel, n° 48/49（《原样》，第 48/49 期："一位唐代作家的矛盾及其诸方面"），Paris, éd. du Seuil.

Lin Yu-Tang（林语堂），*The Chinese Theory of Art*（《中国艺术理论》），New York, Putnam, 1967.

Liu (J.)（刘若愚），*The Art of Chinese Poetry*（《中国诗艺》），Chicago, The University of Chicago Press, 1962.

–, *The Poetry of Li Shang-yin*（《李商隐的诗》），Chicago, The University of Chicago Press, 1969.

–, *Major Lyricists of the Northern Sung*（《北宋主要抒情诗人》），Princeton University Press, 1974.

Lo Ta-Kang（罗大冈），*Homme d'abord, poète ensuite*（《先是人，然后是诗人》），Paris, La Baconnière, 1949.

Loi (M.)（卢瓦），*Roseaux sur les murs: les poètes occidentalistes chinois, 1919–1949*（《墙上芦苇：西化中国诗人，1919—1949》），Paris, Gallimard, 1971.

Mei (T.L.) et Kao (Y. D.)（梅祖麟和高友工），« Tu Fu's Autumn Meditations: an Exercise in Linguistic Criticism », in *Unicam*, n° 1（《*Unicam*》，第 1 期："杜甫的《秋兴》：语言学批评练习"），Princeton, Princeton University Press.

Pimpaneau (J.)（班文干），*Le Clodo du dharma, 25 poèmes de Han Shan*（《达摩的流浪汉：寒山诗 25 首》），Paris, Centre de publication Asie orientale, Université Paris VII, 1975.

Robinson (G.W.)（罗宾森），*Poems by Wang Wei*（《王维的诗》），Londres, Penguin Classics, 1973.

Roy (C.)（鲁瓦），« Le vain travail de traduire la poésie chinoise », in *Change*, n° 19（《变》，第 19 期："翻译中国诗歌的徒劳工作"），Paris, Seghers & Laffont.

Ryckmans (P.)（里克曼斯、李克曼），*Les « Propos sur la peinture » de Shitao*（《石涛的〈画语录〉》），Bruxelles, Institut belge des hautes études chinoises, 1970.

Schafer (E.H.)（薛爱华），*The Divine Woman*（《神女》），University of California Press, 1973.

Shih (V.)（施友忠）, *The Literary Mind and the Carving of Dragons*（traduction du Wen-hsin tiao-long de Liu Hsieh）(《文心雕龙》, 英译本）, Taipei, Chung-hua, 1970.

Vandier-Nicolas (N.)（旺迪埃－尼古拉）, *Art et Sagesse en Chine: Mi Fou (1051–1107)*（《中国的艺术与智慧：米芾（1051—1107）》）, Paris, PUF, 1963.

–, *Le Houa Che de Mi Fou ou le Carnet d'un connaisseur d'art à l'époque des Song du Nord*（《米芾的〈画史〉或一位北宋艺术鉴赏家的笔记》）, Paris, Bibliothèque de l'Institut des hautes études chinoises, vol. XV, PUF.

–, « L'homme et le monde dans la peinture chinoise »（《法国与外国哲学杂志》："中国绘画中的人与世界"）, *Revue philosophique de la France et de l'étranger*, 1964.

Wai-Lim Yip（叶维廉）, *Chinese Poetry*（《中国诗歌》）, University of California Press, 1976.

Waley (A.)（韦利、伟利）, *The Life and Times of Po chü-i*（《白居易的生平与时代》）, Londres, G. Allen & Unwin, 1951.

–, *Chinese Poems*（《中国诗歌》）, Londres, G. Allen & Unwin, 1971.

Wang Li（王力）, *Han-yü shih-kao*（《汉语史稿》）, Pékin, 1959.

–, *Han-yü shih-lü hsueh*（《汉语诗律学》）, Changhai, 1962.

Watson (B.)（华兹生）, *Su Tung-p'o*（《苏东坡》）, New York, Columbia University Press, 1965.

–, *Chinese Lyrism*（《中式抒情》）, New York, Columbia University Press, 1971.

–, *The old Man who does as he pleases: Poems and Prose by Lu Yu*（《放翁：陆游诗文》）, New York, Columbia University Press, 1973.

图书在版编目（CIP）数据

中国诗歌语言研究/（法）程抱一著；涂卫群译．—北京：商务印书馆，2023（2024.10 重印）
ISBN 978－7－100－21262－5

Ⅰ．①中…　Ⅱ．①程…②涂…　Ⅲ．①古典诗歌—诗歌语言—研究—中国　Ⅳ．①I207.22

中国版本图书馆 CIP 数据核字（2022）第 095769 号

权利保留，侵权必究。

中国诗歌语言研究

（含《唐诗选》）

〔法〕程抱一　著

涂卫群　译

商　务　印　书　馆　出　版

（北京王府井大街36号　邮政编码100710）

商　务　印　书　馆　发　行

北京市艺辉印刷有限公司印刷

ISBN 978－7－100－21262－5

2023年6月第1版　　开本 850×1168　1/32

2024年10月北京第2次印刷　　印张 11¼

定价：75.00 元